筑巢记

◎ 魏远垠　著

陕西新华出版传媒集团
太白文艺出版社

图书在版编目（CIP）数据

筑巢记 / 魏远垠著. — 2版. — 西安：太白文艺出版社，2017.9（2022.3重印）
ISBN 978-7-5513-1250-9

Ⅰ. ①筑… Ⅱ. ①魏… Ⅲ. ①散文集—中国—当代 Ⅳ. ①I267

中国版本图书馆CIP数据核字（2017）第185361号

筑巢记
ZHUCHAO JI

作　　者　魏远垠
责任编辑　曹　甜
整体设计　安康文化印务
出版发行　陕西新华出版传媒集团
　　　　　太白文艺出版社
经　　销　新华书店
印　　刷　三河市腾飞印务有限公司
开　　本　985mm×1024mm　1/16
字　　数　250万字
印　　张　18.75
版　　次　2016年10月第1版
　　　　　2017年9月第2版
印　　次　2022年3月第2次印刷
书　　号　ISBN 978-7-5513-1250-9
定　　价　57.00元

联系电话：029-81206800
出版社地址：西安市曲江新区登高路1388号（邮编：710061）
营销中心电话：029-87277748

序

在仰望中奔跑

陈　敏

2015年春，知悉中国作家阎连科获卡夫卡文学奖，国人激动，阎连科却说作家的经历就是失败，写作就是充满挫折与艰辛的过程；几乎在同时，莫言答记者问，说作家就是要把身旁不公正的事情写下来——那个时候，周边有的人正奋力疾呼要歌颂，要写正面，写成果，似乎丢失了“文革”的红色记忆，忘却了《年月日》及《蛙》的巨大成功，以至于忘却了这些作品带给我们时代进步、思想跨越的强劲影响力……2016年春，我有幸细读了本土作家魏远垠的作品集《筑巢记》，联想阎连科的话语，想到作家的存在就是对自己无休止的征服，对以往大跨步的穿越，就是对磨难的积累、消解、转化和吸纳，从而实现新的突破，正是这样，才造就了阎连科这样对诺贝尔文学奖极具挑战性的作家。而莫言一语中的，道出了作家的立场与坚守，也道出了我们学习的方向与生命的轨迹。

《筑巢记》就是这样，我们看到远垠写生活的花红柳绿，写与命运的抗争与不屈，写一碗米汤、一篇铅字文章、一个女孩的微笑，写国伟、洪林、忠春这些同事、朋友去世时的他痛彻肺腑……远垠一如文人们的好心肠，在悲天悯人里凸显自己的爱恨情仇。只是这种情怀在现实生活中已经渐行渐远，便更显得弥足珍贵。远垠是质朴的，在他笔下，咸阳女子的一个回眸、一腔热情，就长成了“一朵鲜艳的桃花”；素昧平生、送来报刊和稿费的乡邮员，立刻成了笔下的英雄；山中篾匠殷正财、被批斗的初中老师何侠民、书摊小姑娘、过年的春联、外婆的草鞋、一只会观天测地“多么有头脑、多么善解人意”的鸡，都成了一篇篇故事在心中吟唱……

在《筑巢记》“凡人小记”“山川风物”“苦乐年华”等章节里，远垠以宽阔的视野、朴素的情感、真挚的向往、简约的笔触写出了他和他悲欢交集的乡村生活。记得十多年前我到他工作的老县采访，看到院里、屋里关了不少大约是因计生工作而被没收的鸡鸭呀、牛羊呀很是惊讶，远垠则轻轻说是村民暂时寄放到这里的……连夜赶到老机关他的住宅地时，他几岁的儿子小小的手端着一个巨大的碗吸吸溜溜地吃面条。当时他正独自一人抚育儿子，波澜不惊地说大家都关照着孩子，不用担心。数十年乡镇工作的烦琐、艰辛、无奈、悲催并没有摧毁他的热爱，倒却似乎熔铸了他的文字与坚韧，那已发表的千余篇作品中，大都简约、鲜明地记载了他几十年的喜怒哀乐与阅读履历，带有忙里偷闲的写作特征，但当结集出版时，这些作品就足以惊心动魄、令人感叹了！

然而，写人生苦难及其引发的沉思则是远垠表现的最有深度的主题。余秀华《我养的狗，叫小巫》是这样写苦难的：“我一声不吭地吃饭 / 喊小巫、小巫 / 把一些肉块丢给它 / 它摇着尾巴，快乐地叫着 / 他揪着我的头发，把我往墙上磕的时候 / 小巫不停地摇着尾巴/对于一个不怕痛的人，他无能为力 / 我们走到了外婆屋后 / 才想起，她已经死去多年……”远垠呢？在《童年的伤痛》里，不足十岁的他用“忍饥挨饿”造句——每天下午放学，我都是忍饥挨饿地走回去。于是他“对社会主义不满”“给新中国抹黑”，小小年纪的他，陡然成了反面教材！在余秀华的诗里，“我”与名叫小巫的狗命运多舛，当“我”的头在被往墙上猛磕时，小巫只能摇着尾巴乞求而无以诉说，能够给“我”温情的只能是外婆，但到了屋后才想起外婆早已不在人世……巨大的世界里，“我”与小巫无以存身、只可相依为命。但小小的远垠就连小巫也不曾有，他的遭遇和命运，带给今天的我们又是怎样的思辨考量？在这里，我有着几近同样的遭遇：十岁的我正在安师附小三年级读书，只因在少先队大队部模仿了影片《在烈火中永生》台词，回答了“这是什么地方？”“这是中美合作所”。这事由一个和我竞争少先队大队委员的女生告发，大队辅导员王老师立马在学校大会点名批评我，我的班长职位被撤，成了专管扫地的劳动委员，这还是班主任胡承英老师力争的结果……远垠为我们开辟了一页回溯与审视社会历史的窗口，伸延我们回忆的目光和思想的考量，而这一站立与探望，令我们警醒、自觉。诗人张二棍的《穿墙术》这样写道："你有没有见过一个孩子/摁着自己的头，往墙上磕 / 我见过 / 在县医院 / 咚咚咚 / 他母亲说，让他磕吧 / 似乎墙疼了 / 他就不疼了 / 似乎疼痛，可以穿墙而过 / 我不知道他脑袋里装着 / 什么病 / 也不知道一面墙 / 吸纳了多少苦痛 / 才变得如此苍白。"童年的我们，在那个并不曾走远的时代里，也曾那样无助绝望，有几多煎熬几多悲怆哩！可曾真有那么一堵墙，可以转移、吸纳、包容那么多的苦痛与灾难？

如果说像《童年的伤痛》这样的篇章在远垠作品里被我看好的话，那么更令人震撼的则是他收录在这本书里的长篇纪实散文《筑巢记》。前些年在我负责一本名曰《旅途》的杂志时，时任编辑部主任的青年女作家李春芝告知我，她收到一篇来稿，分量很重，其实就是《筑巢记》。很快，晓蕾、春芝和我达成共识——全文刊发。春芝还组织了本土作家李爱霞、侯云芳、陈敦武、洪妍四人谈作为专题策划，而这一《筑巢记》专题策划和铁道兵襄渝线建设、罗春明烈士事迹、《当代文艺思潮》停刊始末及其邹服生先生的教师集训会、居民下放、新安中学冤案等春芝组织的系列策划一样，成为《旅途》在省内外年年走高、颇受欢迎的动因。《筑巢记》语言风趣幽默、极具乡土文化特色，场景现实生动、故事一波三折。在《旅途》上的刊发使《筑巢记》在市内外产生巨大反响，在一个乡镇公务员建房的经历及其表述中，爱霞评说是"苍凉的暖巢"，云芳质疑"幸福和尊严，距离我们还有多远"？五年后的今天，当我们再次对接这么沉重又这么尖锐的询问时，于芸芸众生中，我们呜咽，我们颤抖，我们无法直视……远垠再一次把失败与困惑、灾难、幻灭横亘在我们面前，使我们不得不和他一样忧心忡忡、小心翼翼、诚惶诚恐，乃至于获取了原本属于自己的权益时的虎口脱险般的庆幸……这又是一如带灯一样的几多苦涩、几多寒凉！《筑巢记》无疑达到了远垠创作中前所未有的高度，不仅是这部作品集的压轴之作，我还认为他更有理由在本土文学史上延续着他的光芒四射的魅力及其警觉责任。

作家和作品的责任更在于唤起良知、砥砺心志、担当责任、构建和谐。这想必是远垠写作、出版的初衷，也是我们每一个文学中人的自觉意识。当我们看好《春尽江南》进入参评直至茅盾文学奖夺冠，我们有什么理由否定格非笔下各类人物怎样黑暗狰狞，商战竞争怎样血腥邪恶？那么《苍黄》呢？《老生》呢？即使《当代》刚刚刊发的剖析军队腐败但却张扬一代新人理想追求的《瀚海》呢？春芝在《当代》微评论里说得理性：“一群热血军人在沙漠野旷里，擎举着生命之火……”

2016年1月6日，远垠拿来书稿，文友们相聚顾氏民居评头论足……看着这个印堂发亮的中年汉子，看着他沿着发表的一千多篇文章铺展的台阶高高低低地跑过来，我油然而生出敬意——从1981年到现在三十五年里，他一直在仰望中奔跑，那么多的屈辱、不幸、挫败、困苦，都轻轻摞掷一旁，他就这样自顾自地跑着！

（陈敏，男，陕西白河人、祖籍安康。1983年毕业于西北大学中文系，文学学士；1988年任安康地区首届作家协会副主席兼秘书长；1993年加入中国作协；先后任陕西省新闻职称高评委、中国报纸副刊研究会常务理事；创办安康日报《周末》《汉江晨刊》，创办的《在本区文坛上》《编辑手记》《廉政百家谈》四十多个专栏专版及散文评论诗歌等作品，获中国记协、国务院港澳办、中国报纸副刊研究会、陕西省作协、《文汇报》等奖励；《安康日报》高级编辑。

先后出版、主编《蓝星星》《金月亮》《这方天空》《我们》《安康作家优秀作品选》《人在旅途——百家作品精选》等十多部三百多万字，作品被收录选刊于《大学生诗选》《白河县志》《安康县志》《星星诗选》等三十多部典籍、选集出版发行。）

目录

凡人小记

山川风物

苦乐年华

人生百味

信口开河

凡人小记

盛夏里的一缕风

她长得不算好看，眼睛不大也不是双眼皮，嘴唇薄薄的也不性感，只是整个面部很白净，五官平平。但她却有着小白杨一般挺拔的身姿，有着百灵鸟一般好听的声音，尤其是她的笑声，山泉一般清亮，有着强烈的感染力。她的出现，像盛夏的一缕清风，让人感到非常舒服。

但她出现的却很不是时候。

那时候正是乡镇日子最不好过的时候，干部的主要精力就是要粮要款，完不成任务，干部教师的工资就发不下来。况且各个乡镇的人员几乎都有超编，超编的人，上边是不给补一分钱的。即使这样，上边为了缓解就业的压力，还在不断地给乡镇分配人，当然上边也只管把人往下分，至于下面接不接收，全靠自己协调。而她就是在这个时候被分配下来的。

我那时是党政办公室主任，她来后首先就找到我，笑眯眯地对我说："我是××村的人，去年下半年毕业，我家离这里只有二十多里远，骑车子半个小时就到了，我今天是来向你们报到的，这是我的介绍信。"说着将县劳人局的介绍信递到我手上。我看了一眼介绍信，然后对她说："你坐下歇会儿，这事还得向书记讲呢，在我这报到是算不了数的。其实我心里知道，这时候，书记是绝不会答应接收她的，因为此前已经有好几个分来的学生都被拒绝了。可她却仍旧笑眯眯地说："那你带我到书记那儿吧。"我只好把她带到书记那儿，作了简单的介绍之后就出来了。

约莫过了半个小时，她才从书记办公室出来，也不知道她跟书记谈了些什么，只见她一副高高兴兴的样子。难道书记答应接收她了？可当我一问才知道，她跟以前几个报到的一样被拒绝了。本想安慰她几句的，可她却没有一点失望的样子，并且对我说："别担心，我一定会在你们这儿上班的。"好像被安慰的人应该是我，我在心里说道，这时候想让镇里接收你那是不可能的呀。

让我们全机关的人感到意外的是，第二天我们刚起床，她果然又骑着摩托车来了，仍旧一副笑呵呵十分自信的模样。并且一下车，就拿起扫帚清扫院子，然后又拿起拖把到各办公室拖地。卫生打扫完之后，又拿水壶到厨房打开水，送到各办公室里。实在没啥可做了，她就在我的办公室里找些杂志翻看着。一连几天，都是这样。我心里实在过意不去，就对她说："你是何必呢，现在乡镇超编，是真没法接收你，你再这样也白搭呀。"可她还是笑笑，说："没什么呀，反正我在家里也是闲着，只图有个事做吧，发不发工资没关系呀。"

就这样过了一周，有天早上书记把我叫去，说："我看这女娃长期这样也不是个事儿，你一会儿问她会不会电脑吧，上边给我们机关配的电脑不是一直闲着吗，只是没人会摆弄，文件还得在外面打印，一年下来也是一万多块钱呢，发一个人工资也足够了。"从书记那儿出来，我就急忙对她说了此事，她一听，高兴得跟啥似的说："当然会啦，以后打文件这活就是我的了。不过近两日我有点事情，两天后绝对没问题。"我心里的疑问都没来得及问，她就骑着车一阵风似的跑了。

两天后一清早，她真准时来了。我们把电脑、打印机交给她，一阵忙碌安装好后，她就向我要了份文件手稿，一个字一个字地开始在电脑上敲打，虽然打得很慢，但却非常专注、认真。此后，她就成了我们镇里的第一个打字员。后来才知道，她其实并不会打印文件，离开的那两天，是悄悄跑到县城一个打字员朋友那里学习去了。

由于她非常勤奋好学，很快就精通了业务，工作效率提高很快，除给本机关打印文件外，还接收了大量外单位的打印业务，一年为单位挣回近万元的收入。两年后，她又教会了不少徒弟。领导考虑她工作出色，就让她管理机关后勤。同样的，上任不久，机关面貌就焕然一新，上上下下的人一提到她没有不夸奖的。她就这样慢慢有了名声，在这里工作还不到三年，就被县上某机关给“挖”去当办公室主任了。

盛夏里的一缕风，终于又飘走了。我们为她送行的时候，心里酸酸的，可她的脸上依旧写满了自信，笑得像一朵花，一一跟我们打招呼握手，直到她上车走很远了，我们还依然站在那里。

（发表于2012年7月2日《陕西工人报》及2012年第6期《旅途》杂志）

小　蝶

五年前的一个夏天，县里因一家国有企业改制，厂里的职工大都分流到乡镇里。我那个镇里一次就分来了三名职工，都是女的，其中有一位叫作小蝶的女子，一出现就吸引了人们的视线。首先吸引人们眼球的是她窈窕的体态，早春杨柳一般，被一身浅绿色休闲套裙随意地包裹着，裸露在外面的皮肤葱白似的细腻，或静或动，都显现出无穷的魅力；再说那五官，更是生得无可挑剔，浓浓的眉毛下面，是标准的双眼皮，大眼睛；高高的鼻梁下面，一张樱桃小口，随便怎么一动，都会发出蝴蝶般轻柔、音乐般动听的声音；尤其是她那表情，任何时候，似乎都在对你微笑着，那么亲切、自然。

她看上去只有二十多岁。可后来得知，她竟然已经三十五岁了，并且有一个十岁的女儿，这更让人们感到惊讶，尤其是女同事更是羡慕不已，纷纷探询她用了什么保养的妙招，有的甚至怀疑她履历表上的年龄是假的，可那十岁的女儿和十二年的工龄又很快推翻了自己的怀疑。

她到来后，领导安排她负责管理机关伙食，而我是跑外勤的，跟她基本没有工作上的联系，因此很少有近距离的接触，对她并没有多么深刻的了解，所知道的一些情况，除直观看到的以外，大多是从同事们那里听到的。

我那时已经是四十多岁的年纪，在机关里除炊事员以外，我是起得最早的一个。多年养成的习惯，每天早上起来梳洗完毕后，便是沏一杯茶，在院子里饮茶散步。自从小蝶来到单位以后，我在每天早上散步的时候，总会看到这样一幅景象：一个美丽的女子，双手提着袋子，袋子里装着绿绿的新鲜蔬菜，迈着轻盈的碎步，从菜市场的方向，款款地向机关走来，再绕一个弯，便到了厨房。天天如此。

有一次，刚好跟她走了个碰面，又看她手里的东西比较重，我就走上前去说："小蝶，我帮你提一袋吧。"她说："不用，也没多重。"我又问："你天天这么早吗？"她说："是呀，我每天起床后，先顺着公路跑十来里的步子，然后梳妆打扮，完了便到菜市场买菜。我心里暗暗称奇，都跑了十多里路了，还把机关伙食一天要用的菜都买回来了，可大多数人这时还沉浸在梦乡里呢。看来，我起得最早的记录也因小蝶的出现宣告结束了。

随着我俩在一起时间的增多，相互便变得熟悉起来。说话做事都已经很随便了。在一次闲聊当中，无意中将话题扯到了她的家庭生活上。按我的猜测，她的人生必定是一路鲜花，她的家庭生活也一定充满甜蜜。否则，她怎么可能保持那么良好的心态，可事实恰恰相反，她还是一个经历了不少挫折的女人。二十二岁的时候，跟她相恋了四年，曾经海誓山盟的男友，在部队里为了自己的"前程"，竟然跟一个军官的女儿结了婚。三年后，小蝶嫁给了一个企业职工，并生了一个非常可爱的女儿，日子过得算是非常幸福。可天有不测风云，女儿三岁的时候，一次高烧被送进县医院治疗，连续三天，高烧不退，又确诊不了病因，无奈之下，又送往省里的一家医院，结果耽误了最佳治疗时间，女儿虽救活了，但烧坏了大脑，曾经那么活泼、爱说爱笑的女儿，已经不能说出完整的句子了。更为严重的是，女儿已经不能正常走路，再平坦的地面，走着走着，就会突然地跌倒。如果没有大人在身边，自己无论如何也爬不起来。女儿生病至今，已经过去了七年，七年来，他们夫妇俩从未放弃过治疗，但一直没有收到理想的效果。

如果说，当初男友背叛造成的创伤，随着时间的推移会慢慢愈合的话，那么，女儿的病未能得到最好的救治，却是她终身的遗憾。

听了她的这些经历，我不由发自内心地说："你真是太了不起了！那么多的挫折，你都能如此坦然地面对，真不容易呀！”听了我的赞叹，她非常平静地说：“不这样又能如何？现实命运可以跟我过不去，但我总不能自己跟自己过不去吧？人的一生，怎么活也只是几十年的光景，要想活得好一些，我唯一能做到的就是善待自己呀！”

我的内心被深深地感动了。一个能够坦然面对挫折的女人，一个能够真正做到善待自己的女人，怎么会不永远年轻，怎么能不美丽漂亮呢！

（发表于2012年4月18日《安康日报》及2012年第6期《旅途》杂志）

小镇“三芳”

小镇有“三芳”，周芳、严芳、康忠芳，皆为美女。三芳虽已为人妇为人母，却仍青春不减当年。待人和蔼亲切，工作出类拔萃，办事风风火火，成为小镇一道独特的风景。

周　芳

周芳调离小镇半年多了，但她欢快的笑声依然常常在我们的耳畔回荡。

这是一个不高不矮不胖不瘦匀匀称称白白净净的女人。五官周正，表情丰富，无论谁见了，都感觉她在对你微笑着。虽然快三十岁了，皮肤依然光滑细嫩，言谈举止更是充满着青春的活力。

她那时是我们镇里的党政办公室主任，党政办从来都是一个乡镇的核心部门。有人说，当党政办公室主任，必须具有老黄牛般的力气、老狐狸似的狡猾、兔子似的机警、蜜蜂般的勤奋、绵羊般的脾气。否则，不是得罪了领导，就是让同事们有看法，两头不讨好。周芳作为一个女人，为人做事虽然没有如此夸张，但她的确把方方面面的关系处理得恰到好处，领导夸，同事也夸。

我也是当过好多年党政办主任的，个中酸甜体会尤深。有时工作太多、太累，心烦了就忍不住发脾气，否则便憋得难受，这样难免会无意中伤害到别人。而周芳在任办公室主任期间，几乎没见她发过脾气。即使再忙再累，只要有人找她办事，她立马就能和颜悦色地答复人家。由于她脾气好，待人热情大方，加上她的办公室又刚好紧挨着一楼大厅，所以工作之余人们都喜欢到她的办公室溜达，或谝谝工作上的难易，或聊聊生活中的甘苦，觉得对自己身心是一种最好的放松。每当聊到高兴的时候，她便会爆发出银铃般的笑声，她的笑声清脆嘹亮，感染着身边每个人，令人很容易在她的笑声中忘却生活中的一切烦恼。

党政办公室是连接领导与一般干部的纽带，领导对一般干部工作表现往往是通过党政办来了解的。换句话说，作为党政办主任，如果在主要领导面前说了谁的坏话，那这个人十有八九会倒大霉。但周芳这个人，无论在班子会上还是在私下里，总是在说别人的好，几乎没有人听到过她背着人说别人的不是。记得有一天晚上开干部大会，领导让她汇报各村合作医疗任务完成情况，并强调说："今天是完成任务的最后期限，还没完成的必须在会上给个说法。"这项工作据我所知，至少有三个村没完成，包括我负责的村。我心想，这下要出丑了。可令我没想到的是，在她的汇报中，竟都完成任务了。只是另外补充了一句：另外说明一下，×××、×××、×××三个村的任务已完成，下午回来晚了，还没结账，明天早上就把账目结清。一块石头终于落地。心想，这女人脑子真够用，既保住了我们几个的面子，又无形中逼得我们不得不在第二天上午想方设法完成任务。

半年前，周芳被组织提拔，到别的乡镇担任领导职务了。很多同事都说，虽然只走了一个周芳，但感觉一下子少了好多人。

长得漂亮的女人当然有魅力，但如果仅仅长得好，这魅力是不会长久的；只有心眼好、会处事的女人，才能真正走进人们的心里。

严　芳

严芳是个小巧玲珑的女人，小个子小脸蛋，很精致。虽然女儿都七八岁了，但她看上去却还像个十八九岁的大姑娘。因此常常引来同伴们好心的嫉妒。

严芳来到小镇的时候，我还是党政办主任。当时办公室刚好缺打字的，就让她当打字员。可是她并不会打字，更不会编辑文件。她问我："咋办?"我说："学呀，我老了都能学会，你那么年轻还不容易吗?"她又问："学啥呀?"我如实说："要快，学拼音，要长远的话就学五笔。"于是我就成了她的师傅。她从背字根熟悉键盘学起，学得很认真，梦中都在背字根，走路手指都在打着键盘，因此进步也非常快，不出半月，就能单独编辑文件了。从此，文件收发打印及办公室卫生等一切杂务几乎被她全部包揽了，并且每件事都做得清清爽爽，有条不紊。后来，领导又安排她管理机关伙食，她更是认真调理，精打细算，让同事们吃得又好又便宜。好多人都说："别看这女人小，却不简单呢。"

严芳人小巧，却很泼辣，敢说敢为，喜好打抱不平，有"小辣椒"之称。如果她的"狐朋狗友"受了委屈，她必定站出来跟人家讨个说法，不把气出了誓不罢休，即使她不认识的人受到欺负，她有时也会豁出去跟人家理论一番。一次乘车途中，严芳发现一个农民老伯下车时，司机多收了两块钱却不想找零，老伯在车下等着司机给他找钱，可司机却谎称涨价了，说着，就要发动车子离开。这时，恰好坐在前排座位上的严芳站起身，大喊一声："慢!"司机莫名其妙，问："你要干啥?"严芳说："你把钱给那位老伯找了再走。"声音不大，却带着一股不可抗拒的威严。可那司机并不理会，说："我还以为啥不得了的呢，不就两块钱吗，多管闲事。"说着又打算开车走。这时，只见严芳一步跳到司机背后，吼道："你敢走!"接着伸手就去拔车钥匙。在她的逼迫下，司机只好在身上摸出两块钱，找给那位老伯。

严芳有一个令人羡慕的家庭，女儿漂亮聪明，老公老实憨厚。我们在一起聊天的时候，往往聊不到几句，她就会不由自主地说"我们勇娃子"如何如何，"勇娃子"就是她老公，听得我们这些大男人好生嫉妒。一次，勇娃子休假来我们单位，伙计们弄了一桌菜，准备好好喝几杯。严芳特别关照说："我们勇娃子可是滴酒不沾的，你们可别让他喝。"然而，几个"不怀好意"的伙计巧设辞令，偏给勇娃子敬酒。勇娃子言词短，话不多，说不过了只好喝。结果几杯下去就醉倒了。当严芳把老公扶上床之后，雄赳赳地来到酒桌上说："勇娃子喝不了酒，我代他陪你们，见人四杯，哪个不喝都不行！"其中一个领导已经喝得差不多了，一再求饶，可她寸步不让，硬逼得那位领导把四杯酒喝了，结果很快就来了个现场直播。此后，有严芳在，无人再敢在酒桌上逞能。

前不久，严芳也调到县里某个部门去了，一起共事多年的伙计心里一下子就变得空落落的了。

康忠芳

康忠芳才三十多岁，但人们都叫她"老康"。不知道什么原因，她还是"光棍"的时候，一些哥们姐们便叫她老康，一直叫到现在。老康个子不高，生得胖嘟嘟肉乎乎，也很匀称，加上白嫩的皮肤，让人感觉很性感。

老康性格开朗，为人豁达，和她相处，总让人感到轻松快乐，属于"老少皆宜"的那种，上至四五十岁的资深帅哥，下至一二十岁的小屁孩儿都喜欢跟她相处，开起玩笑无论男女，也不管辈分高低，开心快乐就好。

老康属于那种敢爱敢恨敢于随心所欲表达自己感情的人，喜欢谁就公开地喜欢，讨厌谁就公开地讨厌，当着大伙的面该夸的夸，该贬的贬，毫不掩饰；高兴了，笑得开怀；悲伤了，哭得淋漓。印象最深的一次是。去年我们一同去悼念一个早逝的同事。那个同事参加工作二十年，勤勤恳恳地工作，老老实实地做人。因为在城里买不起房，只好在老家自建。为了建房，四处借债，把自己弄得精疲力竭，房子终于建起了，可他却闭上了眼睛，死的时候刚满四十岁。那天，那位同事下葬入土的那一刻，在场的人无不满眼泪花，但没一人哭出声来，唯独老康哇哇大声，哭得一塌糊涂，弄得好多不认识她的人莫明其妙，甚至还以为她是死者的亲人呢。

老康是一名农林技术干部，工作兢兢业业，勤勤恳恳，并且非常能吃苦。记得三年前，镇里组织在北河沿线利用稻田建设千亩连片产业园，老康负责技术指导。在开挖坑带的时候，她总是脱了鞋袜，卷起裤子，露出白亮亮的大腿，和农民一道在田地里施工。那段日子，每次见到她，都是满身的泥巴点子，全然没有一点儿干部的样子了。在平常的工作中，她同样把自己混成一名普通的老百姓，经常跟大家同吃同住，同在农田里滚打，也因此，她在老百姓的眼里，就像是自己人，而她自然把大家也当作自己的兄弟姐妹了。

说句老实话，她的工作能力一般，也没有取得耀眼的工作成绩，只是认真地尽职履责而已。但她还是“辉煌”了一次，她的名字、她的事迹竟然上了《人民日报》！这对我们那个小镇来说，可是开天辟地、前无古人的事情呀，就是当领导的恐怕也是连想都不敢想呢！

两年前的春天，她一如既往地在农家田地里指导农民搞桑树修剪，恰好来了《人民日报》记者，记者就采访了她，于是就有了《春天里的农技员康忠芳一门心思搞推广》的文章，文章的开头写道：3月9日一大早，陕西省平利县老县镇区域农业技术推广综合站的康忠芳，就坐上农技推广服务车，赶往北河蚕桑产业基地。车窗外，一排排修剪整齐的桑树像兴高采烈的士兵，在列队欢迎她……文章刊发在2011年3月28日的《人民日报》上。看到自己的事迹上了全国最大的报纸，老康兴奋得当即给她的亲朋好友打电话报喜，有如中了百万大奖一般。

（发表于2014年9月2日《西北信息报》）

书摊小姑娘

距离晚间最后一趟班车的开车时间还有半个小时，车站的人已经很少了。我来到一个正待收摊的小书摊前。

摊主是一个十七八岁的小姑娘，见我来了，热情地招呼道："买书吗？这本才出的。"说着顺手递给我一本崭新的杂志。

我接过杂志翻看着。不一会儿，身后拥来了四五个小伙子，将我围住，其中有一人紧贴着我的后背。我心里一阵紧张：早听说这附近有一团伙，天天作案，但没人敢惹，莫非让我给撞上了？

我刚好身上带着两千多元现金，出门进货用的。如果……想到这儿，我的背上直冒冷汗，但表面上仍"痴迷"着书上的文字，并用杂志遮盖了我的半张脸，用余光扫视着周围的动静。这时，只见小姑娘抬起头，盯了我一眼，似乎在提醒我什么，然后弯腰继续整理书摊。

经小姑娘这么一盯，我忽然灵机一动，将手中的杂志一扬，对小姑娘说："表妹，今天没带钱，先拿去看看。"

那"表妹"先是一愣，刹那间猛地站起身，大声嚷道："不行，不行，昨天拿的还没还呐，又想耍赖！"说完就抢我手中的杂志。

我一边抵挡，一边笑着说："对表哥还信不过，明天一次还你不就得了！"

"表哥也不行！快把书给我，我要收摊了。"

争吵中，那伙人已悄悄地溜走了。

这时，广播喇叭传来了甜甜地呼唤："各位旅客请注意……"

小姑娘已收拾好书摊，明亮的路灯，映照着姑娘推车远去的倩影。

（发表于1994年12月24日《安康日报（周末）》）

新　荷

她还是个小姑娘，有着孩子似的单纯与天真。在领导面前，有时还显出些许调皮和娇羞呢。然而，这位“小不点”在不长的时间内把一个混乱的班级整治得有声有色。尤其让人吃惊的是，她接任这个连续三年全区统考成绩都在倒数第一的班级后，竟然一举获得第二名！

她只有十九岁，一年前才从师范毕业分配到这个偏远的小学接任五年级班主任及代课教师。

在学生眼里，她全然是一个可亲可敬的大姐姐形象。她严格要求他们，虽然不打不骂甚至很少发脾气，但就连班上那几个闻名校内外的调皮蛋子也奇迹般地服服帖帖。渴了，她给弄水喝；病了，她送医院找医生；补习天晚了，她亲自送学生回家，就像对待自己的弟弟妹妹一样。

学校门口，有一道河，每逢下雨涨水，她都要打一把小花伞来到河边，把学生一个个送到对岸。水大些的时候，她便把男老师请来，将学生一个个背过河去。

有一次，班上一个学生在打篮球时将脚踝扭伤，她知道后，立即把那学生背到几公里远的乡医院检查治疗。十九岁的姑娘背着一个比她个头小不了多少的学生，累得她腿发软，眼发花，豆大的汗珠顺着面颊往下滴……

她关心学生无微不至，可她却很少关心自己。去年暑假前夕，她一连几天头疼发烧，却仍坚持上课，以致后来鼻腔流血不止，她才不得不在校长的再三督促下住进医院。可还不到三天，她就跑回了学校。当校领导见她脸色煞白批评她时，她说：“回来后即使上不了课，也晓得班上的情况。离开学生时间长了，心里不踏实。”说着她指了指从医院带回来的一包包药。还能再说什么呢？校领导也被感动得泪水盈盈……

在一年一度的教师总结交流会上，人们一致要求这位全乡唯一被县政府评为“优秀教师”的老师上台介绍经验。实在逼急了，她只好走上讲台，可只说了一句：“我喜欢那些孩子，喜欢我的职业……”

原谅她吧，她还小，她不会高谈阔论。何况台下坐着的，有的教龄比她的年龄还大得多呢。她像支小荷，才露出那尖尖的角！

哦，差点忘了告诉大家：她叫肖堂萍，是平利县凤凰中心小学的教师。

（发表于1992年《安康教育》第1期及1993年2月11日《安康日报》）

爷爷与茶的故事

很小的时候，茶叶便在我的心里留下了深刻的印象。那是因为我爷爷。那时候一大家子人，只有爷爷喝茶，并且把喝茶看得比吃饭还重要。

在我的记忆里，无论春夏秋冬，爷爷每天早上起床后的第一件事，便是搂一把柴火在灶膛里把火烧着了，再灌一壶水吊在壶钩上烧水，然后拿起拄手棍似的旱烟袋，装一锅烟点燃就跑进茅房。从茅房回来，水也烧热了，倒些水洗脸，又把壶挂上继续烧。接下来，爷爷便从堂屋里边八仙桌上面的蒸笼里取出茶缸，往缸里放了茶，就在火炉边烘烤。烤一会儿摇一摇，再烤一会儿再摇一摇，直到能摇出脆生生的声音了，茶叶的香味开始弥漫了，茶壶里的水也咕嘟咕嘟地开了，这时爷爷便将开水慢慢地倒入茶缸，随着刺啦一声响起，茶缸里的茶叶慢慢地浮上了水面，弥漫着氤氲的水汽。再过一会儿，水汽慢慢散开，茶叶一片片舒展开来，再沉入茶缸的底部。这时，爷爷便端起茶缸，对着茶水吹几口气，把水面上漂浮着的茶渣吹开，再把嘴唇靠近茶缸，抿一口；接着又吹几口气，再抿一口……约莫抿到剩下三分之一，便停下了，又将茶水添满，晾一会儿再接着抿。

爷爷的茶缸，原本是一只老掉牙的白色搪瓷缸，白瓷已经一块块脱落，变成了黑黑白白的“花”瓷缸。缸子的里面却是清一色的暗红，那是茶锈，厚厚的一层，似乎从来就没清洗过。爷爷每天早上喝完茶后，总是把还剩有半缸茶水的茶缸重新放回八仙桌上面的蒸笼里面，中午或下午从地里劳作回来又烧水，续进杯里，接着喝。

爷爷的茶缸，没有人敢乱动。我那时候还小，想动，也够不着，除非搭上条板凳。有一回，在外面玩累了，口渴得要命，回到家后突然就想到爷爷茶缸里的茶水，恰好家里没其他人，于是就搭了板凳，站在上面偷偷地揭开蒸笼，端出爷爷的茶缸，咕咚咕咚地喝了个滴水不剩。这似乎是我第一次喝茶，感觉那茶水虽然有些苦，但却非常解渴，喝着过瘾。

没想到却惹下祸了。中午爷爷从地里回来取出茶缸准备喝茶的时候，发现茶缸里只剩下干巴巴的茶叶，就冲我婆发脾气。只见爷爷黑着脸对婆婆吼道："喝就喝吧，为啥把茶沤子都给滗干，老都老了咋就那么不懂事呢？"婆婆一脸的冤屈，不停地小声辩解着，而我早已吓得躲在一边。

我婆一定知道这事是我干的。因为事隔不久，我婆把我叫过去，对我说："娃呀，茶叶可是你爷爷的命呢，他那茶缸你爹你娘都从不敢动的呀。娃以后实在渴急了给婆说一声，婆招呼着你喝吧。"

这以后每当我渴急了，我就给婆说，婆就从蒸笼里取出爷的茶缸，对我说："少喝几口，千万不能滗干，要留茶沤子的，上次你爷发脾气并不是说不该把他的茶喝了，而是不该滗干了，连茶沤子都没留。没了茶沤子，再添开水喝的时候就一点儿茶味都没有了。"婆一边嘱咐着，一边把茶缸递到我的嘴边让我喝，却并不松手，怕我又给滗干了。约莫喝到只剩下三分之一的时候，婆就不由分说地把茶缸从我嘴边挪开，重新放到蒸笼里了。

其实那时候爷爷所喝的茶并不是什么好茶，大多是酸腌菜般的粗茶，泡出来的茶水也是暗红色的，可在那个年代就是那样的劣质茶，也是好几块钱一斤，大多数老百姓买不起，也很难买到。可我爷每年都要买几斤茶叶存起来，因此在我的眼里，爷爷是有钱人。他那时候是兽医，三天两头地在山上采些草药回来，家里长年存储着大包小包的药，全生产队的牛病了，都是他弄草药给治疗，生产队给他发固定工资，每月一块五，一年十八块。能称好几斤茶叶呢。

我上中学时，有一年开春要报名了，父亲到处借钱，结果直到报名的前一天，只借来一块钱，还差三块。无奈之下，我婆就央求爷爷想办法。

爷爷便去找队长会计出纳说好话，想提前预支两个月的工资。结果无功而返，因为生产队里也拿不出一分钱。那天下午，爷爷婆婆、父亲母亲一个个愁眉不展唉声叹气，后来还是爷爷艰难地做出了一个决定——把仅有的一斤茶叶取出来，让我拿去卖了。

第二天，我背着爷爷的“命”，跟同学们一起到了学校，恰巧一进校门学校的老工人张师傅就问我包里装的啥，我说是茶叶。张师傅看了看，然后问咋卖？我说我报名还差三块钱，张师傅二话不说，给了三块钱，就将爷爷的“命”拿去了。我手里攥着那三块钱，心里却泛起了酸楚：我把爷爷的“命”换成学费了，将来我挣钱了一定要给爷爷买很多很多的最好的“命”来报答他老人家。

可爷爷没等到那一天，我高中还没毕业，爷爷就去世了。是在给牛喂药时被牛踢倒在地，再也没起来。

后来，我走出了校门参加了工作，喝茶也成了我人生不可或缺的重要组成部分，先是喝几块钱一斤的，后来是几十块的，如今喝的早已是上百块的了。当地的八仙云雾、女娲银峰、紫阳富硒、三阳碧螺春、三里垭毛尖，外地的杭州龙井、恩施玉露、黄山毛峰、安溪铁观音、台湾高山乌龙茶……喝遍了！然而，无论我今天喝着多么好的茶叶，小时候爷爷喝茶的情景、偷喝爷爷茶的情景、爷爷把“命”拿出来让我卖了交学费的情景却一直历历在目，因为那是整整一代人永远挥之不去的刻骨记忆啊！

（发表于2013年11月14日《淮海晚报》，获得华语论坛第二届文学赛散文组二等奖）

一个“哪都好”的女人

近段时间，领导安排我在全镇范围内寻找道德之星，即“孝老爱亲之星”“爱岗敬业之星”“助人为乐之星”各一名。我打了数不清的电话，也不知道询问了多少个同事朋友，我还根据人们提供的线索翻山越岭走访了数十个家庭，也确实发现了好几个或助人为乐或孝老爱亲或爱岗敬业方面有着突出表现的人和事，但如果把他们作为“××之星”来宣扬，总觉得还差点儿斤两。

正当我一筹莫展之际，领导突然对我说：“你何不把视野放开点呢？你可以在普通百姓里寻找，也可以在干部队伍里寻找呀，我觉得陈宏霞这个人就不错。”

一语惊醒梦中人！我怎么就没想到陈宏霞这个人呢？难道因为她跟我一样也是公务员的缘故？难道是因为我跟她太熟悉了？难道是我听到看到的有关她的事迹太多了反倒习以为常的缘故？……

时光回到二十年前，××乡政府。我在乡里当文书，她做蚕桑辅导工作，后来又是计划生育专干。那时候不管担任什么职务，每人都得驻村。所谓驻村，就是把这个村的所有工作任务全部包揽了。她所驻的是黄洋河那边的刘家沟村。那是跟外县交界的一个村，从乡政府到那里有二十多里山路，先上金盆山，再下兰家湾，又过黄洋河，再上刘家梁。也没有公路。不过有没有公路都一样，那时候的乡干部，几十块钱一个月，多数干部连自行车都买不起呢。因此，无论到哪儿靠的都是两只脚。而到刘家沟，一来一去四五十里的路程，这对一个小女人来说，是何等艰难。但生性要强的她，每一项工作任务，总是完成得非常出色。任何时候只要领导把工作一安排，无论酷暑严寒，阴晴雨雪，她总是第一个背上“红军不怕远征难”的黄色挎包奔走在前往刘家沟村的山路上。夏天，常常遭遇河水阻隔，她便自己花钱请黄洋河岸边会水的村民背她过河。一次，正过到河中间，一个浪头打来，两个人同时被打翻在滔滔的洪水当中，幸亏那人水性好，挣扎到四五十米远的下游，终于把她拽上了岸边。到了冬天，河水虽然平静许多，但宽阔处也常常是半米深的水，一般都得脱掉长裤，光着腿脚进入水中，冰冷的河水如数万支钢针刺遍全身，每次过完二十多米宽的河水，就像从地狱走过一般。而她就在这道河里穿梭了十多个春夏秋冬。

工作勤奋、认真负责只是她的一个方面，真正赢得同事和老百姓称道的，是她的无比善良。我曾经有好多次亲眼看到她将半新的鞋子送给光着脚在风雨中走路的人，在自己都吃不饱的情况下，将饭菜递到马路上沿街乞讨者的手中，而从自己极其微薄的工资中替困难户垫交税赋的例子更是不胜枚举。

陈宏霞自参加工作，人们一直习惯叫她的乳名：霞娃子。那时只要在机关里待着，她一刻也闲不住。“霞娃子，快来帮我填张表”“霞娃子，来帮我缝下铺盖”“霞娃子，帮我把这只毛衣袖子打了”……日常生活中，同事们无论谁有个什么事，她总是有求必应；工作上更是不分分内分外，自己任务完成了，立马就会去帮助别人。

撤区建镇之后，她一直负责计划生育工作，我跟她没有直接的工作关系了，但我知道，我们镇里的计划生育工作经常招来县内县外的同行们学习取经，陈宏霞本人也多次被评选为先进工作者，各种荣誉证挣了一大堆，还受到过国家计生委的表彰。

就是这样一个无论是做人还是做工作都力求尽善尽美的人，我怎么就没想到让她来当个“爱岗敬业之星”或“助人为乐之星”呢？

可我又觉得，仅赋予她这两颗“星”还远远不够。以她近两年来对五保老人无微不至的关爱，她何尝不是一位地地道道的“孝老爱亲之星”呢？

去年7月，组织上从工作能力、敬业精神、道德修养等方面综合考虑，将陈宏霞调往老县区域敬老院担任院长职务，为的是全面提高敬老院的管理服务水平。在前后两个年头的时间里，我虽然从未到敬老院去过，但我却经常听到敬老院管理得如何如何好，陈宏霞本人如何如何给五保老人理发、替他们缝补衣服、精心照料患病老人的言论。

带着对这位曾经的同事、朋友的崇敬之情，也带着一些心里的疑问，8月中旬的一天上午，我和另一位文化干部一道走进了陈宏霞工作的地方——位于七里沟村的老县区域敬老院。

正是早上八九点钟的样子，走进敬老院大门，但见敬老院仿古建筑雕梁画栋，院内花香馥郁，绿树成荫，内有奇石点缀其间，真是美不胜收。当我们来到院务管理办公室门口，见到她正在为一个老人理发，只见她先是拿电动推子满头推一遍，再拿剪刀进行认真修理，然后又用剃头刀刮胡须，一招一式都显得非常专业。给我们泡上茶之后，接着她又为一个老婆婆理了发。一连理完了三个人的头发，这才回到办公室陪我们说话。她说，这几天太热，要理发的都选在这个时候。我问：“你什么时候把理发学会了呢？”她说：“到这以后学的呀。你看看，这里面八十多个老人，痴的痴，残的残，身体好的没几个，请外面的人理发，花钱不说，人家还不愿意呢。于是我自己就学了这手艺，老人们啥时候想理都行，多方便呀。”

这时候，另两个工作人员也进来了，一个姓高，是个二十多岁的大姑娘。一个姓熊，是个中年妇女。一说到陈宏霞，都抢着说她的好。我问：“你们都说她这好那好，到底哪儿好呀？”我们陈院长哪儿都好。”小高有点儿调皮地说，“比如她不怕脏呀，除了理发，还帮那些生病的老人擦身体呢；她还特能吃苦呢，经常深更半夜里起来经管病人或调解老人之间的纠纷呀；她这人心眼好呀，遇到再麻烦的事都不发脾气呢。唉，太多了，说不完。”

是的，陈宏霞到这里虽然只有短短一年多时间，但她却以那颗菩萨般的心肠，亲生儿女般地精心照料那些孤寡老人，让那些原本无依无靠的老人如沐春风，其乐融融。常言道老小老小，人老了有时候跟小孩子无异，他们来自不同的地方，各种各样的性格，也经常闹些矛盾吵些架，每当这时，她总是苦口婆心地予以劝解，就像哄小孩子一样；有的老人就是让虫子叮了，也要跑来找院长，这时，她便将准备好的无极膏或风油精之类，亲手在蚊虫叮咬过的地方擦抹，直到老人高高兴兴地离开。

为了让那些五保老人更多地感受到大家庭的温暖，陈宏霞每月为五保老人举行一次集体生日宴会，凡在该月份过生日的，她便在月中的某一天摆一桌丰盛的酒席，由她亲自为老人们斟酒敬酒，祝老人们健康长寿，每月的这一天，平常从不沾酒的她也要喝上一杯两杯。

她照顾病人更是无微不至，只要是大小有个病的老人，她都牢记心中，每天两三道地问人家好点没有，药吃下没有。而一旦哪个生了重病，都是她亲自将老人送往医院。今年3月的一天后半夜里，老人陈文章突发疾病，一副痛苦不堪的样子。见状后，她立马联系出租车，天不亮就将这位院民送到了县医院里。到了医院，她又亲手搀扶着老人这里那里来来回回地进行检查，来来回回地办理各种手续。所有见到的人无不在心里说，这女儿真孝顺呀。可是人们并不知道，她真正的父亲母亲从生病住院直到去世，她都一直在工作岗位上忙碌着。每每想到这些，她便感到万分愧疚。

听了她的这些故事，我和同伴问道：“你是怎么做到这样的呀？”她无比平静地说道：“其实没什么呀，将心比心，人都是要老的，再说到这儿来的，大多无儿无女，本来就够可怜的了，如果我们再不对他们好点，让他们心里咋想啊？何况和我们那时候的苦和累比起来，如今这点儿付出，真的算不得什么呢。”

从她工作的地方回来，已经好几天了。几天来，我一直在思考着一个问题：陈宏霞，一个在乡镇工作了二十八年的女人，一个受到过国家计生委表彰的女人，一个虽然在乡镇工作了二十八年、虽然受到过国家计生委表彰但却到现在仍然还只是一个小科员的女人，一个既爱岗敬业又助人为乐，又孝老爱亲的女人，一个“啥都好”的女人，到底给她授予哪颗“星”最合适呢？

美丽的风景

大巴山深处，黄洋河两岸，人们眼里最美丽的风景莫过于他们村里的女医生小芬儿背着药箱在农家小户里往来穿梭、在山间小道上辛勤奔走的情景。

“小芬儿”是她的乳名，但村里的大叔大婶们都习惯叫她的乳名，叫了十多年了，把一个充满稚气的小女孩叫成美丽动人的成熟女人了。但人们依然这样叫着，觉得这样显得更亲切一些。

小芬儿也是一个在大山里长大的孩子，十五年前从卫校毕业后，就来到这个边远的山村里。那时，她有一个叔叔在县城某机关里担任着一个比较重要的职务，她叔叔一心要给她在县城里谋个职业，可聪明的小芬儿却一口拒绝了叔叔的一番好心。她解释说：“我从小立志学医，就是要为养育我的大叔大婶们治病的，再说，城市里能人多的是，多一个我不起眼，少一个我也无所谓，可我一旦回到山村里就不一样了，我的人生价值就能得到最充分的发挥。”就这样，她义无反顾地来到了黄洋河岸边的大梁垭村，做了一名乡村医生。

在大多数人的眼里，医生的形象就是穿着白大褂、脖子上挂着听诊器、戴着眼镜坐在宽敞明亮的办公室里，查病情、开处方，其情其景似乎不能不让人羡慕。然而对一名边远山村的乡村医生来讲，却全然没有如此这般的潇洒。他们没有上下班时间，没有休息日，有时一天到黑忙得连饭都吃不上，还常常在乡间小道、泥湿路滑的山路上奔走，不分阴晴雪雨，没有春夏秋冬。小芬儿永远不会忘记，去年7月的一天，下着大雨，快要天黑的时候，卫生室里突然闯进一位全身淋得透湿的妇女，见到她就说："你快到我家去一趟吧，他（丈夫）已经不行了。"小芬儿一边安慰那位妇女，一边询问病情。原来她丈夫上午在山上砍柴时不幸将动脉血管割断，血流如注，勉强跑回家中用手摁住，心想过一会儿可能会止住，谁知道血一直在流，而到最近的乡医院也要走二十五里山路。不一会儿又下起了大雨，直到下午，眼看丈夫晕过去了，这才来到稍近一点的这个卫生室来求救。听到这里，小芬儿二话没说，连忙提上袋血浆，背起急救药箱，冲进雨幕。此去是极其陡峭的十五里山路，又下着大雨，很快衣服便淋得透湿，并且先后三次摔倒在地上，胳膊及小腿上划出了好几条血道道。当她赶到病人家里时，病人已奄奄一息。经过她的及时救治，终于使病人脱离了危险。在她行医的十多年里，像这样雨夜出诊的事例，已记不清发生了多少次。然而每当经过她救治的病人恢复了健康，再苦再累，她的心里总感到无比的甜蜜。

能吃苦是一方面，更重要的是她有一颗善良的心。村卫生室面向的是穷苦百姓，她必须尽量减轻患者负担。凡一时拿不出医药费的患者，她自愿给予赊垫，遇上特别困难的就全免或部分免费治疗。她家上有老下有小，日子过得并不宽松，但历年来免收特困户患者药费就是好几千元，赊欠金额更是高达两万余元，这之中相当一部分虽然记在账上，其实永远也无法收回来。广沟村有一个叫作陈明兴的村民，上有七旬老父，本人及妻儿又全部患乙肝大三阳，自她行医以来，这家人在她那里治病从来就没收过一次医疗费，累计欠账金额近四千元。

村级卫生室，特别是陕南山区贫困村的卫生室，医疗条件非常简陋，唯一的设备就是听诊器、血压表，诊断病情只能靠传统的望闻问切。为了更好地服务乡亲父老，小芬儿一方面兢兢业业地为病人治病，一方面千方百计挤时间学习医疗技术，使自己慢慢地成长为一名不仅技术过硬，而且深受老百姓喜爱的乡村医生。2010年初，卫生部门组织了一次乡村医生大比武，她一路过关斩将，最终摘取桂冠。也因此她又代表全市的乡村医生参加全省的医疗技术大比武，几个回合下来，她所负责的实践操作环节获得了满分。

写到这里，读者一定非常想知道她是谁，是个什么样的女人。可是抱歉，我不想告诉你们，甚至连她的长相都没做任何描述，不过请你们相信，她在老百姓的心中，就是一名最美丽的女人，那么，在你我的心中，难道不更是名副其实的美女吗？

（发表于2012年第6期《旅途》杂志）

多彩人生

——平利县老县镇乡村医生李平小记

在陕南的大巴山深处有这样一位“痴人”——在陕西省中医学院医疗系毕业时，当全班所有同学纷纷在城里谋取职业的时候，他却主动要求返回贫穷落后的家乡；当几乎所有的医疗网点都千篇一律地打出“概不赊账”的招牌时，他却日积月累为农村贫困户赊下了近十万元的医疗费用；他右腿残疾，行走十分不便，但却常常背着沉重的药箱，奔走在崎岖的山间小道上……他，就是平利县老县镇老县村医疗卫生室医生李平。

大胆抉择

李平，男，出生于1964年12月。十三岁时右腿患骨髓炎，因受农村医疗条件限制，加之家庭经济十分困难而未得到及时治疗落下严重残疾。1988年李平高中毕业后以优异的成绩考入陕西省中医学院，在经过三年的刻苦学习后，于1991年7月毕业，从而迎来了他人生中第一次艰难的抉择。那时的就业形势并没有现在这样紧张，在县以上医疗单位找到职业，几乎是每个学子的心愿，也并不是十分困难的一件事，而对于品学兼优的他来说就更不是一件多么困难的事情。但当他想起自己小时候遭受病痛折磨而得不到及时救治的情景，想起因缺医少药导致无数的乡村父老基本健康得不到保障的情景，他毅然做出了让所有的同学和老师都出乎意料的选择——回到农村，为家乡的父老乡亲服务！

一石击起千层浪。他的这一选择很快便遭到家人和朋友们的强烈反对，就连老师和同学都不能理解，反复劝他“不要一时冲动”。但他却像吃了定心丸似的，态度十分坚决。他理解劝他的人，从内心来说，他们都是为他的前途着想，毕竟城里和乡村有着天壤之别呀。而他也是经过了反复思考的，他知道他不是一时冲动。他也知道在乡村自主创业的艰难与困苦，但为了实现理想，他相信他会战胜一切，他想起了保尔·柯察金，想起了张海迪，想起了俄国诗人“让别人去坐轿子吧，我们的生活将永远是开拓”的诗句，他信心百倍，他相信他一定不会辜负乡亲们的期望，他会做一个真正有益于人民的人。

默默奉献

1992年3月，在李平从医学院毕业的半年之后，在他克服重重困难东拼西凑筹集到几千元资金后，在上级主管部门的大力支持下，在乡亲们一双双期待的眼睛注视下，老县村卫生室终于挂牌成立了。

一个大学生成了一名乡村医生，一个残疾人在村里办起了卫生室，这在当时还是十分新鲜的事情，村民们纷纷怀着好奇的心理前来探望，当然也有怀着试探的心理前来就医的。但不管是谁，他都极为耐心地接待。对待患者，他更是体贴入微。在治病方面，他深知农民挣钱不易，一般的病痛他们是不会花钱治疗的。因此，在治疗方法上，他采取中西结合，中医为主，根据病情灵活选用办法，尽量让患者花最少的钱将病治好。他要尽最大的努力让前来就医的人看得起病，让每一名患者尽快地解除病痛。他以治病救人为天职，即使没一分钱的患者，只要来了，他也毫不犹豫地给予救治。

村里有两位孤寡老人，一个叫王光德，一个叫曾传金，自从李平办起医疗室，每次他俩前来治病，他都没有收过一分钱。十多年里他自己也不知道在这两位老人身上花了多少钱。他自己是残疾人，他更理解残疾人的困苦，因此对残疾人，他总是尽最大的努力给予帮助。马安山村失去一条腿的残疾人吴天文、双耳失聪的残疾人吴风平，在生活最艰难的时候，是他伸出了援助之手，帮助他们战胜病魔克服困难，重新树立起自强不息的信心，从而走上了致富的道路。如今两人都已分别盖起了砖混结构楼房，日子过得红红火火。老县村有一个姓余的女孩子，因小时候患小儿麻痹不能行走，父亲又不幸早逝，家境贫寒，他便多次上门探望，帮助她解决实际困难。更为难能可贵的是，李平本身行走十分不便，但对那些经济困难住不起院，病情严重又不能行走的，不管路途多远，多么难走的山路，只要家属找到他，他总是不辞辛苦地上门救治。1995年冬月一个寒风刺骨的日子，女娲山乡一个年过六旬的老太婆患心脏病，心功能衰竭，心慌气短，无法行走，又无钱住院治疗，患者的亲戚找到他后，他二话没说就背起药箱，艰难地奔走在崎岖不平的山路上，一来一回便是二十多里山路！为了治好这位病人，在不到一个月的时间里他便先后三次上门，每次离开时，病人总是拉着他的手流着泪说："你自己走路不方便，给我看病让你走这么远山路，受这样的苦，真是难为你了呀！"在他的精心治疗下，这位病人的病情终于明显好转。人们不会忘记，菜溪河村年逾花甲的简仕强老人，在2000年7月的一天突患脑溢血，病情危重来不及送医院救治，他只好步行十余里山路上门救治，病好后，简仕强老人只要一见到他就称他是"救命恩人"。在他开办村级医疗卫生室以来的十多年里，谁也无法知道为了病人，他出了多少次诊，在坎坷的山路上奔走了多少里，所在的老县镇，相邻的女娲山乡，山山岭岭都留下了他的足迹。为了使贫困村民有病能够得到治疗，他先后为贫困户减免医疗费用三万多元，同时还赊下了六万多元的医药费用，其中相当一部分已经欠下上十年了，虽有账在，但收回的可能性已十分渺茫。

选择了乡村，就意味着选择了奉献。因此，他无怨无悔。

执着追求

作为村级卫生室，医疗服务只是他工作的一个重要方面，他同时还承担着本村的计划免疫、妇幼保健、新型农村合作医疗、传染病报告和突发公共卫生事件协助控制等任务。而他所在的老县村有十五个村民小组两千一百多人口，属全镇最大的一个村。因此，上述这些方面的工作，在全镇十三个村中，他的工作量是最大的，但只要是上级下达的任务，他不仅每一次都出色地完成，而且总是在检查评比中得到主管部门的好评。

在平时的工作中，他时刻不忘严格要求自己，自觉遵守各项规章制度，严格执行专业技术操作规程，采购药品十分注重质量，时刻提防假冒伪劣药品，并把药品差价降到最低程度，最大限度地维护患者的利益。十多年来，没有发生过一起医疗事故和医疗纠纷，被不少患者称为“信得过卫生室”。

对于一个怀有崇高理想的医务人员来说，尽管人们对他的评价再好，他也绝不会有半点自我满足，他知道，人生的价值只有在不懈的追求中才能得到最好的体现。

虽然他在十多年的医疗实践中积累了比较丰富的经验，但他从来没放松过学习。除了积极向同行请教学习以外，只要是听说哪里开办培训班，有专家授课，他都积极参加。同时在2002年他还自费去北京中国中医研究院望京医院进修学习半年，接着又于2003年在安康市中心医院内科、急诊科学习一年，并于2003年通过国家执业医师考试，取得了执业医师资格证书。

为了改善医疗条件，为患者提供最好的服务，解决路途遥远的患者住宿问题，他又想方设法筹集资金，于2005年将原来的旧房拆除，重新建起新的门诊楼房。按照平利县标准化卫生室建设要求，设置了诊断室、药房、治疗室和预防接种室，常用医疗设备一应俱全，并在全镇率先配置了新型合作医疗门诊费刷卡系统，成为全县功能最全管理最规范的村级卫生室，2007年被评为“平利县标准化卫生室”。

多彩人生

从走出校门开始创业，他走过了十六个年头的辛酸风雨路。十六年来，他始终不渝地视乡亲为自己的衣食父母，始终不渝地为患者提供最优质的服务，始终不渝地把乡亲们的利益放在第一位，吃苦受累也好，垫资赊账也罢，虽然“吃亏”，但每当一个病人经他的救治好了起来，他的心里便感到无比的欣慰。毕竟，把自己的才智奉献给乡亲们是他的理想，理想能够实现，比什么都幸福，他为此感到无比的自豪。

对于一个残疾人来说，他不畏艰难，奋发进取，使自己的理想得到实现，他用自己的行动谱写了一曲身残志坚的赞歌；作为一个医务工作者，他胸怀神圣使命，爱岗敬业，默默奉献，以自己对乡亲父老的无比热爱，通过不懈追求，成就了自己的多彩人生。他先后被评选为平利县第四届政协委员，被共青团平利县委授予“平利县第三届优秀实业家”等荣誉称号。

严师何侠民

他是我初中时期的班主任，也是我们语文、历史、地理课的代课老师。他当时五十岁左右，瘦高瘦高的，模样有些怕人。见第一面，就在我心里留下了“这人很凶”的印象。老实说，当时我们除了对他畏惧以外，一点好感也没有。尤其我们几个离学校较远的，每天早上要赶10多里山路，天不亮就动身还往往迟到。一迟到，他就黑着脸，将我们狠狠地训斥一顿，有时还要罚站。而这时，我们则一边在心里恨他，一边又抱怨道：怎么就遇上这么个老师呢?

当然，他的严厉更多的时候是表现在教学上。凡他布置的作业都必须一丝不苟地完成。有时一个标点错了，他都要你纠正。他上课，即使再调皮的学生也不敢打半点马虎眼。因为他不像别的老师那样一股脑把课讲完，然后把作业一布置就完事了。他爱提问，而被提问者常常是答不出就站到答出来为止。记得有一次刚上课，他就将我叫起来，让我背头一天学过的《黔之驴》。这篇课文我本来就没背熟，所以当我结结巴巴像说绕口令似的背到“蔽林间窥之，稍出近之，悠悠然，莫相知，莫相知……”的地方，再也接不上下文了。这时我的同桌悄悄地翻开书给我“打枪”，可这动作被何老师发现了，便将那位同学叫起来背，结果更糟。于是那节课我和同桌便一直站到下课铃响。

他就是这样近乎苛刻地要求我们。也正是因为他的严，以致很多初中时期学过的课文我至今仍可以倒背如流，这对我后来的写作无疑起着重要的作用。

然而，在我们升入初二的时候，张铁生、黄帅等一批“闯将”出现了，当年错批师道尊严的口号一经发出，便在校园的角角落落掀起滔天巨浪，一夜之间，大字报便白花花一片。而在满墙满壁的大字报中，“何侠民”的名字无疑出现得最多。不可想象的是，就是在这样的背景下，何老师仍然要求我们每周写一篇作文，内容自然是“批判稿”，再说具体点，也就是专写“批判”他本人的“批判稿”。对我们交上去的这类“作文”，他照样认真地批改，还拿到课堂上讲评，对论点“正确”、论据充分、结构完整的作文给予充分的肯定。他在讲析的时候，一只手总是摁在腹间，脸上常常滚落亮晶晶的汗珠。那时我们并不知道，他患有严重的胃病。

这就是我记忆中的何侠民老师。

对于这样一位在那种特殊年代仍然严于执教的老师，本应该得到我们的尊重，可是他没有得到。以致二十年后的今天，当我坐下来写这篇短文的时候，心里仍然充满着内疚。如果拙作有幸能够被何老师读到的话，还望原谅学生当年的无知。在此，我也衷心地祝愿他老人家健康长寿，晚年幸福。(何老师已于2005年病逝。)

（发表于1996年3月16日《安康日报》）

涓涓爱心不了情

平利县老县中学青年教师石顺银，多次放弃进城工作的机会，扎根山区教育事业，十三年如一日，用真情和汗水培养着一批又一批学生，使他们走出深山，走向社会。

1986年，从安康师范学校毕业的石顺银被分配到锦屏小学任教。虽然初登讲坛，但他深知教学质量是学校的生命线。在教学中，为了不断丰富自己的知识，开阔视野，他节衣缩食，购买大量的学习资料，刻苦钻研教学技巧。不仅备课一丝不苟，而且从教态到语言，乃至手势、表情等细枝末节，他都一遍又一遍琢磨，终于探索出一套独具特色的教学方法，赢得了同行和学生的一致好评，教学成绩很快得到提高。

由于工作成绩出色，1994年7月，他被调往老县中学任教。而这时的石老师，不仅是一个小有名气的教学行家，而且是一个管理能手。在他接任的班上，学生陈某和王某经常打架、骂人，公开顶撞老师，学校欲将其开除。而石老师却坚持认为他们年龄小，不能一棍子打死，把责任推向社会。于是他一次次找这两位学生谈心，动之以情，晓之以理，并努力挖掘他们的长处予以鼓励，提高他们改正错误的信心。在他的耐心教育下，两位学生不仅痛改前非，积极进取，而且毕业后双双考上中专。在任95届初三班主任时，该班有一批学生吃喝偷盗样样齐全，老师们都不愿给这个班上课，为了管好这批学生，石老师利用一切可以利用的时间，和他们谈心交朋友，并通过家访、开家长会等办法，使家庭和学校共同负起责任。在他的努力下，该班的整体素质很快得到提高，全班三十七名学生无一人有大的违纪行为，最后全部合格毕业，并有四人考上中专。石老师因此被授予优秀辅导员荣誉称号。

冰心老人说过："有了爱，便有了一切。"石老师关心学生胜过关心他自己。学生病了，他及时领着学生到医院治疗；渴了，自家的开水随便让学生喝；贫困生交不起学杂费，他主动垫交，仅1999年下半年就从微薄的工资中替贫困学生垫交了三百多元学杂费……

成绩是学生对老师最好的回报。每当他的学生考上中专或在竞赛中得了名次获了奖励，他便感到万分欣慰。然而，谁又知道一心扑在教学事业上的石老师面对家人时无限的愧疚呢？那年当刚毕业的学生来看望一脸倦容的恩师，争相报告好消息时，石老师的儿子却因有病没有得到及时治疗，不得不转往地区医院急救，还差点酿成终身憾事……这一年是石老师对亲人欠账最多的一年，也是工作收获最多的一年。他所带的班有十二名学生考上中专，总成绩在全县高中、中专中名列前茅。

一分耕耘，一分收获。石顺银老师先后三次获得"全国青少年日记写作大赛""中化圣陶杯中学生作文大赛"指导奖；其教研论文四次获得地县奖励；1999年1月又被共青团平利县委授予全县"十佳青年"荣誉称号。

（发表于2000年4月28日《陕西农民报》）

听电视的老人

十年前，我在陕南一个叫周家垭的地方工作。周家垭是个很穷的地方，电视对这儿来说还是新鲜玩意儿，仅乡政府有一台17英寸黑白电视机。每天天黑，附近的村民便三个一伙五个一群地来到乡政府，汇集在大会议室里看电视。那间能容纳近两百人的会议室常常爆满。

观众中有一位老人，总坐在电视机后面的一把小椅子上。开始我觉得奇怪，后来我才知道他是一位盲人。身边的人告诉我，他眼睛虽看不见，但他听得可清楚呢。

我开始注意这位老人。在听电视的过程中，他从不说一句话，也看不出脸上有什么表情变化，整个形象宛若远古时代的雕塑。有一次我故意问他十天前某个晚上电视里“演”些啥，他竟能将那晚电视的全部内容完整地复述一遍。

这是一位孤独的老人。他有五个儿子，有的在务农，有的是医生，有的在教书，还有一个是国家干部，但他却过着独居生活。我曾亲眼看到他拄着拐在井里提水，也亲眼见过他摸索着在山上砍柴。做饭洗衣全靠自己。他常常把饭煮熟后把盐和食用油调在里面，搅匀后就吃，没一片菜叶……

我在周家垭生活了两年便离开了。不久前我又去了一次那里，并且专门看望了那位听电视的老人。他已年近八十，我问他是不是还在听电视，他摇了摇头，那沟壑纵横的脸上仍然毫无表情。我茫然了：如今，家家都有了彩电，应该说听电视更方便了，他怎么却与电视绝缘了呢？

（此文发表于1995年12月5日《陕西邮电报》）

忘不了你的身影

离开那里，已经好几年了，然而你那憨厚的笑貌，你那挂满汗珠的面孔，你那推着满载邮包的自行车在雪中雨中奔走的身影，我却总是忘不了……

也许是长年经受日晒风吹雨打的缘故吧，你的皮肤总是黝黝的黑；也许是长年负重，伛偻着身子推车爬坡的缘故吧，你的个子总是墩墩的矮。你——邮电所的邮递员，看上去竟是那么不起眼。

几大袋邮件码在车上，车子便吱扭吱扭作响，四十多里的山区公路其实还不如平坦一些的便道，更有店子沟那没有谁能骑上去的盘旋陡峭的山坡……

你就往返奔走在这样的山道上，朝朝暮暮，不分阴晴雨雪，不论春夏秋冬。

你体魄健壮，但哪一次推车上坡不累得气喘吁吁？你推车上坡，上身与路面平行，车身和人身平行，看上去是怎样一幅沉重的画面！

你车技超常。却常常在雨天雪地里被泥泞湿滑的道路弄得人仰车翻。衣服沾满了泥巴，浸透了雪水，膝盖擦破了，胳膊流血了，而你却扶起车子，先用抹布把邮件上的泥水擦得干干净净。

你不是铁打的身板。你工作很累很苦。但你的勤苦却使这五个僻远的乡镇不再闭塞——你那吱扭作响的自行车，是两万多巴山民众通往山外世界的桥梁啊。

每天，你起得最早。因为你必须在邮车到达之前赶到接车地点，送走大包小包的邮件，接回大捆小捆的邮包。每天，你回得最迟。因为你除往返四十多里路接车外，还负责一个乡的邮件传递。每天都能见到你。每天见到的你总是大汗淋漓。见你那么累，劝你歇歇脚，你总是憨厚地笑着，说路还远，事还多。你收了我要寄发的邮件，我收了你送来的杂志报纸。然后望着你的背影，渐渐远去……

日复一日，年复一年。几度风雨，几度春秋。你未到而立之年，岁月却早早在你的额头、眼角刻下了永远的印记。斗转星移，我离开了你的邮路，记忆中渐渐模糊了你的名字，但却永远记得邮电所那个矮矮的接车人。

（发表于1991年6月14日《陕西邮电报》）

篾匠殷正财

这个人看上去很普通，不高不矮的个头，不胖不瘦的身材，端端正正的五官。如果硬要找个特殊的地方，就是他那双手。那双手的十个指头似乎比别人更长、更粗壮、更结实，当然也比别人粗糙得多，尤其拇指与十指内侧，厚厚的老茧泛着淡黄色的光泽。可你千万别小看这双手，这双手有时候就连魔术师也未必能敌。不信你弄根竹子来让他玩玩：就一把小锯、一把篾刀，只听得一阵噼里啪啦，三下五除二的，它们就变成了各种各样的细条，有的细如丝，有的薄如纸，但见这些细条在他的手中上下翻飞，不出几个时辰就变成了各种各样精巧的竹制器具。

在平利县西河镇，年纪稍长点的人都知道，能玩这种魔术的，只有石梁沟口（现梅子园村四组）的篾匠殷正财。不仅在西河，在20世纪八九十年代，在整个魏汝区，方圆数百里，人们只要提起殷正才，都会竖起大拇指说："你说殷聋子呀，知道知道，那可是个了不起的篾匠呢，没有他不会做的篾活啊。""殷聋子"是他的绰号，因为他耳朵有点儿背，人们就当面背后叫他殷聋子，竟叫出名了。只要提起殷聋子，人们都知道说的是篾匠殷正财。

进入21世纪以后，随着塑料制品的广泛应用，竹制品逐渐退出历史舞台，做篾匠手艺的人也随之越来越少。可在20世纪，但凡是个农民，没有人会离得开篾器，磨粪要用粪筛子，担粪要用篾筐子，撒粪要用篾篮子，摘菜要用竹笼子，打鱼要用鱼篓子，养蚕要用蚕簸子；睡觉要用竹席子，坐卧要用竹椅子，筛米要用篾筛子，做饭要用罩篱子，吃饭要用竹筷子；打谷子要用躺席，晒谷子要用晒席，存放谷子要用围席；带孩子要用摇篮，做针线活要用针线篮，推手磨要用大簸篮……总之，在生活中个个制品不可或缺。也因此，篾匠在20世纪也是最吃香的手艺人之一。

殷正财更不例外。因为在众多的篾匠手艺人当中，他是唯一“满堂滚”（即全能人才）的人，别人不会的他会，别人会的他比别人做得更好更精，即使他从没做过的器具，只要让他看一眼，立马就会编制出更漂亮、更精致的器具。同时，他还非常注重信誉，只要他答应人家的活计，哪怕再忙，也要按时将产品交给别人，有时为了按时交货，一忙就是一个通宵。他更讲究产品质量，他编制的簸篮滴水不漏，他编制的凉席，细皮嫩肉的月娃光着身子也敢在上面滚爬，他编制的筛子，那筛眼的大小绝对百分之百相等。

按理说，一个手艺人只要能讲信誉、重质量就足够了。可殷正才还多一样，即讲美观。他编制的器品，在保证经久耐用的基础上，总是要尽最大努力把器品做得美观耐看。比如编簸篮或栲子，一般的篾匠大不了在“人字路”或“双人字路”的基础上，再来点“升子底”的花形，这样简单便于操作。而殷篾匠却偏要选择有一定难度的“梅花”图案；编凉席，他一般要选择最难的“二龙戏珠”图案。那些图案看上去栩栩如生，像画上去的一般。

这样的手艺人，毫无疑问是最吃香的了。也因此，一年四季，他总是有忙不完的活。大集体的时候，他还当着生产队长，白天带着社员在队里劳动，一回家就赶紧拿起篾刀赶制篾活，天黑了也不用点灯，白天跟晚上，睁着眼与闭着眼，对他来说是一样的。大包干以后，邻里的活路做完了到邻村，邻村的活路做完了到邻乡，邻乡的活路做完了到外县到外省，湖北的竹溪县，本省汉滨区、旬阳县就经常有人把他请到家里做活，有时一走就是个把月时间。

做篾器活，看似容易，其实很苦。比如打席子，必须要蹲着，而一蹲往往就是好几个小时，有时腿脚麻木了竟全然不知。再比如划篾（即把竹子剖成篾片或篾丝），初学的时候极易刮伤皮肉，手指手背到处都是划伤的血道道。就说殷篾匠那双手吧，看起来非常灵巧，但如果你仔细瞅瞅手上的疤痕及老茧，便能看出他从艺路上所付出的汗水与艰辛。曾听人说，他年轻学手艺的时候，为了更好地掌握划篾这一基本功，常常早上五点多起床开始练习，一直练到晚上六点多。即使是出师之后，他仍然不停地磨炼自己，不断地思索创新，终于把自己塑造成一个远近闻名、堪称一流的手艺人。

殷正财出生于1935年5月，十二岁学艺，十八岁即可独揽篾器活。从艺半个多世纪，编制竹制品不计其数，2008年11月5日，正在为其长女编制筛子的时候，突发脑溢血去世，享年七十三岁。

（发表于2016年《平利文学》第1期）

父亲的记忆

父亲已经离开我们好多年了，但脑海里仍常常浮现出他老人家辛勤劳作的身影。

作为农民，父亲像家乡的所有父老乡亲一样，面朝黄土背朝天，日出而作，日落而息。父亲上要赡养二老，下要抚育我们六个孩子，负担何等沉重可想而知。为了多挣工分，父亲每天出工，不论干什么活都要带上一把镰刀，利用别人休息的时候割野蒿扛回家沤肥，之后又将肥料交给生产队里，每担可挣两个工分，这样十天下来就比别人多挣两个工日的工分。到冬天，他就带上斧头和弯刀，一头钻进大山烧炭。谁都知道，烧木炭这活儿，在所有的农活中最脏、最苦、最累，又容易发生危险，再好的身体，烧一个冬的木炭，也要掉下好几斤肉。因此，一般只要日子勉强过得去的，都不愿干这活。然而父亲却是每年主动要求进山烧炭，为得是能比别人多挣几个工分。一个冬天过完，父亲便黑瘦得有些怕人。

父亲除了烧木炭、做一手好庄稼活外，还是一个小有名气的篾匠。我家门前便有一块竹园，那虽是集体的，但父亲有权用它来编制一切生产队里需要的农具，如竹筐、背篓、晒席等。我记得，编一担竹筐大概是记二十个工分，而打一床晒席则是五十个工分。当然这些活必须是在收工以后利用晚上加班来干，这样所挣的工分就属于“业余创收”了。

就这样父亲甘愿付出更多的心血，来满足我们读书识字的愿望。我们兄妹六人全部将书读到初中以上。勤劳一生的父亲到了晚年，按说应该享受儿女的清福了。可是，当女儿出嫁、弟兄分家之时，父亲却坚持和母亲单独生活在一起，并且另外划了一份责任田。这样，父亲不仅要操持衣食住行等一切家务，还要下地犁耕播种，还要照料腿有残疾行动不便的母亲。已经进入古稀之年的父亲如此劳作，做儿女的怎能忍心！然而却拗不过倔强的父亲，他对我们说："我虽然老了，但也没病没痛的，不劳动有啥意思？自己用汗水换来的东西才香！"

这就是父亲，一个永远把心思放在儿女身上，至死都不愿给儿女增添一点负担的父亲！

（发表于2004年5月11日《安康日报》）

山川·风物

纵情正阳大草甸

大草甸位于陕西省平利县正阳乡与重庆城口县交界的地方。我看过许多资料，知道那地方很遥远，遥远到一切现代文明都与那里无关，就连电话线、电线都无法牵到那里。但那一直是我神往的地方，是在梦中游历过好多次的地方。7月下旬的一天，终于下定决心，带上家人，邀了朋友，开始了我的寻梦之旅。

第一次驾车走这么远的路，第一次在如此惊险而又充满神秘的道路上行走。路，在陡峭的崖壁上缠绕着，一个马虎眼，也许就会掉下深渊；全是弯，急弯，急得让人喘不过气来；全是坡，陡坡，陡得让人一直仰躺着身子。不停地绕来绕去，如走迷宫，每到一处，你都无法想象前面将是怎样一幅奇异的光景。一直就那么忽左忽右地打着转，早已分不清东西南北。不知道拐了多少弯，越过了几座山，渐渐地，眼前的视野变得开阔起来。然而，当走过一段平坦的道路，又转过一道急弯之后，前面却又面临着更陡峭的坡，一直上，一直上，当车子即将爬上最高处的时候，有个女孩禁不住惊呼起来："哇，我感觉我们离天堂越来越近啦!"

终于上到最高处了，真的有了进入天堂的感觉，或者我们已经就在天上了。走下车，伸出手，就能扯下一片白云；双脚踩踏在草地上，也像踩着云朵似的柔软。映入眼帘的，已不再是陡峭险峻的崖壁，茂密原始的森林，而是辽阔的原野，无际的草甸。抬头仰望，眼里是云朵；低头四顾，眼里也是一片片白色的云层，远处的峰峦若隐若现。

风是神奇的。正是炎热的七月天呀，那风轻轻拂来，竟是如此凉爽，又是那般轻柔，就像孩子细嫩的手掌在脸上轻轻抚过。太阳也变成了孩子，在云层里飘来隐去，跟我们玩着捉迷藏的游戏。

水也是神奇的。有道是，山有多高水有多高，海拔两千五百多米的高原，竟然湖泊点点，犹如五彩珍珠镶嵌在无边的草地上；溪流纵横，就像银色的飘带在山间环绕，引人生发无尽的遐想。

最神奇的当然是一望无际的大草甸了。那草哪里是草呀，那分明是一根根五颜六色的花丝线呀，否则，怎么会那般纤细，那般柔软呢？那草甸哪里是草甸呀，那分明是硕大无朋的、绣满了花朵且绽放着馨香的地毯呀，而那地毯一定是天女所织呢，人类怎么能创下如此奇迹呢？

来这里之前，我曾多次观看过来过这里的人拍下的图片及视频。当我看到他们在这里高呼，在这里放歌，在草地上翻滚的时候，不仅不以为然，而且还骂他们是疯子。然而，当自己置身于这样一个神奇的境地，早已不再年轻的我却跟他们一样疯狂，一样高呼呐喊，一样在草地上翻滚。而那几个女孩早已禁不住放开了歌喉，唱起了《刘三姐》里面的曲子：“唱山歌唉，这边唱罢那边和，那边和……”悠扬的歌声在原野上回荡，竟立即招来对面山包上一阵粗犷的男声：“山歌好比春江水唉，不怕滩险弯又多喽弯又多……”在他们的感染下，从不唱歌的我也禁不住扯起嗓子，跟他们一起吼了起来。

怎么能不纵情啊！在人生的长河中，在职场，我们经历了太久的循规蹈矩；在日常生活中，面对纷繁复杂的人际关系，我们也一直那么小心翼翼，就是回到家里，我们想得更多的也许还是生活的压力，肩上的责任，我们能有多少展露真性情的机会呀？然而，当你置身于这样一个全新的境地，人间的一切艰难困苦、喜怒哀乐似乎都与你无关了，一切世俗杂念、功名利禄都离你远去，你怎么能不尽情地高歌，不尽情地放纵一把啊！

（发表于2013年8月21日《渭南晚报》及2013年10月24日《安康日报》）

芍药谷赏石

在中国最美丽的乡村陕西南部平利县，有一个叫芍药谷的地方，那里青山环抱，叠翠千仞，溪流潺潺，空气清新如洗，而最吸引人的则是那里奇特的石头，怪异的山峰。

芍药谷距平利县城西约六公里，距女娲山不到五公里。相传远古时候雷公劈山石供女娲补天，剩下的石头就扔在了这个山谷里。女娲补天的石头呀，能不奇特吗？而那些石头堆放在山谷里，又恰似那盛开的芍药花，因此，那峡谷便有了“芍药谷”这名字了。

说那里的石头奇特，首先奇在造型——有的如桌，有的如凳，有的如椅。有的像动物，有的像农具，有的像兵器，有的像房子，什么样的都有。其次，奇在石头上各种各样的图案，有的如格，有的如字，有的如花。有似斑马线的，有像一弯明月的，有像中国地图的，千姿百态，无奇不有。

在芍药谷上部的公路边，一面硕大无朋的巨石坐落，状如三角，顶端如锥，它牢牢地扎在公路边，而整个身躯却斜过公路，极其威武地向上挺拔着，就像一门架在公路边的大炮，直指苍穹！

那些石头似乎都是有生命的。有的如龟在爬行，有的如牛在静卧，有的如蛇在游动。你看，那个叫“蟒蛇吐箭”的石峰，多么像一条巨大的蟒蛇张大着嘴巴，伸长着舌头？还有青龙潭中的那只“神龟”，正探出头，有滋有味地观看着前面的瀑布，煞是有趣！

那里的山也是有生命的呢！站在北坡遥望对面的山峰，恰似巨大的雄鹰在展翅飞翔；还有那个叫“蛤蟆爬坡”的地方，孤零零一块巨石，酷似一只硕大的蛤蟆在艰难地向山顶爬行着，也不知爬了多少年了，却还在那半山腰上；那个酷似老人头的山峰，眼睛鼻子和嘴巴，无不栩栩如生，那一定是这座山的山神了；还有那个叫作“童子拜观音”的，但见那小童子跪拜在观音老母面前，多么虔诚呀！

能造化出如此奇山奇石的地方，水，自然也不一般了。那水是真正的矿泉水，是从石缝里流淌出来的，是大山的汁液啊。它们像调皮的孩子，时而隐匿不见，时而又从沟壑处或石缝里探出脑袋，在空中画着银色的弧线，唱着悠扬的小曲，以最浪漫的姿势跳入浅滩，激荡起一朵朵银色的浪花。它们或许玩累了，在浅滩里歇会儿，又开始下一个捉迷藏的游戏。

芍药谷有大片的竹林和四季常青树，奇花异卉漫山遍野，阵阵芬芳使人醉，处处奇观让人迷。芍药谷，奇石赏不完，美景看不够！

（发表于2014年9月17日《西安日报》）

老县史话

也许没有多少人知道陕西南部有个叫作老县的地方，但他们大都晓得女娲炼石补天的故事，而老县就紧靠着女娲治所——女娲山下；人们也许对老县境内的稻草街比较陌生，但却没有几个不知道车厢峡的，因为清初明末农民起义军李自成兵困车厢峡的故事早已传遍神州大地，而古关隘车厢峡就紧挨着稻草街。

说到车厢峡，细心的朋友也许注意到了：从陕南安康一进入平利县地界，就是一道长长的峡谷，两岸奇峰林立，峭壁悬崖，一线云天，真乃“一夫当关，万夫莫开”之地也！据史料记载：明崇祯七年夏，李自成率四余万农民起义军误入此地，在面临全军覆没的情况下，他们采取假投降的办法，同时贿赂明军将领，当走出南栈道后，起义军一举劫杀了押送的安抚军官，紧接着攻麟游，破永寿、白水等县，直抵凤翔府击败总兵贺人龙、张天礼军。从此，李自成军威大振，为推翻明王朝写下了光辉的一页。车厢峡因此而成为历史上有名的古关隘。

而女娲山的名气就更大了。相传，女娲采金州（现安康）南山五色石炼之补天，救民于水火，从此百姓康泰，风调雨顺。女娲在此地修造了一座土地庙，教南山民众种桑养蚕，取丝纺绸，福祉于民。当地民众为祭祀女娲的贤能圣德，将土地庙改建为女娲庙，供奉香火，顶礼膜拜。也因此，位于巴山深处的平利县便也成为远近闻名的“女娲故里”。

前面说，稻草街这地方知道的人可能不多，这只是相对于车厢峡、女娲山而言。其实，古往今来，许多文人骚客都来过这里，并为之题词作赋。宋代大诗人郭正祥沿“金房古道”灌溪河上女娲山，就曾留下五言律诗：

揽辔金房道，崎岖难具陈。
浮岚常作雨，冷气不入春。
少见宽平野，多逢臃肿民。
欲知来处远，巫峡是西邻。

康熙四十二年，即1703年，兴安州守刘德新到平利巡视，看到这里的地形地貌后，即兴赋诗一首：

岭障层围黑子城，溪流如带石如撑；
竹篱茅舍人称市，野鸟闲花自识名；
地僻不闻黎犬吠，山深只许白云耕；
仆夫叱驭穿林度，几片红霞映日明。

近年来这地方的名气也越来越大了呢！著名作家贾平凹多次来到这里，并写下脍炙人口的散文《锦屏山记》。锦屏，也就是稻草街。安康知名作家李茂询一篇《细雨霏霏稻草街》上了全国发行量较大的报纸《人民日报》。朋友们也许会问：看起来如此平常的稻草街为什么还会引起大名鼎鼎的作家贾平凹的青睐，并为之著文立说?

因为这是一块神奇的土地。它不仅放眼望去青山叠翠，茂林修竹，自然风光十分美丽，而且有着丰富的地下宝藏：据考古发现，秦末汉初，老县稻草街一带为罪臣流放之地，所出土的大量绳纹、菱纹砖和陶器、铜器，以及西汉新莽“始建国三年”纪年砖、“八千万岁”铭文砖等，工艺之精，品位之高为国内罕见。特别是大幅画像砖——西城虎，引起史学界的高度关注，其画像拓片不胫而走，被许多文史界大家珍藏。

再说，在这样一个“少见宽平野”的地方，为什么会叫作“老县”?原来，早在唐武德元年，即公元618年，平利县治所就设在老县，直至嘉庆十年，也就是1805年，才将县城迁往现在的县城所在地。屈指算来，平利县治所设在老县的时间跨度达一千一百八十多年，可见老县历史之悠久。

也正是因为老县有着如此悠久的历史，有着丰富而稀有的地下文物，有着旖旎多姿的地上风光，才使得老县这个地方在人们的心目中变得神奇、神秘起来。

（发表于《安康日报》及《平利文学》）

巴山小镇稻草街

我的办公室在一幢坐北朝南的大楼里面，是不高不矮的三楼。闲了，或工作累了，我总喜欢探出脑袋，看看窗子外面的景致，似乎这是一种最好的休息方式，年复一年，养成了习惯。

窗子外面，是一个小镇，名字叫“稻草街”。

早些年，这里无非一条马路而已，路的两边仄仄斜斜高高矮矮的有那么一拉溜土坯房或稻草房，几十户人家。和马路并列着的是一条河，叫县河。说是“河”，其实也就丈把宽的小溪。这河虽小，却常常发生洪涝灾害，每当山洪暴发，一河两岸的庄稼和农舍就会受到严酷的摧残。

20世纪末，这里成了镇政府所在地。也就是从那时起，我看到的稻草街，才一天天在变着样子。

变了样子的稻草街，就更值得看了。这时候从窗外看出去，会看到房子多了，一排排，一行行，并且全部是那种徽派风格的，小青瓦，木格窗，马头墙。这些既现代又古色古香的建筑构成了小镇稻草街独特的风景。街道多了，随着集镇建设规模的不断扩大，现已建成“丰”字形的街市。“丰”字的每一个笔画两边都是高高的楼房，密密的店铺，一派热闹景象。人多了，男男女女老老少少，南来的，北往的，经商办厂的，旅游观光的，络绎不绝；车子也多了，大的，小的，五颜六色的，或一列一列地停着，或流水一样在大街小巷穿梭着，使小镇时刻充满着勃勃生机。也有了专门的风景区了。为把集镇建设成花园式乡间小镇，当地政府专门请来了外地的专家对集镇建设进行了整体规划，该栽树的地方栽了树，该种花的地方种了花，经过几年的美化绿化，树成行，花草成荫，鸟儿在枝头欢唱，蜂蝶在花间飞舞，一副鸟语花香的景象。

到了夏天的黄昏，从窗外看出去，最热闹的地方莫过于小河边了。那本来是条毫无生机的河，现在却成为小镇人休闲的绝好去处了。为了使一河两岸的老百姓不再遭受洪水的侵扰，政府先后投入上千万元修筑了坚固的河堤，即使碰上百年不遇的大水也不必有丝毫的担忧。河滨路上，一排杨柳已长到碗口粗了，清风徐来，柳枝飘摇，美人发丝一般。有花枝招展的美女在河边洗衣，有光着屁股的孩童在水中嬉戏，有三三两两的游人在岸边散步，有成双成对的小青年在柳树下私语……

看窗外，看得最多的是前面那道山梁。梁的那边，再往下三四里地，有一条河，黄洋河，陕南很著名的一条河，汉江的一条支流。黄洋河两岸青山苍翠，茂林修竹，风景异常优美，一河清水未受到丝毫污染，曾有外地考察人戏言："这水只要装在瓶子里，贴上标签就能卖钱。"这话虽然有些夸张，但黄洋河水的无比纯净，却是毋庸置疑的。

可是，这么好的一河清水，为什么偏偏生在山梁的那边呢？

稻草街啥都好，唯一的不好是缺水，虽有县河穿过，却天干不到十天，河水就断流了，人们吃的用的就成了大问题，就连镇机关的干部也经常提着水桶到处找水。多少年来，人们一直梦想着有朝一日能将黄洋河的水引过来，然而，三四公里的距离不说，还有那么高的一道山梁阻隔着，那可是要花好几百万元呀，这对一个小镇来说，谈何容易！梦想终归只是梦想，时间一长，人们便渐渐地淡忘了。

可是，县委政府一直把这件事放在心上，在他们的不懈努力下，黄洋河引水工程终于立下了项目。起初听到这个消息，好多老百姓并不相信。直到前年8月底工程动工了，他们才相信这的的确确是真的！一年后的8月10日，是稻草街人永远不会忘记的日子，因为这一天，这项总投资近千万元、惠及全镇上万人的惠民工程终于竣工了！

这天上午，我从窗子的外面看出去，只见对面山坡上修建水厂的地方彩旗招展，人头攒动，鼓乐喧天。我知道这是举行通水仪式。仪式上，不仅县里的领导来了，就连市里的领导也来了，远远近近的老百姓听到这喜人的消息，也赶来了。后来听人说，在现场，好多老百姓的眼里都涌动着泉水般的泪花……

文章写到这里，我又禁不住将目光移向窗外。能看到的最远的地方，还是那道山梁，那山梁是一个弧，也像一个横着的括号，更像是母亲张开的胳膊，将小镇紧紧地呵护在自己博大的怀抱里，让住在小镇里的人们感到无比的温馨。

（发表于2012年第3期《安康文化》、第6期《香溪》，并在全县首届电视散文大奖赛中获得三等奖）

巴山兰草

阳春三月，在陕南的山间小道行走，时常会有阵阵清香扑鼻而来，有时是浓浓的，热热烈烈，让人陶醉；有时是淡淡的，缥缥缈缈，让人思绪纷飞。常在巴山行走的人都知道，那是兰草给你带来的惊喜。或许你举目四顾，并没看到她们的身影，但她们是绝对存在的，就在离你不远的树林子里隐藏着。

巴山兰草的外表很平凡，墨绿色的叶子，细而长，如丝带，呈伞状披散开来。几场春雨，几度春风之后，绿叶中便会长出淡黄色的嫩芽，一支，两支，四支，五支，或者更多。没过几天，当初的芽已出落成茁壮的花茎，而状若蝌蚪的花蕾就密麻麻地爬了上去。在某个春雨后的清晨，或阳光灿烂的午后，蓄满的春情终于喷涌而出，兰草花开了。鹅黄色的花朵，在绿叶丛中巧笑嫣然，那淡紫色的花萼，好像调皮的小孩吐出舌头，向春天问好。兰草花的香味清而不淡，浓而不腻，清纯而悠远。

巴山兰草，她就是村姑的化身，她不羡慕牡丹的轰轰烈烈，也不眼馋玫瑰的激情满怀，就是同在大山里生长的百合花，也敢于张扬自己的个性，而巴山兰草却永远坚守着含蓄、内敛的秉性。正因为如此，以至真正了解、理解她们的人并不是很多。我因为特别喜欢兰草，所以拍摄过一些照片传到网站的论坛里，可不少网友看了，都说“没见过”，“不认识”。还有的，虽然认识兰草，却也仅仅只是认识而已，对她们的习性几乎毫无了解。因此我想，巴山兰草，她的根在山里，在陕南的大巴山里。她生长在不为人知的地方，只要有一抔土，就能生根开花。有山风抚育，有杂树为伴，有芳草为邻，有百鸟为亲，就足够了。外面的世界多么繁华多么热闹，她们都毫不在意。

喜欢巴山兰草的人，也常常把她们从山上挖回家，栽植在花盆里。可是，你分明看到她们在山上时，花枝是那么茁壮，花瓣是那么妩媚，可你栽植在盆里的兰草，到了来年却再也长不出花蕾，开不出花瓣了，尽管你精心侍候，百般呵护，也无济于事。我也喜欢栽植兰草，从城里买来花盆，从山上挖回一棵棵含苞待放的兰草母本，小心翼翼地把她们栽植在花盆里。当年，她们不负我望，朵朵花儿开得招展，开得烂漫，可到了第二年，盼星星盼月亮，也盼不出一朵花蕾。

有过几次失败之后，我便开始总结了。我想，兰草花一直生活在大山深处，那里的土壤虽然贫瘠，那里的环境虽然冷清，但千百年来，那里一直是滋养她们的家呀，她们对那里的一抔土、一棵小草小树都有着深深的感情；她们虽然身价低微，但她们的生活方式生活习惯也必须得到人们应有的尊重呀！因此，如果你想把她们搬回家培植，就必须创造适合她们生长的环境呀。

于是第二年，我在山上采集母本的时候，就连同兰草周围的土壤及她们身边的小草一同挖掉，然后装在一个大袋子里搬回来，栽植在花盆里。果然，如此栽植的兰草，年年都能长出四五朵花蕾，开出美丽的花瓣，带来满室清雅的芬芳。

由此，我更加坚信，世间万物都是有灵性的，即便是生长在大巴山里的兰草，也坚守着自己固有的秉性，你尊重她们，她们就会给予你应有的回报。

（发表于2013年4月14日《淮海晚报》）

过秦岭记

寒冷驱醒了我的梦境，天已大亮，人们说，火车已爬上了三千多米高的秦岭。探头窗外，所见是一片银色的世界。

被大雪覆盖的山岭险峻而诡谲。高高低低的峰峦错落参差，现千种变化，呈万般雄姿。有肩并着肩、交头接耳作亲昵状的，有两相对峙、虎视眈眈的，有蛇一般曲盘回绕的，有暴虐地压迫于小丘之上的……突然，眼前呈现出一形若梭标的山峰凶狠地刺入一猪背山腹部，那“猪”也不示弱，蓦地掉头把又一山脉撞成两半，而后稳住足基，拔地而起，直插云霄。

视野并不开阔。眼见得雪峰林立，闪眼间便入了地府。于是耳畔响起惊心动魄的轰隆声，这便是穿洞。然而很快，眼前又一片光明，耳边又恢复了“咔嚓、咔嚓”的声音。如是数百次循环往复，使人心潮跌宕，产生一种迷宫神游的感觉。

（发表于1989年6月10日《安康日报》）

还想去桂林

那年从桂林回来，朋友们见面便问：桂林真那么迷人？我总是由衷地对他们说："真的。如果有机会，我还想去。"

五年前的一个夏天，我们几个巴山汉子结伴旅行，曾在那里度过了半个月的时光，记忆是那么深刻，印象是那么美好，以至今天想起，其情其景仍然历历在目。

我记得，到桂林的那天，一下火车，便晕头晕脑，拿着地图，却怎么也找不到要去的地方——西湖饭店。身边不远处停着一辆出租车，但我们不敢轻易走近，因为一路上受了不少骗，挨了不少宰，我们还怎么敢轻易相信他人？后来，见车主是个女的，女人总使人放心些，我们才试着去搭讪。女司机的态度不冷不热，反倒让我们产生了信赖感。当我们说了要去的地方后，那女司机说，她也不知道那地方，不过可以带我们找找。开始，我们都以为这只是她为了"宰"我们而做的铺垫，但当我们坐上她的车，见她一次次下去问路的情景后，终于相信她说的是实情。西湖饭店是家才开业的旅馆，所在位置又很偏僻，费了许多周折，总算找到了。然而，心里的石头并没有落地，谁知道她会要多少钱？出乎意料的是，她只收了我们每人两块五毛钱。这是我们在沿途所坐出租车收费最低的，低得让我们都有些不好意思。

更难忘的是西湖饭店接待我们的小王姑娘，她并不漂亮，但举止得体，落落大方，把我们安排好之后，她说，有事就直接找她，她会尽力帮助我们。

初来乍到，一切都那么新鲜，一切又是那么陌生，小王便成了我们唯一的“熟人”。当天，我们就请她介绍桂林的山光水色，风土人情，只要有时间，她总是满足我们。在之后的十多天中，只要叫一声“小王”，她总会及时出现在我们面前。我们找她，除需要服务外，更多的时候则是闲聊，请她谈当地的风情民俗，讲有关桂林的美好传说，她从来没有厌烦过。有一天，她忽然问我们看过《刘三姐》没有，我们说看过。她便显出一副很自豪的样子说：“那电影就是在我们这儿拍的呢！”说着竟情不自禁地哼起了《采茶歌》：“采茶姑娘时时忙，早起采茶晚插秧。早起采茶顶露水，晚插秧苗伴月亮哟依哟……”

有天中午，我拉窗帘用劲太猛，将窗户上的木杠拉了下来，将头部砸伤，同伴慌忙将小王叫来。小王见状，就说要带我去医院。我说只破了点皮，没必要看医生，坚持不去。见我比较固执，她改变主意说：“那我去弄点药来行吗？”我点了点头，不一会儿，她便拿来了胶布及消炎药，给我包扎伤口。一边包一边问我是不是痛得很。那情形，就像温柔的姐姐对待淘气的弟弟。

很快就要离开桂林了。临走的头天晚上，她又陪我们谈了许久。第二天早上，她准时叫醒我们，帮我们收拾行李。我知道，在她心中，我们只是普通顾客，她所做的一切，都是她应该做的。然而，对我们这些漂泊者来说，却是一段美好难忘的经历。出门时，我在“留言簿”上写下：如有机会，我还想来桂林。

真的，还想去桂林。我常想，桂林之所以那么令人向往，独特的山水风光固然是主要因素，但纯朴的民风，浓浓的人情味，难道不是更珍贵么？

（发表于1996年1月30日《人生报》）

平安宫的美丽传说

平安宫位于陕西南部金盆山的峰顶上，南边归汉滨区管辖，北面归平利县管辖，是一脚踏两县的地方。平安宫是平利最早的宗教活动场所之一，每月初一十五，游人如织，香火十分旺盛，且常有四川、湖北、重庆、广西等外省游客慕名而来。平安宫不仅自然景观令人心驰神往，而且还有不少美丽的传说。

平安宫始建于汉光武帝年间。据传，山南贫民姚期、马武在此占山为王，除暴安良，杀富济贫，威震一方。时有王莽叛乱追杀刘秀于山前，姚期、马武奋勇救驾，方解刘秀之困。刘感念二人救驾有功，便封姚马为将。二人之后又受骊山圣母点化，采取“明攻牛蹄岭，暗袭金州城（即安康）”之计，一举夺取金州，后姚马二将乘胜追击，终于将叛乱平息，姚马二人也因此成为一代名将。为感念骊山圣母点化之恩，就在金盆山顶建造了庙宇，因这里恰巧位于平利与安康交界处，于是就取了平安宫这名儿，平安平安，平平安安，寄托了人们追求幸福平安的美好愿望。

平安宫正殿前方约百米处的一个峰尖上有一个亭子，叫望风亭。站在望风亭鸟瞰山川，“一览众山小”的感觉油然而生，这里能看到古战场车厢峡两岸，奇峰林立，层峦叠翠，雄鹰在半空盘旋，云雾在山间缭绕，公路上的车辆甲壳虫似的往来穿梭，公路两边的房屋也变得只有烟盒一般大小了。

从望风亭下来，上完七十七级水泥台阶，便来到平安宫的正殿。正殿里面供奉的首位神仙便是骊山圣母，此外还供有送子观音、地母药王、袁仙姑等诸神塑像。

说到袁仙姑，也有一个美丽传说——

清光绪年间，袁仙姑出生于距平安宫仅两里多路的广沟村，因家境贫寒，被人收为童养媳。小姑娘聪明贤惠，从小便跟着公爹学医，为人治病，深受乡邻爱戴。因受婆婆的虐待，加上病魔缠身，十四岁便离开人世。她死后，那些经她治过病的人便经常到坟前祭拜。一日，祭拜的人群当中突然出现了一位操外地口音的陌生人。经一番询问，那人便道出了原委。原来这位陌生男子家住四川云阳，三代单传，仅有一子，却患不治之症，求医无数却不得治。一日，门前忽然走来一位披素袍骑红马的姑娘，于堂前下马后，手拈几样草药让公子煎服。公子服后，果见奇效。如此三日，公子病愈。主人欲重金酬谢，然而姑娘却分文不取。后在主人再三求告之下，姑娘才道出姓氏及住址，说自己是陕西骊山圣母弟子，姓袁，住平安宫下面的广沟村。于是，这家主人在姑娘离开后，便不远千里寻访到这里，在平安宫祭拜了骊山圣母之后，又来到广沟村姑娘的家里，方知姑娘已逝。于是恍然大悟，原来姑娘已被骊山圣母点化成仙了。此后，一传十，十传百，一时间，向袁仙姑求医问药者络绎不绝。

我因工作关系，曾多次到平安宫游览。一次，我骑着摩托在前往平安宫的途中，遇一年约六旬的老婆婆，正一步一步艰难地向上行走着。我问："老人家，你从哪里来呀，为什么不坐车呢？"老人家告诉我，她是从洛河一路走来的，已经走了两天了。她说她有个儿子，在床上瘫痪了十几年。后来偶然听人说平安宫的袁仙姑非常灵验，想给儿子许个愿试试。她当时也不知道究竟是不是真的灵验，就在自己家里摆了香案，向着平安宫的方向烧了香，许了愿。结果，半年后她的儿子竟真的奇迹般地能够下床走路了。她说她今天是来给袁仙姑还愿的，为了表示她的虔诚，她不坐车，还愿后回家她也要一步一步地走回去。

老人家的故事其实更像是一个传说，它让我非常感动，同时也让我感到惊奇。这世上难道真有如此美好而又奇异的事情？不管事情的真相如何，我也在心里默默地祝福老人家，祝福她的儿子恢复健康。

平安宫正殿南边约五十米的一个小山梁上还新建了一座钟亭。亭子中央悬挂着巨大的金黄色铜钟，曰：平安钟。游客们往往在临走的时候会来到钟亭里，在心里默默许下一个美好的愿望，然后再轻轻地撞响平安钟，悠扬的钟声以及平安宫美丽的传说将伴随着你对生活的美好祈愿走进你的记忆。

（被收入《平利县文史资料》第六辑）

汝河山水

汝河是陕南平利坝河的一条支流。由于无梁殿的故事，马龙潭的传说，很小的时候，汝河便在我心中罩上了一层神秘的色彩。

在一个风和日丽的早上，我从汝河下游新场出发，沿着河岸的一条简易公路一步步走向神秘的汝河深处。时逢雨过天晴，河水清澈见底，河岸杨柳依依；河并不大，却变化无常，忽而缓缓流淌，忽而惊涛裂岸；宽处数丈之遥，窄时可飞步跨越。山很险，抬头望，帽子便掉在脑后；天很窄，却被两岸山峰割成锯齿般的条儿。太阳偶尔从山豁挤一缕阳光洒于对岸的崖畔，显得格外光灿夺目。过去人常说："汝河三十六道弯，七十二道河。"果然，水从山转，山随水走，绳子般左缠右绕，数米之外便不知去向。待转过一弯，所见又是一番新奇的景象。

这里河水弯成一个月牙，月牙中有一座形若骆驼的山峰，无梁殿就坐落在这座山的峰尖上。好奇心促使我攀了上去。

相传，王母娘娘为试鲁班的神通，提出与鲁班打赌，说她一晚做一百双鞋，要鲁班一夜造一座宫殿。天一黑，二人暗中斗智，各显神通。然而眼看一座华丽的宫殿仅剩下压脊的时候，王母故意学了声鸡叫，鲁班以为天真的要亮了，心一慌，顺手拔了棵常青树补在了屋脊上。

传说是美丽的。可眼前的无梁殿已被"文革"破坏得面目全非。但通过仅存的轮廓仍能看出些许神秘之处。它不但无梁，而且全部采用青砖旋砌而成，顶部如扣了一口硕大的锅，锅底果真有一棵直径尺余的常青树悬空而生，其根如蛇之蜿蜒，分嵌于四周的砖缝。殿下是岩石，无水无土，真不知当初是怎么植活的，也许这便是神话产生的原因。

告别无梁殿，当又转过几道弯，耳际隐隐传来雷鸣般的轰响，以为将要下雨，可天上并无一丝云彩。不一会儿，轰鸣声已震耳欲聋，似战鼓齐鸣，如万马飞奔，两岸山峦抖动，参天古木战栗。果然，举目向前，但见一条银色的巨龙从数十米高的豁口扑将下来，大有吞天化地、颠倒乾坤之气概。它扑下来，扑入潭底，又抱起千万堆雪花，抛向半空……

我被眼前的景象深深地震撼了！汝河，汝河！我只知道你是神秘的，美丽的，可眼前的你竟如此剽悍勇猛！你诞生于巴山深处，为奔向远方，越千难，过万险，峭壁悬崖挡不住你，现在，你怒吼，你咆哮，你是在显示你奔腾中无坚不摧的力量啊！

这力量无形中感染了我，我加快了前行的脚步，前面，山更陡，天更窄……

（发表于《当代陕西》（1992年第10期）、《安康日报》《陕西邮电报》）

三 潮 洞

安康市紫荆乡的紫荆岭有一洞，每天早中晚三个时辰，都有一股清洌洌的水从洞中涌出，故名三潮洞。洞口有一古树，四季常青。那古树本来是相距三米左右的两棵，可它们长着长着就靠在一起，终于纽结成一棵了，很是奇怪。

提起三潮洞，这里的老人们便会不厌其烦地给你讲述一个遥远而又美好的故事。

相传，从前这地方的人们经常发瘟疫。一天，突然出现了一位天仙般的姑娘，随身带着一个瓶子，不论啥病，只要喝了瓶子里的水就水到病除。这事被当地的一个财主知道了，他假装生病，让仆人去请那姑娘。姑娘来后，老财主见是一位如此美丽的女子，便色眯眯地看傻了眼，继而欲对姑娘非礼，姑娘吓得转头就跑，财主就带着仆人追赶，后来，姑娘跑进了一个山洞就不见踪影了。

当晚，村里有位大娘梦见曾给她治过病的姑娘泪流满面地说："以后我再无法给你们治病了，谁病了就到我进去的那个山洞里接水治病吧！"第二天，洞内果真有一股碗口粗的水往出涌，一日三次，涌流至今……

（发表于1994年6月11日《安康日报》）

神 仙 石

在安康（现汉滨区）与镇安县交界的紫荆乡，山高石头多，且形状千奇百怪，最怪的要算神仙山上的神仙石了。

神仙石位于紫荆乡以东约五公里的七井村境内。神仙山远看是一座完整的山，近看宛若是用大小不等的方形石头斜砌而成的。整座山上几乎没有树，偏偏山顶有不足十五平米的平台，从四周的石缝里挤出了一圈合抱粗的常青树，神仙石就坐落在绿树环绕的平台中央。

神仙石下部分是一个直径不足一尺的圆柱石，看似松软，但上面却支撑了由小到大两层至少有五立方米的巨石，极不平衡，呈欲倒状。用手轻轻摇晃，果然颤颤悠悠左右晃动，似乎稍一用力就会崩塌；然而当你拼力推之，却又纹丝不动。据村长介绍，“文革”期间为破除迷信，包括村长在内的红卫兵们找来几根碗口粗的木杠，也没将其撬翻。人们便以为这是神力在起作用。还奇的是在西侧四米左右有一茶杯粗的树枝平伸而来，如巨人的胳膊将神仙石从中部紧紧地揽住，不由得使人产生许多奇妙的想象。

（发表于1994年9月10日《陕西日报》）

老县美景杜家堰

平利老县镇，有一个非常美妙的去处，叫杜家堰。我在老县工作了几十年，一直没去过这地方，也不知道杜家堰这名字的来历。

这是一个很小的地方，虽然小，但很精致。这也是一个不容易引起人们注意的地方，尽管这地方距老县经济文化中心稻草街只有五公里左右的路程，距县城也就二三十公里，并且距安平二级公路仅数步之遥。但她却像一个羞羞答答的美丽少女，深待闺中，轻易不肯露面。

我是在今年的初夏，邀了几个朋友专程去探访这地方的。

她位于平利县老县镇的七里沟村菜溪河口，与大贵镇百家湾交界的地方。我们从稻草街出发，骑着摩托，十几分钟就到了大麻柳树隧道，穿过隧道，然后向南翻过一道小山梁，就立即被眼前的美景吸引了。只见黄洋河水在这里画了一个大的半圆圈，然后又呈“S”形向东逶迤而去。圈内的蔬菜大棚在太阳光的映衬下银光闪闪，圆圈的周边密密麻麻长满了两人合抱粗的大麻柳树，铺排成大片浓荫，又如一道天然屏障，守护着圆圈内的农田。河的南岸是陡峭的山坡，灌木丛林绿得能滴出水来，其间却又布满了紫藤萝，一簇簇紫色的花朵，珍珠玛瑙般镶嵌其中，微风吹过，缥缥缈缈，如梦如幻。脚下，是新修的便道，便道的两边是岩石，石缝中挤出一株株绿绿的小青竹和一些不知名字的野花，有蜜蜂在吟唱，有彩蝶在飞舞，小鸟叽叽喳喳地在我们身边飞来飞去，看来他们都被这地方迷醉了呢。

这当然就是杜家堰了。我们下完十几米的坡路之后，便到了蔬菜大棚的前面。棚子里，辣椒、茄子、黄瓜、西红柿等各种时令蔬菜样样都有，绿的红的紫的，五颜六色的果实挂满枝头。城里来的小姑娘晓雨也许是第一次与庄稼零距离接触，激动得手舞足蹈，这个想感受一下，那个也想触摸一下，尤其看到那翠绿的黄瓜，就挪不开步子，主人便说："想吃的话随便摘，多的是。"听到这话，小雨便毫不客气地摘下一条黄瓜，啃咬起来。吃下几口之后，才张大嘴巴说："坏了，还没洗呢。"菜的主人却大笑着说道："放心吧姑娘，我这菜也不上化肥，也没打农药，吃不坏你的。"听了这话，小雨才又接着大吃起来。

欣赏了大棚菜，我们便到了河边。那几个年轻的便脱了鞋袜，或在清冽的河水中扑腾，或爬到大麻柳树上拍照留影。玩累了，就在大树下面的青石上躺下休息，身边有哗啦啦的水声做伴，有五颜六色的鹅卵石做伴，有大麻柳树做伴，有树上的鸟儿做伴，神仙似的怡然。那一棵棵硕大的柳树，虽历尽沧桑，却仍旧枝繁叶茂，精神抖擞，焕发出无尽的活力。

那天从杜家堰回来，我的脑海里一直在想：那么好的一个地方，怎么以前就不知道呢？也许，我们的身边，还有许多这样美丽的地方，只是很容易被我们忽略了，因为我们常常习惯于将目光投向远处。

咸阳小记

虽也万头攒动，车辆如梭，却不闻人们嘈杂的叫闹，也不闻汽车喇叭刺耳的嘶鸣。映入眼帘的是姑娘的脉脉温情，小伙子的和颜悦色，老人的慈祥，孩童的天真。

初到咸阳，东西不辨，路径不识，疑惑间，恰遇一红衣少女骑车缓缓而来，我忙伸手阻拦。那少女就刹车下车，就露出笑容。我说了原因，那女子比比画画，娓娓道来，东西南北说了一大串。可我还是稀里糊涂。恰又一少年脚踏三轮车飞速而至，那少女将手一招，少年便一个猛刹车停了下来，却并不言语，只是将眼睛不停地向少女眨着。少女就说："这位同志从外地来，到××单位，你给带一下路吧。"少年便转向我，直爽地说："上车吧，正好顺路。"见少年这般爽快，我便毫不客气地上了车。少年一边两脚忙忙地蹬车，一边吹着口哨，一边不住地回头。我也忍不住回头探望，但见那少女还在原地站着，脸上绽开了一朵鲜艳的桃花。

一日，友人托我到菜市买几斤莲菜，我便提了菜篮，怀着一种尝试尝试的心理走进了北街蔬菜市场。我先是站在一侧观望，但见人涌如潮，摩肩接踵，菠菜绿绿，白菜嫩嫩，葱蒜滴翠，莲藕泛光……品种繁多，应有尽有；卖菜的忙而不乱，买菜的行色匆匆，却少有在讨价还价上耗时间的；愿买则买，不买则走，干脆利落。更不见买卖者之间面红耳赤、大吵大叫的。匆忙中，"谢谢""再见"之类字眼却不绝于耳。

我向一个卖莲菜的小男孩走去。虽然已经知道没有问价的必要，但我还是按照一贯的经验问："多钱一斤？""两毛四。""两毛卖吗？""不卖。"

我又向一个姑娘走去。“莲菜多少钱一斤?”“两毛四。”“少两分卖吗?”“不卖。”看来我的经验在这里不灵了。一连问了三家，所答均为两毛四。第三家是一个精壮的小伙子。我说：“买两斤。”“好的。”随着答话，菜已经称好了，我顺手从上衣兜里掏给他五毛钱，说声“谢谢”后转身就走。但我走出几步之后，他连忙又追了上来，把两分钱给我找了。我再次向他说了声：“谢谢!”我觉得，我这一声“谢谢”既是向他，也是向咸阳整个菜农道出的。

我在咸阳一连呆了五日，一连逛了五日街市。所见所感，使我得出了这样的结论：这是一座热情的城，文明的城。

（发表于1988年9月20日《安康日报》）

牛山一路好风景

4月13日，应安康资深吧友之约，新朋旧友六七人共登牛山。是日，春正浓，青山碧水，蓝天白云，我等所到之处，千山竞秀，百花盛开，众鸟欢歌，游者无不心旷神怡。

原计划周六到《旅途》编辑部的，可晚上接航天君电话说："如果你明天没什么安排，我们想邀你一起到石泉一游，如何？"我问："有哪些人？"航天君说："有海君，紫衣君、渔家女等。"我说："那好呀，一定前往。"然而，不一会儿，航君又来电话说："渔家女有事，去不了了，活动取消。"我说："那也好，但我还是会到市里一趟，有别的事。"说实话，除渔家女外，其他诸君我都见过面的，紫衣说她是"美女+才女"，况且我也读了不少她的文章，真是个才女呢，当然想认识认识啦。既然活动取消，那就下次吧。

接着见紫衣君在线，聊了几句，我说："明天可能下来，到《旅途》。"她就说："如果确定下来，我们安排活动。"我说："活动不是取消了吗？"她说："如果你确定下来，我再联系。"结果经她"再联系"，就敲定了次日行程。于是，又接航天君电话："你明天早起下来，8点30准时从安康出发。"

当时，我并不知道他们确定要到哪里。直到当日早上吃早点时，我才知道，今天要一起登山，登牛山。

牛山，又名牛头山，是安康四大名山之一，也是安康八景之一。位于安康市花园乡与谭坝乡交界处，距离市区四十五公里……是安康市中部最高的山脉。牛山山势高峻挺拔，奇峰突兀，形似牛头，因此得名。牛山林木青翠，景色优美，现存有牛山庙、金牛洞、防御石城、帅旗墩等遗迹和景点。

头天晚上，在网上跟渔家女说今天要见面。因问："你打算给我什么见面礼?"我跟她开了个玩笑，发了个表情过去。她便发了三句"损"我的诗来。我说："还有一句呢?"她说："还有一句明天再说。"我就说："损人还要留悬念!"今天早上，车子在城里拐了几个弯后，停下，等渔家女上车。我等从车窗看出去，见有两个身材高挑的美女同时出现，便问车上唯一认识渔家女的紫衣君："哪个是?"紫衣说："蓝衣服的。"蓝衣服上车后，第一件事就是让她猜车上坐着的谁谁谁。所幸车上人不多，几个轮回便对上号了。她拿了一本《汉阴文艺》给了我。我其实哪里有什么见面礼呀，只好拿出一块口香糖递给她说："我的见面礼改了，就这个。"她接过，还是说了声谢谢。

车子出城，过三桥，直驱恒口方向，到了五茨（五里与茨沟）路口，向北拐去，不一阵儿，就开始爬坡了。弯急路陡，车子开得谨慎，我等坐在车上不停地向窗外张望，有知道的就指向窗外的远山说："那就是牛头山。"顺着他手指的方向看去，只见很远的地方，一座座巍峨的山峰高耸入云，似乎站在山顶上就可扯下洁白的云块，让人感到既雄伟又神秘莫测。汽车大约在山路上盘绕了一个多小时，感觉已身在牛山了，便停车问当地农民。农民说，如果走路，半个多小时便可到达景点。于是，大家一致表示：现在就步行登山，让司机先把车子开到上面的停车场里。真正意义上的登山算是正式开始了。

登山的路并不艰险，陡坡处是楼梯似的台阶，路的两旁是密密麻麻的灌木林，五颜六色的花草点缀其间，各种有名无名的小鸟用它们自己的语言欢迎着我们。同行的，航天君为拍照忙个不停。其间，敬山水先生不时发表一些建设性指导意见，让我这菜鸟级"摄影师"偷偷地学到不少的摄影知识。尤其海君，认真敬业的精神实为可贵，一朵映山红、一串羊奶子、一只漂亮的小昆虫都成为他猎取的目标。有时，面对目标，一站就是四五分钟甚至十几分钟。同行的美女，紫衣君的笑声最具感染力，说出来的每一句话都非常动听。我说："紫衣呀，像你这样的人，想没个好人缘都办不到呢。"渔家女说："她呀，太具有亲和力了。"再说渔家女，不仅文章写得好，而且性情开朗，伶牙俐齿，能言善辩，不时讲一个笑话或故事出来，把我等弄得想不开心都不行啊！

一路忙忙碌碌或说说笑笑的，不知不觉便来到牛山庙前。那庙修建得很是雄伟，"威震牛山"四个大字，让人不由得敬而畏之。遇庙烧香，遇寺拜佛，我率先磕头作揖，接着两位美女也面对众神，十分虔诚地跪拜了。拜毕，再绕到大殿后面，便到了停车场，我们的车子早已在那里等候了。我等稍事休息，便准备前往金牛洞了。那里，是我们行程的最后一站。

在前往金牛洞的路上，不时遇到三三两两往回走的人，我们问他们："你们见到金牛洞了吗？"都说没找到。我等自然心生疑问，便问在道路右侧采挖药材的山民，回答说："一直往前走便可到达。"于是继续向前，先是一段平路，然后上坡，就在上完坡的一个山峁处，忽见一人，十分熟悉的面孔，又以为是相貌相同的陌生人，可那人却也向我走来，面部露出惊喜的表情，于是大惊道："真的是你！竟然在这地方遇上你了，真是'冤家路窄'呀。"既然能在这地方巧遇，也算有缘，于是双方闲扯几句之后，便让航天君给两个"冤家"照了张合影留作纪念。看官，你道那人是谁？故友冯先生也。他虽教师出身，但那几年却驻过村，下过队，跟我等一道收过粮、要过款、打过牌、喝过酒、吃过饭啊。他退休后据说迁往南方居住，已经多年未曾谋面了，能在这地方见到，怎能不让人感到惊喜！

冯先生的消息千真万确，他就是从金牛洞返回来的。并说，真的不远了。我们又根据他所描述的路径，向牛山深处进发。这时，紫衣君、渔家女忽然大惊道："你们看天上出彩虹了！"我想，大晴天的，怎么会出现彩虹呢？但放眼望去，果见一道五颜六色的霞光横亘在前面的天空中，真如雨后彩虹无二，海君说：“这不是彩虹，而是佛光啊！”航天、敬山水等君都不断发出感慨：“多少年一遇的佛光，竟让我们碰上，何等幸运！”

顺着林中小路上了一面坡，忽见一群叽叽喳喳的初中生坐在石凳石椅上休息玩耍，他们的头上是五颜六色的花朵，在那些花朵的陪衬下，那群孩子显得更加可爱，于是摄影师们忙不迭地为她们拍下一张张美丽的照片。孩子们也非常热情，见到我们就介绍道：“金牛洞就在上面。”

那是一段陡峭的悬崖，晓船歌第一个爬了上去。峭壁间果有一洞，似有七八米深，钻进去，凉飕飕，森森然。洞的最前端是一个比较开阔的空间，能容下七八个人，并有生过火的痕迹，难道这就是金牛推磨的地方？

洞，其实很平常。是因为美丽的传说，给本来平常的洞罩上了神秘的光环。

牛山也是如此。牛山风景其实很平常。但在我等眼里，却又处处好风景。那是因为，我们的心里有风景啊！

陕南奇景天书峡

天书峡是陕西省平利县境内的一道奇特峡谷，位于县城东南端约七十公里处，八仙镇与正阳乡之间，峡谷长约十三公里。这里海拔一千六百米，年平均气温仅15摄氏度，即使六月酷暑，气温也只在30摄氏度以下，感受不到丝毫炎热，是避暑的最佳地方。

这真是一道奇特的峡谷。远看，是一片绿的海洋，是那种绒绒的绿，嫩嫩的绿，能滴下汁液的绿，能让人的五脏六腑感到湿润的绿。在那海洋的上面，间或有那么一块两块白色的云朵在飘来飘去，在太阳光的映射下，幻化出各种奇妙的色彩。从形态上看，又像是从天上扔下了无数张绿色的地毯，或斜斜的挂着，或毫无规则的折叠着。当你步入谷底，置身其中，你所见到的每一座山每一块石，全部都是书的造型，这时，你又仿佛置身于书的海洋了。那“书”有薄的有厚的，有大的有小的，有竖着排列的，有平平整整摞在一起的，有毫无规则地胡乱堆放在那里还没有进行整理的……万千姿态，无穷变化，不能不让人惊叹大自然的鬼斧神工。

无字天书隐含着世人无法破解的天机，让人感到无限神秘，也带给人们无尽的遐想。据传说，该峡谷曾是铁拐李、吕洞宾、何仙姑等八位仙人修道的地方，八位仙人在大巴山中修炼时，汇集天上奇书万卷，阅尽人间世俗万象，修成正果而云游四海后，让这些天书化为奇石，堆放在山谷中，这便是“天书峡”的来历了。由于这里远离尘世，属于相对原始的深山老林，常有熊、豹出没，便没有人在这里居住，人们一般也不敢涉足这里，因而植被保护完好，空气更是未受到丝毫污染，溪水清澈得跟蒸馏水似的，喝入口中，神清气爽，心灵犹如用水洗过一般。在这里漫步，观赏风景，才真正让人感受到什么叫返璞归真、回归自然！

（发表于2013年7月31日《渭南晚报》）

苦乐年华

筑巢记

去年快入秋的时候，脑壳一热，把几间土巴房子给卖㞞了，没得住的，只好想办法盖新的。从做出盖新房子的决定，到选庄子，再到正式动工，直至眼下，已经是一年多的日子。房子终于快弄起（完工）了。

在这一年多的时间里，所经历的苦和累，所遭遇的不平与尴尬就是说上一天搭八夜也说不完。我发过怒，噘（同骂）过人；我低过头，送过礼，求过人；我遇到过实心实意帮我的真朋友，我也遇到过背地里日尻子整我的假善人。

个中酸甜谁人知！

起因

虽然我已经是四十老几的人了，虽然早已是四口之家的当家人了，虽然已经是一个拥有快三十年工龄并且享受副科级待遇的公务员了，但我从来没想过要自己动手为这个家筑个巢——盖两间像样的房子，更别说盖楼房了。说不想是谎话，事实上是不敢想。平日里跟伙计在一起谝广子（即聊天），都说一个乡镇干部如果不搞腐败，如果没有工资以外的收入，想盖楼房那简直是做梦娶媳妇。你想啊，几年以前，一个乡镇干部一年还不到一万块钱工资，而且还是毛收入，这扣一点，那捐一点，完不成工作任务再惩一点，加上人情大送，加上养家糊口，还有几个剩的呢？三年以前工资涨到一千多了，但一年下来也只有一万多的总收入呀，能建得起房子吗？前年本单位英年早逝的老贾五六年前盖了两间楼房，而那时候只要能弄够五六万块钱就能把楼房盖起来呀，他倒是盖起来了，可直到他死去不是还欠着两万元的债吗？

而现在盖两间楼房起码得十几万。十几万，对于我们穷光蛋来说，那真是天文数字呀！

因此，我没有那么大的胆子要想着去盖楼房。

但我却真的要盖楼房了。

那是一念间做出的决定。

那是去年夏天，我突然说想把那几间土巴房子卖了。那几间土房是我五年前花一万五千元买下的，在那时这也不算便宜。虽然只是一万多块钱，但我仍然借了一半的债，直到去年才把账还清。因此，我当时也只是说说而已，心底里并没想卖。虽然那几间土房早已天穿地漏，一年要修补好几次，一到雨季常常是外面下大雨，屋里下小雨，住不安宁。但毕竟能将就着住呀，卖了，又建不起新的，去哪儿安身呢？然而话却传了出去，竟真有人要买我这房子。那人问我："听说你房子要卖？""是说过这话，但还没想好呢。"那人又说："如果要卖的话，言传一声。"我于是又说："如果能给到五万，那我就卖了。"我当时喊这个价，其实是不打算卖的，我想他一定不会给那么多。没想到他竟然答应了。

说出的话，泼出去的水呀，又是伙计，能反悔吗？于是就这样卖了。于是就动了盖新房子的念头。

其实，我也想过到县城去买间房子，但算了一下，用同样多的钱去买商品房，不如自己盖。自己盖的可以按自己的设计去搞，而且面积也超过买房的一半，只是费事得多，辛苦得多。

虽然我没有亲手盖过房子，但我知道盖房子这活路一旦架起势来（即开始），狗屎马卵（即杂七杂八）的事情多得很，最日把颇（即最难弄）的事情可能是弄钱。可我没想到还有很多比弄钱更日眼的事情呢。

弄 钱

虽然做出了盖房的决定，但我还得估算一下资金。否则心里没得哈数(即心里没底)，这个决定也就屎用没得。我先请人做了个预算，结果是：新盖两间两层，包括装修大约需要十六万元。也就是说，我得举债十万元以上。如果全靠贷款，一是按我的收入只能够付利息，而没有还本钱的能力，这怎么能行呢？二是按我的收入标准，人家敢贷给我那么多吗？因此，我得求助亲戚朋友。

都知道，问人家借钱是很日眼的事情。提前想半天，往往到了人家面前却是癞蛤蟆嘴巴抹了胶水——张不开口。况且我的亲戚朋友当中，有钱的并不多。我的兄弟都是穷得卵子打板凳响。但我还是得找他们。我先回到老家打听有没有希望，结果他们都鼓动我搞，也愿意尽最大的努力帮我。然后，再打老婆那边亲戚的主意，结果一样，并表示愿意给予最大的支持。后来算了下，在亲戚朋友那里可以借到七万左右。这其中有一部分人家是绝对不会要利息的，但大部分我得按定期存款的利息付给人家，否则人情债欠大了，我心里也很不安。

自己有卖房子的五万，能借七万，再贷几万元款就没麻达了。

特别值得一提的是，我老婆的一个表妹，她在南方打工没几年，自己承包了一个什么店子，也还处在创业的初级阶段，正是积累资金的时候，可人家一下子就借了我们三万元；还有我大哥，自己住着早已需要翻修的破房，因没钱搞不起来，却把仅有的存款全部借给我了；还有小时候的一个大伙计，一直在家务农，我从没帮过人家什么，结果我一开口，人家也就答应了。

在这里，我想先向他们道一声真诚的感谢！

事实上，十六万远远不够。也幸亏当时人家只预算了十六万，否则会把我吓得打退堂鼓。而当初鼓起勇气搞了，先是人弄事，后是事弄人，它逼着你把事情搞下去，结果也就搞成了。

选 址

2004年8月，我们从集镇下面的凤凰小学搬到集镇上游、女娲山下面的老县街，在那几间土墙房子里住了四年。虽然住的时间不长，虽然那地方左右团转的环境并不十分美气，但我对老县街这地方还是有着比较深的感情。少年时期，我在老县中学上学，一到下午，就经常三五成群地到街上玩，那时住在这街上的都是吃商品粮的居民，吃的穿的住的，是多么令我们这些穷山沟的孩子眼馋！那时就想，如果将来能住在这街上，多好啊！几十年后，我终于有机会住在这街上了。

说这些话，意思是我要新盖房子首先还是考虑在老县街上下选择地址。这里除了上面说的因素之外，还有一点就是这里空气没受到污染，吃的水也是很干净的，住这里安宁啊。

于是，我请了个地仙，上至东关，下至街头，仔仔细细地察看，却没有一处理想的庄子。无奈之下，只好到集镇所在地的稻草街选址。当然，稻草街是我们这里的经济文化中心，发展得比老县街快，也有不少优越的地方。地仙上上下下找了好多处能建房子的地方，最后认定我现在盖房的地方最理想。这里坐北朝南，前面视野开阔，后面的山势还挺有讲究的呢。

就这样拿定主意了。现在的问题是能顺利地把这地方弄到手吗？

上 界

三年前，在集镇建房办理征用土地手续由集镇办公室负责，而现在镇上把权力下放了，由村上管理。也就是说，我能不能把选中的地基弄到手，第一关在村上。我今年恰好又在这个村上驻村，多少有一点近水楼台的意思。但为稳当起见，我还是事先找到村上主要负责人打听情况。结果回答是："你在我们镇上也算是'老革命'了，又具体联系我们村的工作，这个忙再不帮还要得了！”有了这话，我连忙说：“那请你约个日子，早点把界上了吧，办好了就是一宗事，心里也踏实了。”（上界：就是到实地勘察丈量明确房屋地基东西南北的具体界限。）

心里有哈数了，然后我又专门抽时间分别把村上两个主要负责人请了一下，当然，这也是起码的礼数。接着，就定了具体的日子，又把国土所的人请来，带上皮尺，到现场丈量——宽八米，长二十六米，有三分多面积，很不错的。虽然是两间房子的地基，但面积比较大，这也是我看中这地方的又一个原因。除盖房子外，还能余下一分地种点菜蔬什么的。

给村上数了几沓票子，又交耕地占用税，又交土地开垦费，又交什么管理费，又写了申请，又填几张相关的表格交给国土所，终于，该办的都办完了。

常言说，万事开头难，而我这个开头算是很顺溜的，不亦乐乎。这下，我得陪他们好好痛饮几杯了。

领 教

我要盖房子的消息一经传出，就有好几个包工头找到我，说想把活揽下来，有的当面讲，有的请人捎话，而我的回答一律是“还没想好”。我之所以一个都不敢答应，是我对他们没有一点了解。更重要的是，在这之前，我对盖房以及与盖房有关的知识一塌糊涂。比如什么是水泥标号，什么是打现浇，什么是圈梁地梁，甚至连三通、直通、外丝、内丝，线管子、线盒子都知不道（即不知道）是怎么回事。因此，哪个包工头老实一点质量把得严一点，哪个狡猾一点活做得差一点，我都得细细法法（仔细）地去打听；在施工过程中，作为主人应当注意哪些方面的事项，咋个弄法才能最大限度地省钱，等等，我都得事先向懂家子（懂行的人）领教。

我开始做有心人了。到人家屋里做客，我喜欢东张西望，观察人家的房屋结构，跟人家谝盖房子的得与失。我还专门驱车近百里跑到一个亲戚那里去请教。

这个亲戚是我老婆的表妹夫，洛河人，也是一个小小的包工头，对盖房子当然很懂经（即懂行）。我挑了一个风和日丽的日子，买了礼行（礼物），骑上摩托，走了三个多小时，来到了这个亲戚的家里。

那天他本来忙得不得了，但我们是头一次到他家，算是“稀客”，所以他撂下手上的活路（活计）就回家陪我们。

直奔主题。我说：“今天来主要是为我盖房子的事，想先请你毛大毛（即粗略地）算一下要花好多钱，然后还要问你一些具体的事情。”于是他就取来笔纸，给我算钢筋要好多，水泥要好多，沙子要好多。毛账算出来了，我又问他情愿大包还是小包。此前，我只知道大包，啥都是包工头的；小包呢，一切材料都是自己的。他告诉我：“私人盖房子一般都是小包。一来能省万把块钱，这不是个小数目；二来包工头不会偷工减料，质量一般会得到保证，只是狗屎马卵的都要自己去买，要多受些麻烦。他这一说，我当然只能小包了。

了解了这些，又请他帮我设计房子的结构，讲解要注意哪些事项，哪些能省得，哪些省不得。这下，我心里就更有哈数了。

接下来，我开始盘算选择什么时候破土动工。

可我万万料想不到的是，事情却在一夜之间仰瓢（即变卦）了！

突 变

当我兴致勃勃准备找人查看开工日子的当口，一天早上，村支书猛然对我说：“哈了啦（即坏了、糟了），你房子怕是盖不成了。”

“你说屎话哟，我钱都交了，界上了，手续办了，懒门（即怎么）盖不成？”

“是真的，我不哄你，这是大事呀，我咋得（即怎么会）哄你呢？”

“是懒门个经（即怎么回事）你总得给我说哈吧。”

“具体你问镇上，我听说是那个地方要给文化站和法院留着。”

“那我们咋没听说呢？就算有这回事，那他们顶多也只是个打算，并没决定下来呀，而我已经征过了呀！”

“我只晓得这些，其他的你要问镇上。”

于是，我只好问镇上领导。“我上边房子卖了，没处住，想盖点房子，征地手续也办了，可我听村支书说那个地方弄不成了，是真的吗？”我说。

“是弄不成。要给人家单位留到（即留着）。”领导说。

我又说：“领导，我现在地也征了，再说不怕你笑，活了大半辈子，工作了快三十年，弄不起房子，下不了决心。现在也是把我逼得没办法了才下决心盖两间房子。我请您一定要帮这个忙，把我支持一下。我从心底里感激不尽……”

领导说：“那对不起，实在是没办法，县上领导说了话的，你叫我懒门给领导交代呢？”

我又反复请求，但还是不行。

看来是真的没得希望了。天下之大，到处都是房子，到处都在盖房子，到处都是地皮，懒门我就弄不到几平方米的庄基？懒门煮熟的鸭子还会飞了呢？

煮熟的鸭子真的飞了。

转　机

煮熟的鸭子竟然飞了！我咋得甘心，想了好几个晚上，没得法，只好再去找村支书帮忙。

我找他有几个原因。首先，这块地本来就是他个人的承包地，他如果摁着不卖，哪怕是单位盖房，也有点难办，至少会有一些麻烦；其次，在这个村上他说话，说一句算一句，我的话镇上领导可以不作数，但如果他坚持一下镇上可能还会让出几米地。

我对支书说：“我没得办法了，好话说了一大堆，还是不行，我只有再请你出面，看还有没有一线希望。”他说：“你先莫急，这块地是我私人的，万一弄不成，我不卖了。你先等几天，我找机会说一下试个伙（即试试看）。”

又过了几天，支书传来消息说：“有情况了，终于答应让出两间。”

“你该不是说乐话（即玩笑话）吧？”我有点似信非信。

“脑门的（即真的），将（刚）才把事情说展。”

“那太好了，太感谢你了。”

可是他又说：“不过，还有个经文（意即问题）呢。要你跟文化站拼齐盖。”

“这又是哪门个经呢？”我问。

他回答说：“意思是你房子的前檐要跟文化站拼齐，前面的面积要让出来作公用场地。”

我说：“那都好说，只要能盖够八米进深，让就让吧。”

可他又说：“那可不一定，反正你这个房子到时候可能还是不好弄。”

……

不管咋说，总算有了点转机。至于怎么盖，到时候再说吧。

村支书的话我当时没细想，哪晓得后来房子真的是盖不成。

僵　局

我的房子什么时候能够架势动工，取决于文化站啥时候放线。因为镇上要求我房子的前檐要跟文化站拼齐，文化站不开工放线，我也就无法动工。

那天，文化站建设终于开始放线。除工程承包人、文化站负责人外，管集镇的×主任在场。因文化站建设与我房子建设关系特殊，我也主动到场看他们的线究竟咋个放法。

要说明的一点是，这里的地形是东宽西窄，即从前面的街道往后垂直丈量，我那里平均长度为二十六米，而到文化站处就有二十八米。而文化站房子的进深只要五米。如果文化站一直靠后建设，那么我房子的进深就连五米都不够。

因此，文化站在放线的时候考虑到这个因素，适当往前放了几米，后面留出几米空地。这样一来，我的房子按八米建还勉强建得成。

可是到了第二天，镇上领导回来一看，后面还留有空地，说这样要不得，必须再往后退。×主任等人说："那老魏房子咋盖得成了呢？后面是沟，沟后面又是人家的秧田，又没征过来。"领导说："那让他自己掏钱再征过来不行吗？"

结果，领导还是坚持往后退了三米。

这样，我的房子是彻底盖不成了。首先，后面的秧田即使我愿意掏钱也征不过来，秧田下面又是国防通讯电缆，再说人家好端端的一块田，能在中间切一溜子卖给我？那人家还怎么耕种呢？其二，我也不愿意淘那个气，花那个钱。我几万块钱买下两间房子的地基，面积两百多个平米，而只给我留下五十个平方供我使用，其余的全部让作公用，有这样的道理吗？如果我房子勉强盖得成，那让也就让了，可现在就是我让了房子也盖不成！

我找领导说，领导说："那没办法。"我说："怎么没办法，人家房子都顺着街道盖的，我也能顺着街道盖呀，并且也丝毫不影响美观呀。"领导说："反正不行，能让你在这儿盖我们已经作了很大的难。难道让政府听你的？"

我无话可说了。领导说得也对，不能让政府听我的。

盖不成就盖不成，先撂下再说。

解　冻

盖房子的事我无计可施，一直僵着。那些晓得我要盖房子的伙计见了我就问房子盖到啥哈数（即什么程度）了。我就如实地告诉他们我遇到的难题。有的伙计就说："地基是你买的，手续也都办了，你按你的想法搞，他还能把你的㞗搬到阳坡晒太阳（即不能把你怎么样）？你不能太软弱呀！"

我说："人家是领导，又在一起工作，能来硬的吗？如果弄翻了，以后的日子又咋个过法呢?”

又有伙计说:“领导断鸡巴疼(不在乎之意),一下台还不跟人一个屎模样子。”

又有伙计说:“你晓得个卵呀,在有的地方,领导就是道理呀!”

……

伙计们帮我发牢骚,而我却不能跟伙计一样去骂领导。我倒不是怕领导,而是不想把事情搞得那么难堪。

终于有一天,我打开电脑,把QQ登上,不少朋友都在线上,我却不知道跟谁说什么。结果就有人找我聊。问在做么子,这人是教育局的一个朋友,二十多年的交情了,说话非常随便。

“在生闷气呢。”我说。

他又问:“为啥子,能说说吗?”

我说:“说了也白说。”

他又说:“你说出来试试吧。”

于是我就说了。同时我还说:“我知道这人的哈数,如果没有交换条件,是不会买谁账的。”

他说:“好像有个机会,他老婆是教师,正在申请晋升职称,可现在指标有些问题,我不妨先找一下相关的领导试试,如果领导愿意帮他这个忙,就以这个条件来跟你交换,也许事情能成。试个伙吧。”

第二天,他打来电话,说事情弄展了。“但你们领导说你盖房子的地基已经弄好了啊。”我说:“哪里呀,压根就弄不成。”

朋友又说:“那你赶快去跟他说,我已经给他说了。”

我于是连一分钟都没停留直奔领导办公室。领导非常热情。我直奔主题:“按现在的情况,我房子盖不成。我已经骑虎不得下背了,还是得请你行个方便,你都不帮我,那还有谁帮我呢?”

他说:“我咋能不帮你呢?自己的干部,又是老伙计,你想咋弄呢?”

我说:“我想顺着街道盖,跟人家的房子并齐。否则咋弄得成呢?”

“这还不简单，要是别人肯定不行，自己的干部我还能不答应吗？你房子盖不好，我心里也过意不去呀。你就按你的想法搞吧。”领导又说。

我很激动，连忙说：“我等的就是你这句话呀！那真是谢谢你了，那我马上架势（开始）搞。”

上个月的僵局，终于解冻了。

动　工

地基的问题以及怎么建的问题有了着落之后，还搁置了一段时间，原因是村上打水泥路，拌料场刚好在那儿，搅拌机就架在我的庄基边上，弄得我无法开工。我又是这个村打水泥路的主要负责人之一，总不能因为我要建房子而把打路工程给耽误了吧？

眼看到了冬月下旬打路工程迟迟不得完工，我急得不行却没办法。恰恰这时教育局的朋友又打来电话问：“你房子开工没有？”

我说：“还没有呢。”

他又说：“你赶快搞，有麻达，那个领导老婆晋升职称的事黄了。”我一听，急了：“那他要是晓得了不是就piā杆儿（即糟糕了）。”

朋友说：“他现在还知不道，你只要开工建起来了，他就是知道了还能把你尿咬了（即奈何不了你）？”我一想，是这个理，幸亏这位朋友及时提供这一信息。

正好，村上道路硬化工程也在这个时候搞放下（结束）了。我简单地请人查了一下日子，定于冬月二十五日（2008年12月22日）开工。

这天，工头老任叫我买炮放一下，我拒绝了，一是自从我开始筹划建房子以来，一直曲曲折折，领导都在找我麻烦，如果再一张扬，恐怕又会惹出什么事来；二是我这个人本来就比较低调，不喜欢出什么风头，加上我这么小一点工程，搞得太张扬，可能还会惹人笑话。因此，就那么默默地开了个工，简单地备了一桌酒菜，把工人招待了一下，算是正式动工了。

用 电（一）

建房子的活路一架势（即开始），就要用电。事前我问村上的伙计临时用电是啥哈数，他们说要先交六百块钱，一切材料你自己买。如果供电所有人的话，不交这个钱也行，只交个电费。我说我供电所没人。他们说那就得交六百块接火费。

正说着呢，村支书进来，请我帮他写一个讲话稿。我就说："你跟供电所的人很那个子（意即很熟），帮我说一下用电的事，正好打水泥路放下（意即结束）电线、电表、表箱都是现成的，我租过来，电费算我的。你帮我说一下看能不能省下六百块钱。"支书说："这点小事该没麻达，也不让他们淘一点气，但电费你可得交哟。"我说："那是当然，至于你的讲话稿当然没说的，你放心就是。"

就这么子，我把电表基数一看，记下来，搅拌机就开始转动了。

接着，我用了一个晚上，把他的讲话稿也写好了。

看起来好像一切都进展得很顺。

然而，到底还是惹哈麻达（即招来麻烦）了。地梁刚打起，供电所就来了几个人，直奔我那用电设施。我一见势法不对，像是冲着我来的。连忙跑上前用热脸去塌人家的冷沟子。我试着问："是不是我这儿有啥问题?"那边回答说："这电线要拆，这是打水泥路的用电设施，你要用要另外申请，否则是违法的。"我只好说："我原来没搞过这，找（知）不到哈数，还以为只要不少电费就行呢。你们看这样行不行，该交多少费用我交，线路留着，也省得到时候重接呀。"人家说："那不行。"我不停地递烟，好话倒豆子似的给说，人家就是要拆。

我想，村支书是不是忘记给说了，连忙打电话问。果然，他忘记给所长说这个事。我知道现在说啥都是闲的，要死尿朝上，听天由命吧。所好的是地梁往下的工程已经对了（完成）。大不了工程先停一段时间再说。

哪晓得，这一停就停到了第二年春节过后。

用 电（二）

按照农村建房子的老哈数，地梁往下的工程算是基础工程，是不上施工合同的，材料费、劳务费花好多算好多。我毛算了一下，仅这点工程就花了我五万九千多元，也就是说我自己卖房子以及近几年攒的一点钱已经花没得（没有）了。可我的房子才开了个头，加上临时用电的事又搞日塌（搞砸）了，越想越觉得不是个经。

在用电的事上，也不怪我想捡便宜。从理上说，电线电表等狗屎马卵的材料都是我从打路施工队那租过来的，我用电给电钱，凭么子要另外交六百块钱。如果是规定，那懒门（怎么）有的人又可以不交？这好比我自己花钱把车子买了，你把我车子弄去给我拉材料，要我出运费不说，还要另外给你加油钱。这世上有这样的理吗？

言归正传。话说一开年，工头老任就给我打招呼说："正月二十是个好日子，我打算那天动工，你趁早找供电所把电弄好，到时候如果没电可就屎了。"没法，只好又腆着脸去求人家。人家说，你先写申请。于是，我就按人家说的写申请。申请写好了，交给他们，问："还得交点钱吧？"

人家说："那肯定，哪有白用的。"

我问："那大概得好多？"

"估计怕要两千多呀！"人家说。

我以为他在开玩笑，因此说道："你该不是开玩笑吧？我不是听说只要六百吗？"

人家说："那是几年前的老黄历了，现在的规定是每个马力交二百六十元，你一个搅拌机至少五个马力吧，还有震动棒，仅这就要一千三，每个横担又是一百多，还有瓷瓶，还有劳务费等，算下来没得两千怕是打不下来呀。"

哈了勒！我原想事情要坏，但没想到会弄到这步田地。我原想最多不会超过一千块钱，可没想到竟然翻了番！依我当时的那个气，真想一跺脚，去他妈的，老子不用你的电，你还能把老子的屎搬到阳坡晒太阳不成！可是，不行啊，不用他的电，你用谁的去？现在不用，以后还得用啊！

窝了一肚子的火，但嘴巴上还只能说："不好意思，今天手头上有点不方便，改天来办吧，麻烦你们了！再见。"

走出供电所，我就找那些和我一样正在盖房子的，问人家临时用电是啥哈数，结果是有的只交了几百块，也有的确实交了两千多块。

看来这钱是非交不可了。

那天早上去办的时候，刚好遇到邻村的支部书记。他问我做么子，我把事情说了。他说他跟所长很熟，说个方便看能不能少交点。我们找到所长，说了一大伙（即较长时间）好话，结果免了几百，交了一千七百多块钱。

临时用电的事，就这样解决了。

（注：关于《用电》，还有"其三"，为后话。）

工　人

我房子的主体工程是包给一个姓任的工头，门跟前（即离得不远）的人，长得蛮杵杵的，说话高喉咙大嗓子，不知道的常常以为他在跟哪个吵架。事实上，这人就是个火爆脾气，几句话说不好，就真跟你大吵起来。据说他给人家盖房，几乎都跟房主吵过架。当然吵归吵，事情归事情，活路他还是会一样地给你做好。

老任脾气不好，但在我们镇上的几个包工头里面，他可能是活路做得最好的，钱赚得最少的。其他的一些包工头，往往把合同一签，隔三岔五到工地上转到看一看，指戳指戳了事，而老任几乎成天在工地上招呼（即照看），哪没弄好，他及时指出来，如果再没弄好，他就会把人家弄怂（批评）一顿。他自己不做活，专门监督人家。因此找他做活，大的方面质量是没有问题的。同时，在安全方面他也管得很严，从来不让工人冒险，所以这么多年，他虽然没挣多少钱，却也没出过任何安全方面的事情。

他手下的工人，几乎都是他同村的村民。这些人五花八门，各种各样的性子，他们做着高强度的体力活，给人的感觉却快活得不得了。手上不停地忙，嘴巴不停地说。如果哪个男人绊（同摔）个大爬扑，立即就有人会说："好像要下雨了哇！"接着就又有人说："男绊晴，女绊阴，老婆子绊跤下连阴呢！"这是把那人比作女人骂了。当然，那男人也不会善罢甘休，或者对骂几句或者就来一句顺口溜："你沟子点棒灯，想吃肉花生了吧？来，把屁股迈过来，我给你称半斤！"如果哪个人走路不小心打个趔趄，看到的人就会大声喊道："哇（读作wǎ），哇，哇哇！"其实这是在吆喝牛。

结果对方就会接着说："你是怕，还是嫌你野老公鸡巴大呀！"

对方就说："你嫂子野老公就住在高田坝（地名）呀！"

又还道："你女人身上包是包，洼是洼呀！"

又接道："昨晚我跟你女人打马老倌（指男女'那方面'的事儿）的时候心里好害怕呀！"

……

这样的对骂只要求押韵，不讲究个语法，也不讲究个逻辑，反正只图嘴巴快活，哪个接不上桥（即接不上下一句）了就算是输了。

工人里有大好人，也有大拐怂，甚至还有点把儿（即个别或很少）哈怂。他们看谁不顺眼，会日点小拐（即使坏），把人家害一下。比如说电工在墙里面放的线管子，他们有时候会趁人家不注意悄悄地在里面塞点混凝土，这样在后来穿电线的时候，无论怎么也穿不过去，你就得淘点气才成。

工人里也有女人。有道是男女搭配做活不累。果真是这样啊。有女人的地方，男人们做活就格外有力气，当然，女人也常常是男人寻开心的靶子。而内容大多数都与性有关，他们在一起什么粗话脏话都说得出来，女人们也不会发气，有时候跟他们对着骂，实在骂不赢了，就来一句："你个挨刀死的，你个不得好死的，谨招呼（即小心）哪一天你的胫脖子就是要长旋杆霉的。"（往年子人们把男人长梅毒叫旋杆霉，其实也就是把那男人的头比作下面的玩意儿了呢。)

总之，这些工人给人的感觉是快乐的。他们活路重，男也好女也好，做的都是提沙浆、搅混凝土、搬砖头瓦块的活路；他们的工资也低，一天也就三五十块的工资，在乡下过日子，勉强能养个家糊个口。但他们真的活得真实，活得潇洒，活得快乐。

招 待

现在盖房，不论大包还是小包，饭都是由包工头管，主东只管供应茶水，也有连茶水都不管的。但按照约定俗成的“规矩”，主东一般都要搞三次招待。第一次是在打地梁的时候，这时候基础工程已经完成；第二次是在打圈梁的时候，也就是第一层基本完工的时候；第三次是盖顶子的时候，这时主体工程已基本竣工。

在此之前，我当然不知道这些哈数，是问了人家之后才晓得的。当然，还仔仔细细地打听了别人的招待标准。我虽然缺钱，也在千方百计地省钱，但在这方面我决不能搞得比别人差火。首先，我认为那些工人们给你盖房子，吃不尽的苦和累，一搞就是好几个月甚至大半年，可你只管人家三次饭，你不弄好点心里过意得去吗？人家当然也不是没吃的没喝的，你弄好一点至少体现了你对人家的尊重呀。其次，我本人也好歹是个公务人员呐，总不能让人家说你雀儿sà（吝啬）、沟怂抵浪（即谨小慎微，出手不够大方）吧？

如今也不缺吃也不缺喝了，说是招待好一点，其实不外乎就是把饭菜弄丰盛一点，酒稍好一点，再每人发一包好点的烟一双普通手套。吃的弄得如何是老婆的事，我只管把客人陪好。

可是第一次招待，就把我喝得大醉。喝的是乡下小灶烤的苞谷酒。那还是去年我在一个村上搞年终考核，见村支书家里放了一壶五十斤的苞谷酒，他说是买到过年喝的。一尝，了得！不仅味正，而且劲也十足。想到盖房子经常要喝酒，就强行从张书记手上买了回来。在喝什么酒的问题上，我是有讲究的，首先不能让人家喝酒厂产的苞谷烧，那酒太难喝，虽然省钱；其次是不喝二十元以下的瓶装酒。瓶装酒低于二十元的，也没喝头，还不如自产的苞谷酒。虽然那天我也准备了不少43度泸康酒，可人家都情愿喝“本地灶”。当然也可以喝啤酒，但那只能是计划外的，不能算任务。酒过三巡，我每人敬一家伙，算是打了个通关。接着哪晓得人家又反过来跟我喝，当然也有几个大喝家也打了通关。但我终于寡不敌众，醉了。

说心里话，我是想醉啊。平日里喝了太多的工作酒，也喝过不少的政治酒，人家喝水你喝酒，人家吃菜你也喝酒，面子也好自尊也好，你统统撂在一边吧，那个滋味呀，真是连狗屎都不如呢！而现在跟伙计们一起喝酒，你不饶我，我也不会放过你，那才叫公平，那才叫豪爽，那才叫痛快呢！醉了，值呀。

抢 砖

本镇有一家砖厂，生产的砖很不错，满足镇内市场还是比较超光的。但我盖房开始的时候正是腊月，砖厂没有生产。我只好请人在安康往回拉，价格当然也比较贵，四毛四一块。就这，请了好几个门上的司机，人家都找借口不愿意给安康拉，我只好让人找老县一个姓汪的司机给拉了几车，算是解了燃眉之急。同时我也承诺：凡是要往回拉的材料都交给他了，特别是沙石料，用量也大，他当然也很乐意。

开年以后，本镇砖厂迟迟不得点火，而我又急着动工，只好又先在安康拉了两车砖，我甚至还陪着汪贤兵跑了汉滨区五里镇的好几家砖厂，才找到一家能供货的，当然价格也比较贵。开工以后，又过了十多天，本镇砖厂总算出产品了，我赶忙找到老板把要用的砖一并定下，又找在砖厂做工的陈师给负责拉运。可后来，陈师却说他弄不成了，他又负责联系张师给拉。我知道，张师在本镇司机里面像是个统领人物，司机几乎都听他的，但为稳当起见，我还是嘱咐他说："我们可是老关系了，我的几万块砖你一定要保证，可不能给我放鸽子。"他说："你放一百二十个心好了，我是绝对有哈数的，如果误了你的事你噘我都行。"

事情算是靠挨（敲定了）了。可临到我要用砖的时候，他却迟迟拉不来砖。我知道，客观上，开工建房子的地方太多，砖厂又才生产，确实供不应求，一天到黑，砖厂停的车子都是十好几辆，都抢不到手。主观上，他当然还是先保证了别人，虽然紧张，但每天还是出窑好几万呢。这一头，工头催得紧，我每天往砖厂跑两三趟，向工人打听情况，找老板说话行方便，可就是抢不到东西。那天早上，我这儿的工人眼看没活做了，我一急，跑到张师家里发飙，我到他门上以后把摩托车一停，就大声叫道："老张，你给我出来说话！"他听我叫喊的声音不对劲，连忙从屋里出来问我啥事。我黑着脸说："今天来给你说明话，你如果不马上给我送一车砖，我跟你没完！你不是保证了吗？为啥到现在给我供不上？说实话，我今天可是来者不善。如果你不给我弄好，哼，你试哈看！"

我一直使歪，他一直辩解，我不管他怎么解释都不行。我说："你说这些都是闲的，我只要你把砖给我拉去。"我一伙逼的，还真给起作用了，他给那些已经排上队的司机一个个商量，结果终于商量展了。不到两个小时，砖就送到工地上了。

从这以后，我的砖基本上能够按时供应。由此看来，有时候光说好话是不行的，光讲道理也是不行的，该撒横的时候还是要撒横，该使歪的时候还得使歪。也就是有人说的"三句好话还不如一马棒"是也。

青 瓦

一个普通百姓如果没有盖过房子，那是万万想不到盖房过程中会遇到多少日巴颇的事情，要做多少日巴颇的活路。当然，有权有钱人另当别论。对我来说，亲手做得最日眼的活路莫过于洗瓦和过灰膏了。

大约十年前，我县某领导到安徽跑了一趟，见到那里的房屋建筑风格和我们这儿的有着较大的区别，除房屋主体外，头上还多了几扇高矮不等的砖墙，墙的上面盖着小青瓦，墙的两头还各焊上一个用水泥制成的“翘翘”。某领导觉得新鲜，回来后就一声令下：“今后所有建造房屋的都必须按这种风格搞，特别是公路沿线。”同时还要求把原来已建成的楼房改造成这种模式，并称之为“徽派建筑”。其实，在我们很多百姓眼里，除了每个建房户要多花万把块钱外，没有一丁点好处，也说不上好看。但领导喜欢呀，不这样搞你就别想盖房子。这一来，全县人民不知平白无故耗去多少亿血汗钱呢。

我是干部，就更得搞徽派风格了。而徽派风格建筑最显著的标志便是小青瓦、马头墙、木格窗。青瓦主要用于盖马头墙和房沿子。现在烧制青瓦的少了，有在湖北买的，价很贵，而我又用不了多少，不可能跑到外省去买。正好去年老婆的娘家拆旧房建了新房，青瓦剩得很多。我于是就拉了几千回来，当然是用么火（是不给钱的东西）。但那瓦十分的陈旧，洋尘吊子是满的，乃西（即很脏）得不得了，如果不洗，盖在房上，若是下雨，流下来的脏水一定会污染墙面。

做这活当然也很乃西，即便给钱，谁又愿意做呢？只好自己动手。我跟老婆置一只大胶盆，买来几把刷子，在休息日里一片一片地洗刷，一连搞了好几天，几把刷子的毛都刷秃了，硬是将那两千多片瓦刷洗得干干净净。

灰 膏

把石灰弄成乳状即为灰膏，是粉刷墙壁用的。

买来的生石灰，溶化后杂质含量很高，还有很多石头块子，非得加水过滤后才成，通常叫“过灰膏”，过即过滤。

根据那些包工头建房子的惯例，过灰膏都是主东自己的事情，当然如果你舍得掏钱，工钱给到位了，也能找人代劳。可我想，自己还有些业余时间，就自己做吧，这活虽然比洗瓦还要乃西，但自己做既省了钱，同时也是一种难得的体验。自己种的瓜总比别人的甜呀。

事前，我从老婆的娘家拉来一只大木缸，上面架一把铁筛子，又买一块细窗纱铺在上面，再把水管牵过来，准备工作就算是做好了。过的时候，就是把很粗糙的石灰粉铲到窗纱上面，然后加水，在加水的同时，用手不停地搅拌，使其充分溶化，从窗纱漏下去的石灰浆经过一段时间沉淀后便是灰膏。

做这活路，其实事先知道会对双手造成伤害，因为石灰对皮肤具有较强的腐蚀性，但我在开始的时候并没有足够重视，只是觉得很乃西，不几下就把衣服糊得花里胡哨的。但过一会儿麻烦就来了，先是双手有灼热的感觉，再后来就开始破皮、炸裂子，疼痛得受不了。到了这步田地，不得不采取措施了。于是买来创可贴将破了的地方贴上，又买来胶手套戴上，才把这活坚持做下去。当然，多数时间都是我跟老婆一起做的。也不知道做了多长时间，反正那段日子一有时间就做一会儿，直到将那一大堆弄完了，也够用了，才罢休。还剩了一些粗灰，浪费掉了。

木　料

树是在老婆娘家的自留山里放的，一共四十多棵。虽是么火（即不必付钱的），但放树抬树却很是费了几番周折。无论放树还是抬树，都是十分劳累的活，又十分危险，所以我一直提心吊胆，一旦弄出点事来可就不得了了。

放树（即伐树）一共请了四个人，基本上是亲戚，算是自己人，他们都具有一些放树的经验，做活也很认真，忙活了一天，所幸无事。

抬树就更麻烦了。虽然离公路不到一里远，道路却很崎岖，差点的劳力压根儿就吃不消。本来好点的劳力基本上都外出务工了，家里强壮劳力本来就没有多少，加上当时又正好处在农忙季节，请劳力很难，费了很多心思，才从别村请了十个精壮一点的劳力。

那天，他们上工很早，一到就开始干活，粗的重的两个人抬，细的轻的一个人扛。谁知到了中午却下起雨来。道路本就不好，雨一淋，泥湿路滑，抬树之人小心翼翼，我更是胆战心惊。后来实在不行了，只好放工。留下几十根檩条只好改日再弄。

下午边儿上，将那些原木又用车拉到木材加工厂，用电锯打成椽子及木板，还有方格条子，从加工厂装上车拉回去天已黑了好久。又恰逢街道搞水泥硬化，车子进不去，要人工搬运五十多米远，路虽不远，但一大卡车的东西，如果仅靠我跟老婆二人，弄到天亮可能也搬不完。所幸左邻右舍都来帮忙，忙到晚上快半夜的时候总算全搬进新房里面，人也都累得快散架了。人家尽义务出了力帮了忙，总不能让人家饿肚子吧？即使人家不饿，也得表示一下谢意呀！于是老婆便弄了饭菜，把他们请进租住的房屋，陪他们畅饮，谁知竟喝醉了，上床睡觉已经快凌晨两点了。

谁料想，第二天却发生了也许令我这一辈子都难以释怀的事情。

停　工

主体框架终于快完工了。剩下的不算装修，还有盖顶子、砌马头墙、粉刷墙面、打地面砌房檐坎等工程。

然而，正当我又是洗瓦，又是过灰膏，又是备木料，忙得二五加一把的时候，却坏事了——领导一声令下："立即停工。"

仿佛是严冬里的一声惊雷，把我炸蒙了。

因头天晚上累很了，睡得很迟，又醉了酒，早上还没起床便接到领导打来的电话，命我立即到盖房现场去。听口气有点不对劲，我预感到可能又要找我什么麻烦了。

果然，当我脸都没顾得洗赶到现场，领导就给了我个"揽不起来"

（意思跟“毫不留情差不多”）。他说我的房子盖个大斜斜，说我向东移了几十厘米，说在文化站与我地基交界处留有二十厘米余地，这些都被我占领了……恰好包工头也在场，线是他放的，这些经我并不明白。包工头连忙找来线绳，一边丈量，一边解释说没有占到文化站的地基，说：“×长你莫歪（同凶）嘛，你发那么大气做么子，他这房子只要八米，咋得占到文化站的地基呢，再说就算真的错了，该咋办咋办，你再发气还不是闲的……”好话倒豆子似的给说，可领导仍然别火烧尿似的大发雷霆。尽管他在那么多人面前日噘（大骂）我，尽管把我气得半死，尽管我也想给他个驴子尿画门神（即不给他好脸色），但我不能啊，我还得从长计议呀，我能做的其实只有一个字——忍！我无法辩解，因为我还没有足够的证据证明他是在胡嚼（即信口雌黄），也不敢保证我真的一点也没有错。

我只得尽他吵。

他终于吵够了，撂下一句：“立即停工，等待处理。万一不行的话，你只有拆了。”

老天爷！

如果真让我拆的话，真是赖肚子（蛤蟆）让牛给踏了一脚——哈完了。已经花了我十好几万，那多半都是我求爹爹告奶奶借来的呀……

取 证

房子盖不成了，但我心里一直不信我真犯了那么大的错误，我真的占了文化站的几十厘米地基吗？为了弄清事实真相，我必须亲自动手取得第一手资料——对现场进行一次精确的勘测。

我带上皮尺，请了两个人帮忙，一个是本村的大学生村官，另一个是提前退岗的职工，对房屋建筑也很在行。领导说我线放斜了，我就先丈量房屋墙壁前后两端距邻居院墙的距离，结果竟丝毫不差；再比照前檐墙壁两端距街道的距离，结果也分毫不差，即前檐墙壁与街道、侧面墙壁与相邻的院墙均为平行线，就是说“线放斜了”之说根本就不成立。

再看我是否占用了文化站的地基。

我的地基是八米宽，在文化站与邻居院墙之间丈量的结果：文化站侧边墙壁（当时仅是地梁）前端与邻居院墙为8.02米，后端为8.03米。这说明：一是文化站的墙壁与我邻居院墙墙面不平行，既然侧边不平行，那么前沿与街道也一定不平行，也就是说文化站的线放斜了，却把“罪名”强加在我的头上。二是文化站与我之间并未留下二十厘米余地，虽然丈量结果多出几厘米，那只是丈量误差而已。

有了这些数据，我再买来三角板，绘制了平面图，这样一看就能一目了然。

通过取证，有了哈数，心里踏实多了。当然我并不希望把这些东西亮出来，我要看领导对我的态度，如果他转变了看法，让我接着搞，找一个合适的台阶下来，那么，你好我好，不伤和气，善莫大焉。倘他一而再再而三地拖延我或找我麻达，我一旦到了忍无可忍的程度，就会拿出这些证据力争，到那时就叫作鱼死网破，彻底不顾情面和同事关系了。

其实，我不停地在心里祷告：但愿不要走到那一步。

力 争

有一个过程我必须交代一下，那个与我相邻的文化站建设于2008年动工，将地梁打起后却又停下了。原因据说是县上领导要求把文化站与农业综合服务站建在一起，把地址也改在其他地方了，都已经规划勘测过了。所以在我真正开始建房子时，文化站是不打算复工接着往下建的。可过了一些日子后不知怎么还是变卦了，又要在这地方重建。

另外一点也要说一下。在我开始动工的时候，门前道路还是泥巴路，我的沙石料就堆放在门前的场地里，可后来突然要对门前道路进行水泥硬化，这当然是好事，但我的料厂必须挪地方，往哪儿挪呢？正好文化站不建了，我就让装载机把我的十几车沙石料铲到文化站门前的广场里，这一铲虽然损失很大，但却是必须要弄的。

我的建房工程停了有一个多月，终于有一天管集镇建设的负责人对我说，好像领导答应让你搞了，但另外要求你必须做院墙，而且要做徽派风格的，可能得花上一万多块钱。

屎话说的，只要让接着搞已经是万福了。花就花吧，虽然很恼火，虽然此前任何一个家庭盖房都没听说过要搞徽派风格院墙，虽然这个院墙完全可以由公家做（文化站）。但我不想说什么了。

虽然答应让我搞了，天气却又跟我过不去，一直下雨。更令我难受的是一天早上，领导在办公室里对我说："你赶紧搞，三天时间把文化站门前的场子腾出来，文化站要开工。"我说："这咋办得到呢？天又在下雨，我开不了工，就是不下雨，三天时间也不行呀！再说，文化站不是说改地方了吗？"领导说："文化站马上复工。办法你自己想，你必须给我腾！"这种命令式的口气，使我再也无法平静了，我不能不据理力争，我说："你这明显是在为难我，前段时间那么好的天气，我说了那么多好话，你不让我搞，现在下雨了，你说我有什么办法把场子腾出来，我总不可能把那几万块钱的材料糟蹋了吧？"领导当然更生气地说："难道我让你停，停错了?!"我说："你是领导啊，咋得错呢？"然后我甩袖出门。

我当然很生气。他作为领导，尽管督促施工队早点开工就成，至于场地的事，施工队自然会找我商议，那时当然就有办法解决了，因为施工队占用我的地基搭建临时工棚，大半年了，我什么也没说，我人情做在先了，他会为难我吗？所以作为领导，真的不应该对我发那样的号施那样的令！

我跟他争论一场后，他也没再命令我腾场子。天晴后，我的施工队终于又复工了。

用　电（三）

我给你们来个假设：你没得房子住，而我是房管局的，你建房子需要我批准。于是你写了个申请，我就同意你建一幢房子。你把房子建起了，我来验收合格之后，跟你签一个合同：现在你可以住进来了，但每月必须给我交三百或五百房租。你说："房子是我自己建的，我自己住为什么要给你交房租呢？"我说："除非你不住，要住就得给房租。"

你肯定会说："这世上哪有你这样的歪理呢？"

而我的回答是："当然有啊。供电部门就这样啊！"你想想，电力资源是谁的？电站是老百姓修的，电线电杆电表等等一切也是用户自己掏的钱，他供电部门掏钱了吗？没有啊，他们什么也不投入，却让他们坐在屋里收费。你不服气是不？那你就回到原始社会去吧！

我的房子主体工程搞完之后，临时用的三项电便拆除了，因为另一家建房子的伙计想就个巧，我于是就提前转让给他了。但我的房子装修还没搞完，三项电用不上了，但还是要用电，再说房子弄起后总得用电啊，于是就去找供电所请他们尽快把电给接上。他们说："写申请。"我于是就写了交给他们。又说："还得交五百五十元入网费。"我说："好吧，但能问一下是不是把这钱一交就行了？"他们说："交五百五十，我们只给一个电表，其余的比如说电线、瓷瓶、安装工人的工资啊等等，你还得自己掏。算下来你可能还得花几百块吧。"

没得言传的（意即无话可说），哪有胳膊能拧过大腿的呢！你就像是人家手里的人质，人家怎么说你就得怎么做。但更令我气愤的是：钱交了，东西都买了，却三番五次地请不来人。今天说有事，明天要休假，后天又说你那电没处接。一句话：一下两下弄不成。可我的装修工程离不开电，虽然周围团转都有电，但每次用人家的，心里过意不去啊，再说也十分不方便。给他们说了三五次好话之后，烦了。但又不敢直接发脾气，于是绕了个弯：找到也在供电所做事的一个老表，对他说："求你给供电所打个招呼，如果我的电再接不上，我可要找他们麻达了！"结果，在我那老表的周旋下，才在几天后把入户电接上。

完　工

建那么大点房子，操的不是心，受的不是气，前后牵扯两个年头，从去年农历腊月二十五开工，到现在已经八九个月了，房子也终于快完工了。

其实可以早一点完工的。之所以拖这么长时间，一是有人整我哩，害得我平白无故耽误了一个多月时间。二是主体工程搞完以后，我有意停了一两个月。原因是墙面湿度太大，做出的仿瓷质量差，耐不了旧，所以我一直等到三伏过后才开始搞墙面粉刷。

最后弄完的也就是墙面粉刷。搞墙面粉刷工程的是一个小娃子，也还比较讨人喜欢，就是玩性大，了花（即做事不专心）得很，开始答应得好，一再保证某月某日完成，结果时间到了，却还弄不完事情。到最后，我只好对他发脾气说："你必须在某月某日前给我搞利索了，如果误了我搬家，我可要跟你算账的。"在我不停地督促下，总算在预定的时间内搞完了。

现在，除修建院墙、后院的整治等附属工程外，其他的已全部完工。那些附属工程，本来几千块钱也就行了的，可领导偏要我搞所谓徽派风格，费事得多，花的钱也不止多一倍，我钱也用光了，只好先搬进来住下再说。

搬　家

搬家的日子定在2009年9月17日，农历己丑年七月二十九日。这个日子是我请人根据我家人属相认真查了老黄历之后选定的吉日。我本来是不信这些的，但既然要确定搬家的日子，总不能随口夸一个日子出来吧，谁不想图个吉利呢?

其实，我原本真不想确定搬家的日子。房子还没建到一半的时候，不少人见了就问什么时候搬家，而我总是搪塞他们说:“还早得很呢。”人家后来再问，我还是说:“让你们操心了，可说真的，我不想定日子，房子盖得差不多了之后，寅搬一件进去，卯搬一件进去，慢慢就住进去了，不是也很好吗?”可有的伙计就说:“那好啊，你要是真这么弄的话，那我们也就只好寅去几个放一串炮子，卯再去几个放几串炮子，你就天天在屋里待客吧。”有的则是挖苦人的口气:“你好吝人子呀，谁不知道你盖楼房了，生怕我们去玩了，去喝你的酒了!”转身还不忘补充一句“吝死人”。还有的说得就更直接了:“你都大半辈子了才办了这么一件成器点的事情，热闹一下理所应当啊。”我说:“你们说得当然也没得错，不过这样一来岂不又要让伙计们花钱了吗，咋好意思呢?”可人家又说:“你也太死脑筋了吧，人家买个摩托车、电饭锅、洗衣机之类都还想放个炮子过个客呢，有人不是年年都在做生日吗?况且不管哪儿有啥事，你也都在捧场啊，几十年了呢，让大家给你捧一回场，情理之中啊。”

我的思想开始动摇了。又找知己的人商量，人家也说你就干脆热闹一下吧。因为就算你悄悄搬进去了，要来的知道后还是要来，这样，你就真的得天天搞招待，耽误时间不说，人家还说你雀儿萨（小气)。

就这样，我终于打消了悄悄搬的念头。于是就选定了日子。此后，凡有人问，我就实言相告。

既然要过客，就得好好准备一下，不敢说把事情弄得多么漂亮，但总不能丢人现眼吧。此前，我还没操办过任何类似的事，虽然经常做客别人家，却从没去刻意观察，临到自己便毫无主张，只好又去求助朋友，让人家帮忙出主意想办法。这里面首先得确定怎么招待人家。如果图简单，就去餐馆，可弊端有二:一是亲戚朋友来了以后，放了炮子就到餐馆去，饭一吃酒一喝，不就只好拜拜了，想聚一聚，耍一耍，谝谝家常不是就弄不成了?二是浪费大，花同样多的钱，自己办的肯定要丰盛得多。

那么就在家里自己操办吧，既经济实惠，又能让愿意玩玩儿的伙计好好玩玩儿，热闹热闹。可麻烦的是要借很多的用具，还得请很多人帮忙。总之很费事。但既然决定了，再麻烦也得搞，并且要尽力搞好。日子临近了，我只好请了三天假，并把二十多个帮忙的提前一天请到，置办了几十桌酒席。17日晚，除了家人之外，还约了几个伙计，一直守到零点，这时，单位里的同事第一批前来燃放了鞭炮，也算是正式拉开了搬家的序幕。

第二天是正日子，客人们陆陆续续地来了。事前预计能来的都来了，事前未想到的也来了不少。此后三天，天天都在招待客人，天天都在陪酒敬酒，云里雾里地过了三天。可直到现在，仍然还有四十多位客人未能请到，也因此我的心里一直歉意着。在这里，我也真诚地希望他们能尽早给我一个表达心意的机会。

附1

关于陕南方言
——《筑巢记》结束语

我的《筑巢记》断断续续写了好几个月，现在要结束了。

正如朋友所说，我混了大半辈子了，没做过大点的、成点器的事，盖几间房子，对有的人来说小菜一碟，可对我这样的小公务员来说，还真不是个小事，期间也经历了很多周折，算是好事多磨吧。于是写点东西，把盖房子的过程粗略地做个记录。这是我写《筑巢记》的第一个原因。第二个原因是，近年来文章写得少了，手笔也生疏了，想重新捡起来，却又不知道从哪儿入手。同时在思考这些问题时，忽然在网上看到不少人在谈论陕南方言，有人还把有代表性的方言搜罗起来在网上发表。于是我就想：

咋不试着用方言土语来写文章呢？目前好像还没有人做这方面的尝试呢。试个伙吧。

试了。结果却没多大个经。没经的原因有很多，我想了想，可能主要有如下几点：首先，身为陕南人，说陕南话，但对陕南的方言还从没有进行过认真研究，不少方言，讲起来顺口，听起来明白，却怎么也弄不到文章里去。其次，陕南方言本身比较麻烦，很多方言压根就无法形成文字。比如我们常把“泥巴糊在墙上”说成“biā在墙上”；把某个东西“踩扁了”说成“踩个大biā biā”；把提水说成“dià水”。这个“biā”“dià”字，我就不知道用哪个汉字合适。另一方面，就在同一个区域，同一句话也有几多个说法。如“等一会儿”，在口语表达上有的地方说“冒儿好儿再”；有的则说“等好儿吧”或“好儿再”；也有局部地方“会”“费”不分，“娘”“良”不辨，把“收费”说成“收会”，把“姑娘”说成“姑良”，等等。此外，我的《筑巢记》是用散文的形式写的，人物对话不多，有些方言不方便使用。

当然，这是我初次尝试，不图个什么，不成功也断㞞疼（即无所谓）。以后心情好了，也许我还会做进一步努力。

现在回过头来看《筑巢记》，觉得开始写得还像样儿点，越到后面越差劲儿。自己认为有点经的是《工人》前面的几篇，《工人》似乎最有乡土味儿。也就在那篇前后，县政府网站的编辑先生曾留言提示说让我把那些篇章逐一上传到网站上，我当时有顾虑，没弄。现在一切都过去了，我将有选择性公开一些，希望得到更多伙计的指点。

（此文曾发表于2011年第1期《旅途》）

附2

《筑巢记》发表后

我写《筑巢记》，原本并没想把它发表出去。是2009年8月份开始写的，到年底，断断续续地就写完了。时隔一年，到了2010年底，突然想把它发给《旅途》杂志，看看人家咋说。结果，《旅途》的负责人陈敏先生很快就打来了电话，说你那篇东西有点经，想发表。我说："你决定想发表是考虑到我用了大量方言土语，有点地方特色的缘故吧?"他说："有这一因素，但主要还不是这，我觉得你这篇东西，有一定深度，写得也很不错。"原来如此。我说："那就发吧，别用真名，我胆子小。"

就这样，我写过最长的纪实散文就在2011年第一期的《旅途》上发表了。

发就发了吧，没想到还得到一些意想不到的好评。首先是《安康日报》的介绍，说："晓船歌的《筑巢记》，别具匠心地使用安康方言，讲述了一段在建房过程中遇到的形形色色的人和事。尽管反映的是略显沉重的社会问题，然而语言亲切且诙谐，除了发人深省还让人耳目一新。"

接着，《旅途》第二期又发表了四篇评论文章，均对拙作给予了较高的评价。说实话，四位评论的作者我一个都不认识，看他们的资料才知道，他们的写家比我大得多，我充其量才只是个安康市作家协会会员，而人家都是省作家协会会员，有的是诗人，有的是小说家，有的是一些报纸的特约撰稿人，都出过书，在省内有一定名气。从水平上讲，他们的评论比我原作的水平高得多。所以看了他们的评论之后，我还真的有些不好意思了。本来好多年都没想再搞什么创作的，今后也没打算再写文章的，这一下搞的，觉得如果今后不能写些更好的作品，似乎觉得对不起那些为我写评论的先生们女士们。也正是在这种心态下，我又写作了《一对特殊的母子》(发《旅途》及《安康文学》)、《中学的记忆》《我的美食》等系列文章。

仔细想来，写文章虽苦，却还是有些好处的，至少比打麻将强，不输钱哪，弄好了还能挣几个呢，何乐不为！

附3

《筑巢记》四人谈

之一：

苍凉的暖巢

李爱霞

晓船歌终于搬进自己亲手筑就的暖巢了，我也长长舒了口气，由衷替他高兴，合上书页，看着窗外一幢幢拔地而起的高楼，想想晓船歌千辛万苦的筑巢历程，却有无尽的心酸和苍凉袭向我刚刚舒展的眉头。

晓船歌这个中国最基层的公务员，这个真正算作吃公家饭的人，居然人到四十才有勇气为自己筑巢，就这他还不敢在繁华的县城选址，只是在女娲山脚下那个叫老县的街道为自己选一个小地盘，他没有更多的奢望，仅仅是筑个巢而已，他不过想给家人一个温暖的港湾，同时借以安放自己疲惫的身躯。可就这样一个简单的愿望，真正架起势来却遭遇重重障碍，甚至差点黄汤。所幸历尽波折后终于成功，如果没有成功，不要说他本人，就算我这样的读者都要为此发飙，搞不好还会拍案而起了。

刚刚工作时，我也曾帮父母一起建过几次房子，那也是把山上的房子放弃了，在小镇的街道选址，第一次把地基打好后还没来得及盖楼，西康铁路上马了，路轨恰恰穿中而过，无奈只好另行选址。只是那时我少不更事，补偿，再选址，跑路，找人，说话，放线等等一切烦琐的手续都是父亲在默默地进行，我顶多就给点钱了事。想想当时因铁路占地搬迁户太多，找村长找镇长的人数不胜数，看看晓船歌的经历，想到父亲每次找人后紧蹙眉头一言不发地坐在椅子上抽烟的情景，我禁不住哽咽了，我不敢想象快要退休的父亲咽下了多少委屈、心酸和伤痛后给我们建造了现在这个安稳温馨的家。

我们都是这世间最平凡的人，我们无职无权，我们每前进一步都有意想不到的坎在前面等待。给晓船歌设置绊马索的那种领导，生活中比比皆是，他们拿着党和人民给予的权利，却不去帮生活底层的人民解决困难，总想着在每件事上找到与自己有利的平衡点，你不去平衡他，他就会让你左右为难，对于这样的人你服软了，他会一欺再欺；你不服软吧，他会让你更加难堪；和他们理论时软硬之间的尺度你要拿捏得刚刚好，这多不容易啊，晓船歌在一次次的屈服后手握真理终于战胜了歪门邪道，这是让人欣慰的，让生活底层的我们感到一切还是有前途的，是可以奋斗的，哪怕这奋斗的过程无比艰辛，但总是有希望在前面招手。给晓船歌设置障碍的“电老虎”更让人痛恨，他们一切为钱，唯利是图，打着为人民服务的招牌为所欲为，他们对一个国家公务员都如此蛮横，我们不用想那些村民的待遇又会如何，他们把手中这一点小小的权力发挥到极致，以便给自己带来可观的收入，满足自己贪婪的本性。这些年国家不停地出台各种惠民便民的好政策，可是在基层往往收不到意想的结果，这都与这些没有真正落实为人民服务宗旨的领导和部门服务人员有莫大的关系，幸好现在的人们不再是愚昧的、落后的，基本上都懂法知法，无奈中也会愤怒而起为自己争得一点权利，虽然这会更为辛苦，更为痛苦，但毕竟让人看到了曙光。正如晓船歌所言：“先是事弄人，后是人弄事。”一旦开了头，结果就会成。还有那个本和我们一样平凡的拉砖人，三言两语中欺软怕硬的本性显露无遗，他把弱肉强食的规律体现得淋漓尽致，这样的人你无法和他理论，更多的时候你只能以暴制暴，想想都有道不出的苍凉。

一个篱笆三个桩，一个好汉三个帮，晓船歌是幸运的，那么多的亲朋好友向他伸出了援手，借钱给他的，想尽一切办法来帮他处理障碍的，大家团结起来一起为解决问题而努力，我忽然想到了蚂蚁抬食的情景，不管再大的食物，小小的蚂蚁只要紧紧团结起来，一起向前摸爬滚打，总是会把它送达洞口。我们都是这尘世小小的蚂蚁，每天在生活的路上来回奔忙，我对你一个微笑，你对我一句暖语，都是我们赖以生存的温暖之源。你看那工地上打情骂俏，你捏我掐的工人们活得多么开心，他们做着最苦的活路，挣着最低微的工资，可他们不怨天尤人，用最简单直接的土语俗话为生活减压。他们不做作，不掩饰，想啥说啥，活得真真实实，坦坦率率，因而也活得快快乐乐。今年上了春晚的农民工组合“旭日阳刚”为什么会如此深入人心，细细想来就是他们活得真实，活得率性，他们是无数农民工生活的缩影，他们才是真正会生活的人。佛家有语云：“空闲处者，即是无贪嗔痴也。”他们正在一步步感悟中，所以他们活得无忧无虑，自在自性。并因此给平凡的人生带来无限的光明和温情。

一句句俗言俚语话，一件件苍凉伤心事，一份份温暖真情义，让晓船歌的暖巢一天天垒起来，虽然有几多苍凉，可这样的巢是丰富的，厚实的，多彩的，让人在寒冬会因一些人而温暖起来、生动起来，也会在盛夏因一些人带来的寒意而凉爽起来，并由此审视自己，你给别人带去了什么？我想这也许就是晓船歌写下《筑巢记》的最根本理由。

（原载《旅途》杂志2011年第二期）

2011年2月20日

之二：

幸福和尊严，距离我们还有多远？

——读《筑巢记》有感

侯云芳

一个老百姓，想安居，想方设法借到钱，按合法手续批到地，本以为一切就绪，只等施工，却不料一波三折，再一波三折，费尽周折，求爷爷告奶奶低声下气，在维护自己本该有的权益。

作者本以为借钱是最难的事，可没想到还有很多比借钱更难的事。钱凑齐了，征地手续也办好了，准备选日子开工了，却不料突变来临，镇上领导说这地方要给文化站和法庭留着，作者费尽口舌，并且再三强调这块地自己已征了；但领导说："县上领导说了话的，你叫我懒门给领导交代呢?"已经属于自己的地，只因为县上领导一句话，镇上领导就蛮横无理地夺回了。

真是强取豪夺！真是令人愤怒！

但是作者不甘心，想尽各种方法，无数次托人说好话，找关系，求领导，再三的妥协让步，镇上的领导终于同意他盖了。但是强势部门"电老虎"那里又是吃拿卡要，无奈之下依然是托人找关系，依然是被迫答应"电老虎"一些不合理的要求。屈服，屈服，再屈服；妥协，妥协，再妥协。还好，最终把房子盖了。却必须盖成费钱费力的"徽派建筑"，原因是"领导喜欢啊，不这样你就别想建房子，这一来，全县人民不知平白无故耗去多少亿血汗钱呢"。

这中间的辛酸和无奈，不平和焦虑，各种酸甜谁人知?

我的一个亲戚，在政府部门当个领导，为响应上级领导"百万公务员走进农村"的口号。农历腊月二十九的时候，不得不按照领导指示，带队去某村送温暖。临近过年，农民们准备年货，杀鸡宰猪，忙得不可开交，顾不上理他们，村支书和村长心里颇不情愿但又不得不招呼他们。去的人尴尬，农民们也尴尬，大家都烦啊！这一切，就因为领导一句话啊！

其实大家都明白，现在的体制，上面一句话，下面跑断腿。就如《筑巢记》中提到的“领导就是道理啊！”这叫强权政治，不考虑人民群众的切身利益，只顾自己的政绩——所谓的面子工程而已。

在与不讲理而只讲权的领导打交道时，下级没有尊严，只有服从！百姓没有尊严，只有无奈！

当然，与部门打交道也是如此，无论是跟垄断企业打交道，还是到政府部门办事情，推诿，扯皮，官僚主义，吃拿卡要，居高临下，无不让人深恶痛绝。那些势利之徒，时常让人不快，让人郁闷，甚至让人愤恨。对人的耐心，对人的自尊心和尊严，都是很大的考验。

我是一个教师，教书而已，甘守清贫，实在是不想为五斗米折腰。很多时候，为了自己的尊严，宁愿失去一些既得利益，但是人毕竟是社会的，总得和社会打交道，每一次办事，我深深地体会一个小百姓办事的艰难!体会到一个敏感自尊的人的尊严在这样的环境中，是多么的容易被挫伤！

我尚且如此，何况那些不得不时常和这些强势部门打交道的老百姓。想必很多人都深有体会。

有多少强拆导致死亡的案例，我们会想起举火自焚的唐福珍，生命被漠视，尊严被踩在脚下，法律被践踏，仅仅就因为政府某些领导的命令。

唐福珍们要的只是个公道，是个人财产被侵犯却无能为力的尊严；是在自己的国家里却不被保护，不被尊重的尊严。

尊严从来都被人们视为人性中最基本的存在，最具有生命力的东西。我们可以忍受寒冷，忍受饥饿，忍受痛苦，忍受贫穷，忍受孤单，忍受灾难，忍受一切生活的苦难；但是，我们不能忍受屈辱的、没有尊严地活着。没有了尊严，我们靠什么支撑着活下去？

温家宝总理曾说：“要让中国人活得更幸福，更有尊严。”

我们都希望有尊严地活着，我们可以通过自己完善自己的品行、涵养，通过自己的努力等等保护自己的尊严。可是有些时候，我们被犯罪，被代表，被决定，被拆迁，被剥夺，让我们活得没有尊严的，恰恰是一些我们的公务员、我们的公仆、我们的官僚习气、我们社会的一些歧视和不公平。

什么时候，我们的政府、我们的官员在执政执法的时候可以温柔一点，可以懂得尊重他人，可以真正地做到以人为本？可以考虑那些弱者的尊严，可以减少滥用的特权？

只有这样，幸福和尊严，距离我们才不会太遥远。

之三：

正月散记

——兼谈纪实散文《筑巢记》

陈敦武

好久都没有写点正儿八经的东西了，一直推脱说是忙，其实，只有我自己心底里知道，忙只是借口。开始写稿子的时候，仿佛是抱着要有所作为的意思，尤其成了安康日报《汉江晨刊》的特约通讯员之后，头几年间，自我感觉还是很努力的，有时候一个星期要写几篇稿子，但是，随着时间的推移，缺乏了写作的激情。也越来越懒散，好多计划要写的东西都随风飘散了。

我是一个没有上进心的人，我越来越这样觉得。教学之外，除了爱文学，爱读书，没有别的追求。对于世俗的东西，自我感觉是看透了，却没有看破。不会为人处事，不会巴结奉承，所以工作近二十年还是一个处在最底层的人，有时候，连蚂蚁都想咬你一口。

很多时候，我想表达的东西都不知道怎样表达合适，有的是不好说，有的是不愿说，有的是不能说，更有的是不敢说。对于这样一个时代，我始终是心存感激的。二三十年间，生活的变化大家是有目共睹的，单纯从生活上来说的话，我们处在了一个让人自豪的时代。这是一个最好的时代，但是也有很多方面，不好说。

2010年12月19日，乘351路车上安康，又真真实实感受到了普通人的不易。新年前后，新闻里除了关注东南省市的旱情，关注最多的就是春运了。如果不是亲力亲为，无论我怎样看新闻，我都不能感受在火车里带给我的真切的感受。毫不夸张地说，车上连落脚的地方都没有，甚至连动一动身子，都成了奢望。回到家之后，脚疼了好几天。幸亏有陈敏先生赠送的几本《旅途》杂志，让我在没事的时候，在文字里找寻另一种快乐。

2011年1、2月号的《筑巢记》，让我感觉很新颖。

按说，想要发表出来的文字，应该让所有的人都看得懂才好。也就是要按标准的普通话来写作。作者却独辟蹊径，用了大量陕南方言，读的时候很轻松，仿佛就在和作者面对面地拉家常。不需要太多的构思，也不需要咬文嚼字。正如作者说的，网上也有晒陕南方言的，虽然感觉有些土，但是很亲切，用流行的词来说，够味、给力。只是，用方言土语写东西，真的很困难。很多东西你说得出来，但要落在纸上，找不到相应的字词。有些语调，就是用拼音，也拼不出来。本来我写这篇文字，我也想试着用方言来写的，但是，我尝试了好几次，感觉出不来。因为用方言写起来，太不连贯，就是用拼音或者同音字来表达，也是困难重重。所以，我只好放弃用方言来表达。只是我努力做到口语化。就凭用方言写出这么多系列文章，我就对作者晓船歌充满敬意。况且这些文字还是他在建房那样忙碌的情况下写的，就更不简单！

最近，在新闻和网上，看了关于蔡美儿《我在美国做妈妈：耶鲁法学院教授的育儿经》的报道。其实，就我理解，虎妈妈不过是把日常生活记录了下来，形成了系列的纪实文章。作者的《筑巢记》也是对生活的记录。我也写过散文，但是我真的还没有想过围绕一个主题来写有关联的系列散文，尤其是纪实散文。看了《筑巢记》之后，让我感触颇深，生活处处都是文章啊。在《筑巢记》的“选址”里，作者记录了请地仙看地的过程，“工人”里，男女边干活边乱开玩笑调侃的场景等，仿佛就在眼前，距离我们是这么近。这就是生活，这也是文学。

前面说到，我不是不想写作，也不是真懒。很多东西，你能看到听到感觉到，但是你不能用文字来表达，这就是一种痛苦。很多时候，你无法记录真实的生活，尤其那些令人悲愤，让人骂娘的东西，即使你是作家或者记者，你也要在动笔之前仔仔细细斟酌好几回。仿佛那是高压线啊。为什么有人一度憎恨鲁迅，个中缘由，就是鲁迅的敢说敢为和毫不留情，似乎和当下的和谐社会有些出入吧？所以，我认为，作者敢在《筑巢记》里记录一些和主流社会不一致的东西，更让我自己汗颜。换作是我，我只有暗自流泪的份，我敢把自己遭受的种种刁难和不公平写出来吗？就不怕别人对号入座，再给你穿更小的鞋吗？所以，我认为，《筑巢记》虽然语言土俗，诙谐幽默，但是自有其力度。这力度让我联想到鲁迅先生的匕首和投枪。尽管这力度还不足以割除社会上的一些“毒瘤”。凭这些，我就应当向作者再次致敬。

之四：

这，就是生活

洪　妍

有人说，生活就是生下来，活下去。这话乍一听很简单，简单得像一杯白开水，但细细品咂，似乎又不简单。我们每个人虽然无法决定自己的生，却有足够的时间来安排如何“活下去”的路子。

改革开放已经三十多年了，中国人已基本甩掉贫穷落后的愁帽子，老百姓已基本越过了温饱线，活下去看来已不成问题，关键是如何活得滋润、活得精彩、活得有价值、活得有尊严。

中国人讲究安居乐业。不能“安居”又何能“乐业”呢？因此，从古至今，凡是有钱人首先解决的就是房子的问题，皇帝也不例外，一旦打下江山，便大兴土木，不盖个三宫六院是不罢休的。那些大地主、大商人盖房虽不敢与皇帝比，可毕竟也是土皇帝，其规模也不是一般普通老百姓能比的，他们不盖则已，一旦盖起来就是一大院一大院地盖。比如山西的“乔家大院”“王家大院”，浙江的“卢宅”等，就是最好的证明。

也许正是中国人骨子里这种理念所致，凡是男人一生或多或少存在着要置一点家业的情结。一是改善自己的居住条件，二是想为子孙后代留下一点祖业，更是想证明此生存在的价值。这种朴素的想法鼓舞着一代又一代的男人们去打拼，去奋斗，因而，社会越来越进步，人们的生活水平也跟着步步提高。当然，在这种进步和提高中，女人的作用不可忽视，但在几千年男权社会的主宰下，男人闯荡江湖的机会较女人要多得多，因而，男人的作用似乎更加明显。

时代发展到今天，先进的科技并没有使人们的这个观念淡化。你看城里那些有钱人仍旧首先想的就是房子的问题。小的换大的，旧的换新的，地段差的换到地段好的，公共设施简单的换到设施完备的，住在矮的想换高的，住在高的却想换到独门独院的，一套不够买两套，两套不够买三套，反正物价飞涨，存钱不如存房子升值快，因而也促成了以温州“炒房团”为代表的“炒房族”。苦就苦在那些钱不多或者根本就没有钱的普通人了，不管咋说，人不能在露天地里待着，眼看房价一日日看涨，迟买不如早买，就是拉账累账也得想办法买一套。这就乐坏了地产商，一个个赚得盆满钵满还不肯罢休。

说起来乡下稍微好些，因为家家户户都有庄基地，不管是石板房、土坯房还是砖房，只要攒够木料、粮食和一部分钱，有三乡四邻帮忙，想啥时间盖就啥时间盖，能盖个啥样子就盖个啥样子，没有统一标准，全看家里的经济状况，条件好的自然标准就高，条件差的哪怕是石房，只要有个地方住就能满足。

难就难在既不是纯粹的城里人，也不是纯粹的农村人，用关中话说就是“一头沉”。他们虽住在农村，长在农村，但靠个人的努力谋得了一份固定的工作。因为工作地点在乡下，城里也没有房子，好多人的个人问题不好解决，最终只好在农村将就选择一个对象成家。房子该如何解决呢？城里边暂时别去想，根本没有那个经济能力。回到出生地解决吧，如果家里就在集镇边还能接受，可好多人就是因为家乡条件差才苦苦巴巴奔出来，如今再回到那个鬼不下蛋的地方，谁愿意？还遭人笑话。但为了在一个比较理想的地方构筑一个属于自己的空间，许多人便像《筑巢记》的作者那样步入弄钱、选址、上界……的艰辛之路。

也许有人会说，那只是少数地方的个别现象。其实不然，只要你打开电视或翻开报纸杂志，这样的例子不在少数。读着《筑巢记》，我的眼前晃动着《秋菊打官司》的画面。不论是《筑巢记》还是《秋菊打官司》，他们都像生活的纪录片，没有对情节进行刻意粉饰，让我们透过这一个个生动的画面看到了生活的本来面目。

初读《筑巢记》觉得很搞笑，那土得掉渣的陕南方言，就像电影《高兴》的风格一样，让人捧腹。但笑过之后，心里沉甸甸的。究竟是什么让聪明、睿智、纯朴、可爱的主人公在现实面前一次次低下他高贵的头颅？不用说就是生活。那些美好的、丑陋的、光明的、黑暗的、伟大的、渺小的点点滴滴就隐藏在我们的生活之中，从而构成了一个万花筒般复杂多变的社会。有首歌写得好：“为了生活，我们四处奔波，却在命运中交错……”生活可以让我们心中充满阳光，生活可以给我们的道路上布满荆棘，不管哪种情况，生活还得继续。面对鲜花和掌声我们可以欢笑大喊，面对痛苦和落魄我们可以失意彷徨，但我们绝对不能沉沦倒下。就像《筑巢记》里的主人公那样，尽管筑巢之路漫长曲折，但他最终完成了人生中这件大事，用自己的智慧去迎得生活的笑脸。虽然他今后的生活还会有这样那样的困难和烦恼，但躺在自己亲手构筑的巢穴里，每日一壶粗茶、一碗淡饭，一杯老酒，日子还是蛮滋润的。

谁能说他的生活不精彩？谁又能说他的人生没有价值？在成功的彼岸他用事实赢得了男人的尊严。

我感觉《筑巢记》就像吃一碗酸菜面那样“够味”。文章中的方言使用得很地道，有些方言一般作者会觉得不文明而不敢使用，但《筑巢记》里却大胆地将它们原汁原味地呈现在读者面前，这是需要一定勇气的。文章中还写到了乡领导和电管站干部等一系列人物，通过这一个个鲜活的人物形象，我们清晰地看到了隐藏在生活背后的那一张张丑恶的嘴脸。作者之所以敢将生活中的原貌如实还原，不仅是让读者了解他的辛酸，更重要的是希望通过他的笔将那些丑恶的东西晾晒在阳光之下，他的愿望很简单，那就是还原生活的本来面目。说到这里，我为《旅途》这个刊物捏一把汗了。难道编审们就没有一点点顾虑和压力吗？不管咋说，一个刊物一旦走向社会，必定会产生一定的社会影响的。我曾问过主编陈敏老师，他说，起初他们也是有顾虑的，但经过反复考虑，他们最终大胆地将它推到读者面前，希望能听到社会各界的反响。

我为作者的勇气叫好，更为编辑们的胆识叫好。这也许就是对生活的一种最真诚的态度吧。一个人只有真诚地面对生活、面对人生，才能走出属于自己的道路。同样，一个刊物，只有真诚地面对读者，面对现实，坚持透过现象看本质、拨开迷雾见真容，才能办出属于自己的风格。

（注：此四人谈原载《旅途》杂志2011年第2期）

坐车的故事

小时候，我最憧憬最羡慕的事莫过于坐车了。虽然我家离316国道只有不足十里的路程，但坐车对于我们孩子来说，只能是一种甜蜜的梦境。

上了初中，学校刚好在公路边上，眼看着车来车往，便越发激起我坐车的欲望。有一次下午放学，见一辆货车停在学校对面的分销店门上，听说要装一车木柴，拉运的方向刚好与我们回家顺路。我们几个同学便去给司机说：柴我们给装，条件是让我们坐一段路的车，就坐柴上面。司机很高兴地答应了。于是我们七八个孩子扛的扛、抬的抬，一会儿就把车装好了。然而，当我们眼巴巴望着司机快点发动车子带我们走时，司机却突然变卦说："下午不走了！"当我们明白司机骗了我们的时候，一个个气得瞪圆了眼睛，半天说不出一句话，转身往回走时，我们的脸上挂满了泪珠……

直到1977年高中即将毕业的时候，我才第一次"亲自"体验坐车的滋味。

那年参加高考要交照片，而照相要到县城，一百多里路，必须坐车。记得那天我们一共五个同学，换上干净的衣裳，天蒙蒙亮就等在公路边上。一听到汽车喇叭声，我们便一齐站起来张望，直到车子开近了，一看是货车，又一个个垂头丧气。终于等到来了一辆灰白色的大轿车，我们便欢呼着一齐站在公路边上，可当车子开到我们面前时车速都没减一溜烟开走了。终于等到来了第三辆轿车。我们便在心里默念：停吧停吧。这次果然停了。车门一开，我们就呼啦一下直往车门上拥，却怎么也挤不上去。

只听司机和售票员一个劲吼着："不要挤不要挤!"可我们哪听得进去呀，反正非挤上车不可。于是我们车下的人一齐用劲，借着惯性，终于挤了上去，虽然上车后连落脚的地方都没有，站着也是"金鸡独立"，但我仍然感到非常幸运！我终于实现了"坐"车的梦想。

斗转星移，一眨眼世事就发生了天翻地覆的变化。如今，就我所在的那个几千人的小镇，大大小小的出租车就有几百辆，需用车了，只需一个电话，车就会开到你的门口，到哪儿都十分方便。而且家境稍好点儿的居民都购买了私家小轿车。每每忆起第一次坐车的经历，便不由得生发出无限的感慨。

（发表于1999年4月10日《安康日报》）

骑车的故事

20世纪70年代末，我上高中的时候，班上有几个同学来来去去都是骑着自行车，他们那摇头晃脑神气十足的模样，总令我羡慕不已。却也仅仅只是羡慕，从没敢奢望自己哪天也拥有一辆自行车。

但我却在那时学会了骑自行车。高二时，我的同桌是供销社职工的孩子，学习虽很差劲，但他却也是骑自行车上学，仅凭这一点，我也足以为摊上这么一位同桌而感到十分得意。因为他学习不行，每次考试都得靠我“帮助”才能过关，而作业大多是我做好后让他抄了，才一齐交上去。所以他把我看得很重要。有天下午放学后，我试探着向他提出我想学骑车，他竟愉快地答应了。接着他就每天下午把自行车骑上，把我带到人少的地方教我学车。学了一个多星期，我终于也能骑车单独在路上跑了。

学会骑车使我非常高兴，也招来不少同学羡慕的眼光。然而，英雄无用武之地的滋味同样让我很难受。于是我便在心里暗暗发誓：将来即使吃糠咽菜，也要买辆自行车威风威风！

当我高中毕业参加工作后，我就把买自行车作为头等大事。然而，每月三十块钱的工资，要想凑够买车子的钱谈何容易！但我不改初衷，坚持节衣缩食，日积月累，一分一分积攒，直到1983年，我才终于买了辆别人的旧车。即便是一辆除铃铛不响全身都响的旧车，也让我心肝宝贝似的爱惜。一天几遍擦不说，只要遇到差点的路，宁愿将车扛上让车骑我，也绝不忍心叫车子吃亏。别说骑，就是看几眼也感觉挺过瘾。

后来，日子一天比一天好了，车子也由“红旗”到“飞鸽”再到山地变速车，后来又换成“屁股冒烟的”车，我并且在一年前就换上了四个轮儿的车了，那感觉的确不可和当年同日而语。如今，只要你往公路边一站，所见几乎全是五颜六色、光彩照人的摩托车、小轿车，它们风驰电掣般地在水泥路上奔跑，让人眼花缭乱，也让人们向往更加美好的生活。

（发表于1999年1月5日《陕西日报》《安康日报》）

心底的故事

那一年，我爱上了一个叫作小B的女孩子。她长得并不十分漂亮，矮墩墩的个子圆嘟嘟的脸，也没有粉面桃花般的柔嫩，但却有一种震慑人心的内在魅力。我爱得神魂颠倒如痴如狂，一日不见便没了魂，见了却又没勇气接近，有时甚至还故意避开，离开后便又千般万般地后悔。有时她也突然到我的单位里找我，或向我借书，或做些别的无足轻重的事。这时，尽管我心跳得快要蹦出来，但表面上仍一本正经，一副若无其事的模样。这样过去了一年多时间，我始终没有勇气向她表白，总觉得配不上她，怕她讥笑，并落个不知天高地厚的名声。虽然那时我已是“工作人”，而她却高中毕业闲在家里，但她的家庭条件比我强好多倍，父亲又是当地著名人物，门不当户不对，我咋敢高攀呢？

正当我被爱神折磨得痛苦不堪的时候，组织上决定将我调往一个很偏远的乡镇担任文秘工作。临走的前一天，我将被子洗得干干净净，正着急找不到人缝时，她又奇迹般地出现在我的面前。我永远记得，在那间幽静的小屋里，她埋着头穿针引线的倩影，以及当她发现我目不转睛地盯着她时，脸上现出的那种失魂落魄的表情……

第二天，我带着千般遗憾万般留恋走上了新的工作岗位，这一走就是三年多。三年来，我一刻也忘不了她，我常常独自仰望着茫茫夜空，以寄托我对她的无尽思念。我拒绝过许多好心的媒人，也无意中伤害过许多姑娘的心。后来在一个酒后的夜晚，我终于将压抑了一千多个日子的爱情化作翻江倒海般的文字，投进了绿色信箱。

十多天后的一个傍晚，我正吃饭，邮递员送来了她的回信。我慌忙将饭碗一撂，跑回宿舍，拴上门，迫不及待地将信拆开。当我读到“当时你是干部，而我无职无业，哪敢高攀呀！现在一切都悔之晚矣！”的时候，我再也无法控制自己，独自来到三汝河畔，直到最后一支烟烧痛了我的手指……

这故事在我的心底埋藏了二十多年，亲爱的朋友，现在你们全知道了，可你是否还知道一点：在漫长的人生旅途上，任何时候都不能自卑啊！

（发表于1993年10月5日《信息时报》）

不灭的希望

1978年，仅以十五分之差高考落榜的我，多么希望能够像其他落榜同学一道走进补习班。然而家庭经济的拮据以及弟妹们渴求读书的目光，迫使我义无反顾地当上了“地球修理工”。

那年冬天，正赶上修水利，好心的队长考虑我是刚走出校门的柔弱书生，恐难胜任重体力活，便安排我与妇女劳力一起铲铲土，填填方。而我却谢绝了队长的一番好意，坚持和男劳力一道打炮眼、开山凿石。一天干下来，手掌便磨起一个个紫色的血泡，稚嫩的肩膀肿得像馒头一样。晚上，父亲一边用淡茶水为我清洗伤口，一边对我说：“明天还是听队长的吧。”我咬紧牙关，一言不发。第二天，我又重新扛起八磅锤……一个冬天，我和众乡亲们一道筑就了百米坚固的堤坝，同时自己也筑就了一副堤坝般坚强的意志和体力。我的表现赢得了乡亲们的交口称誉，来年春天，大队团支部改选，我当选为团支部书记。

经历了这段炼狱般的生活后，我已经成了一个地地道道的农民。然而这时，心中的希望又张开了翅膀。我立志要走出这条偏僻的山沟，去闯荡外面精彩的世界。于是我又拿起了闲置了一年多的书本。白天在生产队里劳动，别人休息时我就独自在田间地头读书；晚上买不起煤油，就用松明子照明，一读就是半夜。这样一直坚持到1980年底。这年冬天，全县招考一批半脱产干部，我因担任团支部书记先后受到安康地区团委及县团委的表彰，成了全公社小有名气的人物，因此有幸被公社领导推荐参加考试，并以全县第一名的好成绩被录取。尽管那只是一个被人们戏称为“半边碗”的干部，但却为我后来的发展奠定了基础。1983年7月，又逢全省统一招干，我再次报了名。经过努力，在20:1的录取名额中，我又以较好的成绩中榜，终于成了一名比较正式的国家干部。

从离开校门至今已经二十多年。二十多年来，我在搞好本职工作的同时，坚持业余写作，累计在全国各地报刊发表新闻及文学作品一千多篇，1994年被安康地区作家协会吸收为会员，同时还多次被市、县及新闻单位评为“优秀通讯员”。二十年来，我经历了许多的生活磨难，但任何时候，我总是坚信：只要希望永不泯灭，便会迎来灿烂的明天。

（发表于2001年5月12日《安康日报》）

不止的追求

参加工作的第二年，我爱上了写新闻报道。不停地写，不停地发表，每年都有好几十篇在报纸发表或在广播电台播出。后来因为一篇批评性稿件惹怒了领导，使我饱尝了穿小鞋的滋味，从此我发誓再也不写新闻了。我对一个同样热爱新闻的朋友说：我想搞文学创作，写散文小说，弄他个几本书出来。我满以为朋友会理解支持，谁知他听后却轻蔑地笑笑，然后说："搞创作可跟你写新闻报道不一样，那是要有天赋的，你有这方面的天赋吗?"血气方刚的我听到这样的话，几乎气得我七窍生烟，我强忍着没有发作出来，但我在心里暗暗发誓：就凭你这句话，凭你对我的这种蔑视，我也非要在文学上搞出点名堂!

赌注就这样下了。从此，电视机前、麻将桌上再也没有了我的身影，我把全部业余时间都用在方块字的堆砌上了。有时，被一句话、一个词弄得彻夜难眠；有时为了一气呵成一篇"大作"常常通宵达旦。就这样，一部部、一篇篇作品被炮制出来，它们又都雪片般飞往全国各地的大刊小报。然而，它们又全部泥牛入海。

在经历了无数次的失败后，我开始怀疑自己的天赋，也许朋友的话是对的，我是不是要认输呢?

正当我即将失去信心的时候，听到地区文研室举办文学讲习所的消息，我几近熄灭的火苗又升起了火焰。我报了名，聆听了贾平凹、路遥等著名作家的面授辅导。通过在文讲所一年的学习，我终于开始有"火柴匣""豆腐块"在地区报刊露面，这使我更加勤奋。每当想偷懒时，耳际便响起朋友当初那轻蔑的笑声。功夫不负有心人，渐渐地，我的名字开始在省级报刊出现了。《陕西邮电报》首先编发了我的一篇千字散文，接着，《陕西日报》、湖北《青年人报》、广州《现代人报》以及《中国青年报》都先后发表了我的作品。到今天，虽然没有一篇成功之作可供炫耀，但毕竟也有几百篇文字在省内外报刊发表了。

我的青春也就这样流逝了。回想起来，我虽然没有取得成功，但我努力了，并且在继续努力着。人生的要义也许并不在于取得了多么辉煌的成果，而在永不停止的追求中，在追求的过程中。因此，我无怨无悔。

（发表于1995年5月24日《三秦都市报》）

温馨的冬夜

那是我上小学三年级的时候。一天下午放学回家后，听说村外的小镇晚上放电影，并且“演”的是《地雷战》，我们几个大点的孩子就连饭也没心思回家吃了，一齐相约着去看电影。《地雷战》我们虽然看过，但像那样好看的片子我们就是看上一百遍也不会满足呀！

学校在半沟里，出沟口还有将近十里的路程。当我们看完电影回到学校，大约已经半夜了。住在学校附近的同伴已经陆陆续续地回到了各自的家里，只有我和邻居家的孩子住在学校上边还有五六里远的沟垴上，山路又很崎岖，羊肠一般，又没有月亮，森冷的风将树林子吹得像鬼怪似的叫着，十分吓人。我们不敢往前走了，只好回到教室里，紧挨着身子趴在课桌上准备睡觉了。然而，教室门窗都是敞的，风一阵阵吹进来，又冷又怕，怎么也睡不着。教室的前面有一道门，那里面住着我们的老师，她大概睡得很香，一点动静也没有。老师是个女的，大约二十多岁，上学期才从外地调来，讲一口标准的普通话，歌也唱得非常好听，她是我们最喜欢的老师。记得有次她领着我们上山捡柴，我一不小心把胳膊弄流血了，疼得直哭，她立即将我送到大队医疗室里包扎伤口。包好后，她还不停地问我疼不疼，就像大姐姐一般……想着心思，慢慢地进入了梦乡。

梦中，母亲像变戏法一样弄来了好多崭新的棉被，清一色的缎子被面，又好看又软和。我和弟弟高兴得又蹦又跳。我们从来没见过这么漂亮的棉被，更别说享用了。从我记事起，不论冬夏，我和弟弟就共同盖一床又薄又小且一直黑乎乎的棉被，冬天怎么也盖不严实，常常被冻醒。现在突然拥有了这么好的棉被，我们便迫不及待地铺在了床上，钻进去睡了，真是又暖和又舒适，心里甜得像蜜一样。

也不知过了多久，隐隐约约地听到外面有了孩子的吵闹声，我睁开眼，天已经亮了。再看看四周，立即大吃一惊，原来我已经不在教室里，而是睡在老师的床上！而老师却在窗前的办公桌上看书。我吓得慌忙翻身下床，同伴也与我一样不知所措。这时，只见老师温柔地看着我们，问道："睡醒了吗？"我们连忙说："醒了。"正要出门，却又被老师叫住，接着，就从电壶里倒了热水让我们洗脸……

这件事已经过去三十多年了，但每每想起来，便有一股暖流涌遍全身。

（发表于2003年12月19日《安康日报》）

中学的记忆（五则）

劳　动

我的初中是在陕南山区女娲山下的东河学校上的，学制是两年。考试交白卷的张铁生、革命的小闯将黄帅是我们学习的榜样。那时候，学习成绩再差也无所谓，但如果劳动表现差了，就绝对不是一个好学生。

从小学到初中，我的年龄及个头都是班上最小的，体力劳动不是我的长处，这也是我非常自卑的地方。班上率先加入团组织的几个，学习没一个像样的，但他们几乎都是大块头，年龄也比我大了很多，劳动起来，我绝对不是他们的对手。初一下学期，学校要建楼房，而砖场却建在瓦房沟垴，离学校大约有五六里的山路，挑砖的任务就由我们学生来完成，每天上午上课下午挑砖。我当时只有十四岁，每次只能挑六块砖，就这还往往被人甩在后面，而那些“大”学生却每次能挑八到十块，且行走如飞。我十分羡慕他们，但却没办法超越他们。虽然我跟他们一同写的入团申请，却一直得不到组织的批准。

体力上我比不过人家，但为了早点加入团组织，我只好在其他方面付出百倍的努力。每次劳动，我都力争表现得十分积极，脏活重活抢着干，更不会偷懒，真正的脚踏实地，再苦再累也只能闷在心里。

劳动的种类很多，也不仅仅是挑砖。只要是农忙季节，我们便会随时出现在田间地头，和贫下中农打成一片。春天，我们会到生产队里帮农民挖地播种，夏秋季节，又帮农民收麦子、摘豌豆、割稻子，有时一干就是一整天，还常常忍饥挨饿。除此之外，学校也有自己的一块耕地，种的也是苞谷菜籽之类。帮生产队里干活，工具都是现成的，而种学校的地，劳动工具都是学生从家里自带。每次劳动分工不同，所带工具也不同。如果第二天要劳动，头天下午放学前老师就会说明天需要什么工具，然后让学生自己报名，经老师认可后，第二天早上就各自带上合适的工具。但有些劳动工具带起来很费力，学生们就不会那么自觉报名了。如给庄稼施肥就需要挑粪的粪桶，这玩意儿又脏又臭，体积又比较大，必须肩挑着，且有一定重量，每次也只用得上五六担，因此当老师提出愿意担粪桶的同学举手时，下面便没了动静。实在不行了，老师就只好点名，当然就是点名也绝对点不到我的头上，因为我家离校最远，有十来里山路，我年龄在班上又最小。但我想表现，想早点入团，于是就率先把手举了起来。自然，我的举动，使老师和同学先是用怀疑的目光看我，但很快，他们的眼光就变成赞许了。由于我的“壮举”，起到了特殊的带头作用，同学们就接二连三地举起了手，难题很快便迎刃而解。

没过多久，在我的努力下，便万分光荣地向着团徽庄严地举起了右手。

1976年上半年，我们升入高中。记得入学不久，便观看了电影《决裂》，我们在高中学唱的第一首歌就是里面的插曲：“满山的松树青又青，满山的翠竹根连根，新型的大学办得好嘞，它和工农心连心……”高二的学生已离开学校背着铺盖卷，浩浩荡荡地开往离校二十多里的万福山“安营扎寨”，与农民伯伯一道开始了最原始的开荒种地闹革命，十天半月回校一次，虽灰头土脸，却一个个表现得那么神圣，那么自豪。

我们高一的学生虽然没有上山，但几乎每天都要到革命群众中去参加劳动锻炼。其实，我们都渴望着早日上山，那里更革命，更热火朝天，我们都期待着那一天。

那一天始终没有到来。那年下半年，伟大领袖毛泽东与世长辞，不久，“四人帮”被粉碎，开始了拨乱反正。这以后，我们的心思才渐渐转到学习文化课上来。

吃 饭

上初中时，学校没有寄宿条件，虽然我离校有十多里山路，但还是跑学。学校起初连搭伙的条件也没有，我们这些离校远的，要么带上干粮，有时是一个炕馍，有时仅仅是几个烧熟的红苕而已；要么早上凌晨四五点钟在家吃了早饭后再到学校，直到放学，回到家里一般就是下午五六点的时候吃第二顿饭。后来学校条件改善些了，能搭伙了，有粮食吃的时候，我们便每天带一只搪瓷碗，里面装着几两大米或苞谷糁，早上一到学校，就自己盛上适量的水，然后放在学校提供的蒸笼里蒸着，各自端出来吃就是。家里粮食如果吃完了，我们的主食往往就是红苕洋芋之类，或把它们用竹篾穿成串，或用手帕包着，也像蒸饭一样放在蒸笼里蒸。在这样的生活条件下，还常常参加重体力劳动，在帮生产队收割的时候，我们吃过生麦粒，也吃过生洋芋，甚至还嚼过野菜野草。

进入高中以后，我们都是在学校寄宿，生活上基本有了规律。家庭困难的学生，只要在大队里开一张证明，就能得到十几块钱的生活补助，这样每学期我们只要交上四块钱就一切完事了。我们每周从家里带上大米或苞谷糁，星期天下午到学校后交到后勤处过秤，再换成粗粮或细粮饭票。一般情况每天早上是苞谷糁，下午是大米饭或炕炕馍，一天就两顿饭，“早点”这词那时候还没创造出来。

每个班都选有生活委员，专门负责生活管理，生活委员下面还有若干个小头目，小头目不是班干部，而是大家推选的热心人，专门负责收集饭票、安排打饭事宜。每次最后一节课下了，第一件事便是凑饭票，将饭票交到小头目那里，够八个人了，便拿着饭票到厨房窗口里领一盆饭出来，放在学校院子内的场地上，我们则各自拿着碗筷，将饭盆围成一个圆圈。饭清一色用木盆装着，里面放有一把铝制勺子，打饭的活自然是小头目的，饭碗也自然是放在饭盆的周围，打饭的人拿起勺子，先在每只碗里舀上一勺，再根据盆里饭的多少，又往每只碗里适量添加。有时候，添加了第二次，结果里面却还剩下少许，哪怕只有一丁点儿，也没有哪个愿意先行离开，都等待着第三次分配，虽然每人分不到一小筷子。而在分炕馍的时候就显得更加严格。炕馍是八两面粉一个，一个炕馍两个人分，也就是用切菜刀从中间切成两半，一人半边。这活看起来非常简单，但操刀之人却从来不敢随随便便从中间下刀，而是要将菜刀刀口向上，再把馍放在刀口上，哪边翘了，就往相反的方向挪一点，直到两边平衡了，才从那条线上切下去，这样分出来的两半，就是拿天平来量，也不会有多少误差。

也没什么菜吃。每个周大体上就一罐头瓶子菜，家庭条件不同，每个人所带的菜也不一样，但大多数都以不易变质的酸菜或辣椒为主。吃炕馍的时候也没有汤，基本上都是一碗白开水，半边馍。饱也好，饥也罢，就那么多东西。

三十多年后的今天，我把这些东西写出来，有人看了可能会说我在瞎编，也有人可能会说我吃饱了撑的，又搞起忆苦思甜来了。别人咋说我管不了，但我自己知道：我写这些的唯一目的只是为了提醒自己：知足常乐，过好今后每一天。

偷　题

青少年时期，犯错误常常是一念之间的事。从小学到中学，我都是一个安守本分的好孩子，多次被评为“五好”学生，学习算不上特别好，但也一直在中等偏上的水平。可在上高一的时候，却犯了一次让我至今想起来都有些脸红的错误。

那是在期终考试的前夕，一个周末的下午。我的同桌小D忽然对我说：“下周一语文考试，你想不想考个最高分?”我说：“当然想啦，可这是想高就能高的吗?”他却很神秘地对我说:“我下午送作业时看到杨老师正在刻试题，我当时只瞟了一眼，没敢细看。如果我们把试题弄到手，不就能考高分了吗?”我的同桌是学习委员，每天放学时都要把全班同学的作业本收齐抱到老师那里，所以我相信他说的是真的。接着他还告诉我说:“今天下午老师都走了，我估计刻着考试题的蜡纸还放在杨老师的办公桌上，从窗子外面就能看到，但得有人帮忙才行。”经他这么一说，我的脑子突然就热乎起来。我的语文成绩虽然每次考试都在班上的前十名，但从来没冒过尖，我真的想冒一次尖，好让同学们高看我一眼，于是就答应同他一起偷考试题。

那时候的考试卷子，题目都是代课老师自己出的，然后又刻在蜡纸上，再油印出来。

杨老师的办公室是个小套间，门是向着校园的，而里间的窗子外面便是农家的耕地。我们在杨老师的办公室附近转了一圈，确信四周无人之后，便找来几块砖头垫脚，由他攀上窗台偷看刻在蜡纸上的试题，再口述给我，我在下面用事前准备好的纸笔做好记录。

一切进展得都很顺利。当我们成功地把每一道题都抄下来之后，又一齐在课本上找到答案。由于只有十几道题，不一会儿就全部做完了，然后我们就把答案死记硬背了下来。心想，这次考试绝对是胜券在握了。

礼拜一上午，考试如期开始。当试卷发下来之后，我和小D都傻眼了——我们抄下来的题目一道都没有!

这下完了!我们肯定是露了马脚，让老师发现了。虽然没被当场逮住，但当时的心情却如贼人被当场逮住一样好不到哪儿去。

这次考试，结果可想而知:我和小D的成绩都没及格，成为全班的倒数。

成绩放在一边。真正让我们忐忑不安的是:不知道杨老师会怎么收拾我们，校委会知道后又会怎么处分我们。那时候，全国上下还是政治挂帅的年代，处分学生，家常便饭一般。即使不给处分，哪怕在全校、甚至在全班通报一下，我又将有何面目出现在同学及老师的面前！

然而，一天过去了，没有动静；两天过去了，也没有动静；一个周过去了，还是没有动静。越是这样，我的内心越是不得安宁，上课老是走神，每天都是浑浑噩噩地度过，我就像换了个人似的，学习成绩更是一落千丈。

终于在十多天后的一个晚上，杨老师把我和小D叫到他的办公室去。心想，“过硬火”的时候终于来了！我们战战兢兢地来到杨老师的办公室，也不敢坐，更不敢看杨老师一眼，就像等待审判的犯人一般低着头，听候发落。大约过了好几分钟，也许只是几秒钟而已，只听杨老师轻轻地说：“你们坐吧。”然后亲手把一条长凳子挪到我们面前。我们只好规规矩矩地坐在凳子上。杨老师这才接着说：“我喊你们来只是想给你们说，你们的学习退步了。你们两个，一个是团员，还是支部委员，一个是学习委员，班干部啊，学习退步成这样，还怎么当呀？另外，我还想告诉你们：人一辈子都会犯许多错误的，毛主席都说犯错误没什么了不起呀，要紧的是知道改正错误。我想你们自己也一定知道自己做错了。没关系，只要以后不犯糊涂就好，事情过去了就让它过去吧，把心思全放在学习上……

他说这些的时候，虽然我一直没有勇气看他的脸，但我能感觉到他一直温和地微笑着，以至几十年后的今天，我还能感受到他当时的微笑，这微笑一直伴随着我，风风雨雨，三十余年……

杨老师，名字叫杨光厚，关中人，当时在陕南的平利县老县中学任教，是我们的班主任和语文老师。毕业后，我再也没见到过他。据说，十一届三中全会之后，他调回老家了。他如果健在，现在应该是七十多岁的老人了。

照 相

1978年夏末，我们终于要毕业了。虽然我们真正把功夫用在学习文化课上的时间只有一年多，大多数同学知识底子还很薄弱，可老师还是鼓励我们参加高考。要参加高考，就得照相。那时照相，要么下安康，要么上县城，都是一百里左右的路程。几位关系好点的同学都说到安康方便些，我只好一切听他们的。说实话，那时候，县城也好，安康市也好，我都没去过。

天不亮我们就在公路上等车，直到早饭时候才有一辆车停下，可车上不但没一个空座位，而且过道里也站了不少人，但我们管不了这么多，只要车停了，我们就拼起命来往上挤。经过一番努力，所幸都挤上车了。但那种拥挤真是不可想象，即使是站着也没个放脚的地方，常常是“金鸡独立”。人与人紧紧地贴在一起，转弯时谁也控制不了平衡，忽一阵子倒向左边，又忽一阵子倒向右边。臭袜子味、臭汗味弥漫了整个车厢。就这样，颠颠簸簸，摇摇晃晃，到了安康已是中午了。因为我们大多数是第一次到安康，个别同学虽然原来去过，但对“那么大”的城市还是一点也不熟悉，根本就分不清东西南北，更不知道照相馆在哪个方向。我们也不敢分开找，怕跑丢了，就一起满大街逛荡。直到太阳快落山的时候，才找到一个叫“工农兵照相馆”的地方。照完相，就慌忙赶到汽车站买票，可当日的车票早已卖完。没办法，只好找到一家最廉价的旅社，每人花五角钱住下。谁知到了半夜里又下起了瓢泼大雨，房子到处漏水，加上臭虫的侵袭，几乎整夜都没合眼。

第二天，雨虽住了，却听车站的人说公路塌方，没有到平利方向的班车。这下可遭了，我们来时每人都只带了两三元钱，如果再在安康待上一天，吃的住的都成问题，最后大家一致决定：步行！

我们开始了百里长征。我们大多数都是山里的孩子，从小在大山里摸爬滚打，钻树林、攀悬崖、越峻岭都是家常便饭，但在平展展的马路上走这么远却还是有生以来第一遭。原以为平路好走，谁曾想，还没走到一半的路程我们的双腿便灌了铅似的沉重。头上，太阳使足了劲烘烤着我们，脚下的路也像烧红的铁锅一样滚烫，汗水下雨般地往下滴，眼看太阳快偏西了，才走了一大半的路程。但我们已经走不动了，只好找一块阴凉处停下来，稍事休息。这时就有人说："如果上来一辆车该多好？"接着就又有人说："来车了人家会停吗？会让我们坐吗？"又有人说："不停？那我们齐排排站在马路上，他敢从我们身上开过去？""要得，这个办法好，就这么办！"我们终于取得了一致的意见。但是，我们即使望穿了眼睛，也看不到一辆从下面开上来的车。一会儿又有人说："其实拖拉机也行，有拖拉机坐，也算是享了万福了。""是啊，怎么连拖拉机也没有呢？"

是的，这都是我们的幻想而已，我们早上从安康县城出发，到现在已经是下午了，我们连车子的影子也没看到。从幻想中醒来，我们只好又一步一步地往前挪动着双脚。我们的家其实也就在平利县城与安康县城的中间，剩下的路也不过二十多里了，但对于我们来说，却是何等的遥远，遥远到我们谁也不知道什么时候能够到达……

许多年以后，我将那次照相的经历讲给孩子们听，可他们听后总是满脸狐疑，好像我在编故事逗他们玩。

老 师

初中两年，高中两年半，给我代过课的一共有十几名老师。时至今日，他们的音容笑貌、他们的言谈举止仍能清晰地映现在我的眼前。

印象最深的当数何侠民。他是我初中的班主任兼语文老师，但说句实话，当时我和班上的很多同学对他一点好感也没有，原因是他太歪（即严厉）了，动不动就把人训一顿，感觉实在有些过分。我因离家有十多里山路，每天早上都是凌晨五点左右动身，有时还难免迟到，而每次迟到他都要当着众多学生的面训斥一番，还要罚站。但是后来我还是改变了对他的看法。那是走出社会，真正认识到文化知识的重要以后。每当工作上因知识匮乏，力不从心的时候，我就会想起这位“严师”，想起他说过的一些话和所做的一些事情。我们那时候上学，以劳动和大批判为主，认真教学生文化课的老师并不太多，而何老师就是“不太多”中的一个。即便是批判他的大字报贴得满墙都是，该他上的课，他照上不误，且一如既往地认真。头天大批判会上，还点名道姓地批他“师道尊严”，走“白专”道路，可第二天，他一走上讲台就唱开了“反调”，说什么“批归批，课还是要上的，知识还是要学的。家长送你们到学校是做么子的？是学文化的呀……”接下来，又认认真真地开始讲课。有课本时，他按照课本上讲，遇到哪个学期没课本，他就自己找一些范文给我们讲。正因为这样，那时候，学校的老师里边，他是最勤苦的，他也是挨批斗最多的。

到了高中，我的班主任是杨光厚，他也是我的语文老师。杨老师除了知识渊博外，还会拉小提琴，歌也唱得很不错，算是多才多艺。那时候学校经常搞文艺演出，每次演出他都会上场，或伴奏，或独奏，听得我们如痴如醉。他在教学上更是舍得下功夫，亲自动手刻印出一本本辅导资料或课本上没有的古今中外的优秀文章，供我们学习参考。特别是到了高二，又恢复了高考，所有的老师都可以理直气壮地教授学生文化知识了，为了最大限度地弥补损失，杨老师像其他很多老师一样，加班加点，夜以继日，忘我工作，尤其是为了提高我们的写作水平他简直是绞尽脑汁。我们那时候写作文，以批判稿为主，即使写别的文章，也形成了一个标准的模式：首先是一段毛主席语录，文章开头，一律是“在毛主席的革命路线指引下，全国形势一派大好，我校也和全国各地一样……”。我们中的大多数不仅分不清文体，甚至连什么是叙述什么是描写也弄不明白，肚子里的词汇更是十分有限。为了让我们弄清这些基本的东西，他便不厌其烦地给我们举出一个个例子，逐一进行比较。休息时间，他分期分批地把我们叫到他的办公室里，进行单个训练，直到弄懂弄通为止。他还独创性地给我们举行词汇考试。事前他从各个渠道把词汇搜罗起来，印在一张单子上发给我们，先讲一遍，然后让我们记。一周后考试，即他在前面报，我们默写。现在可能有人会说，买一本词典不就行了，咋那么笨呀？可你们哪里知道，那时候弄一本新华字典都难于上青天，更别说成语词典了，我在学生时代压根就没见过！

提起中学的老师，我不能不写一下高中时的数学老师韩俊芝。韩老师时年大约四十岁左右，高个子，大块头，真可谓仪表堂堂，凛凛一躯。一年四季，穿戴十分讲究，衣服不论新旧，总是一尘不染，裤子棱角分明，上衣扣得整整齐齐，就连领口都严丝合缝。每次走上讲台，都让人肃然起敬。韩老师讲课的最大特点是用语活套，且富有节奏，还时不时甩出几句文绉绉的语言，引人入胜。不知不觉中，一节课就过去了。同时课时把握得相当准确，从没延长过一分钟。我之所以佩服他，除了他讲课富有魅力外，还有一个原因就是他的脑子太厉害了，“死”题他都能解出答案来。我记得在他给我们出的数学练习题里，有一道因式分解题，原题记不住了，反正是一道很复杂的代数式，有常数，有字母，还有根式。我们把所有的方法用尽了，就是解不出答案，班上无一人做出。这道题无疑是出错了，不可能得出答案。但我们几个数学学得好一点的同学还是决定去问问韩老师，主要是想为难一下他，看他会怎样自圆其说。结果，还真把他给难住了，他看着那道题，好长时间没发出任何声音，我们站在他身后更是连大气也不敢出。然而后来，他竟然把答案写出来了。我们问他用的啥方法，他说“分析法”。可因式分解里哪有这种“法”呢？当时没敢问，后来我们当然明白那是怎么回事了。但那么复杂的题，仅靠苦思冥想就想出答案来，确实太不简单了。毕业后，我再没见过韩老师。据说先是调到平利中学，最后又调到安康第二师范学院，现在应该在家怡享天年吧？

光阴似箭，一眨眼过去了三十多年。昔日的学生早已不再年轻，昔日风华正茂的恩师如今有的已驾鹤西归，健在的恐怕也已进入古稀之年。我的老师，在那是非颠倒的岁月里，你们的灵魂被扭曲着，你们的精神被摧残着，但你们始终没有放弃自己神圣的使命，一如既往地为我们传道授业解惑，为社会培养出许许多多有用的人才。你们的心志，犹如女娲山松，无论风霜雨雪，总是傲然挺立；你们的理想犹如汉江河水，无论道路艰难险阻，仍然义无反顾，永不回头。今天，即使千言万语，也难以表达我对你们深深的敬意。在这里，我只能衷心地祝愿你们晚年幸福，健康永远！

（发表于2012年第4期《旅途》，部分章节同时在《陕西工人报》及《京九晚报》发表）

童年的伤痛

我的童年是在那场史无前例的运动中度过的。虽然还小，但同样成为那场运动极“左”思潮的受害者，以致几十年后的今天，每当忆起童年，首先想到的便是那场灾难给我幼小心灵造成的伤痛。

上小学的时候，我家离校很远，要走近二十里山路，天不亮就起床，一路小跑赶到学校还往往迟到。而每天下午不到放学，就早已饥肠辘辘，常常天黑了才能回到家里吃上一顿饱饭，因此，那时感受最深的便是饥饿。

在一次用“忍饥挨饿”造句的时候，我有感而发地在作业本上写道：“每天下午放学，我都是忍饥挨饿地走回去。”谁知，就因为造了这么个实话实说的句子，竟让我遭受了一场小小年纪难以承受的打击。

我清楚地记得，在造了那个句子的第二天，语文老师发作业本的时候，别人都发了，却一直没喊我的名字。正当我莫名其妙之际，只听老师喊道：“魏远垠，你站起来！”我立即感到大事不好，战战兢兢地离开了座位。老师接着讲道：“昨天我们学了一个词语叫‘忍饥挨饿’，并让同学们造句。××，请把你造的句子给大家读一遍。”××便读道：“旧社会，贫下中农吃不饱穿不暖，过着忍饥挨饿的日子。”接下来又让另几名同学读了内容大同小异的造句。然后，老师问：“同学们，听了以上几位同学的造句，大家说说他们造得好不好？”“好——”同学们齐声答道。老师点点头后，表情很快变得严肃起来：“下面让我们听听魏远垠的造句。”老师便把我的造句念了一遍。之后像先前一样问同学们造得好不好。也许同学们没有准确地理解老师的意思，有回答“不好”的，也有说“好”的。但我已经感到，我的造句惹了麻烦。因为在那非常岁月里，我们的神经也过早地敏感起来。果然，接下来老师就开始指出我造这个句子的严重错误，什么给新中国抹黑啦，对社会主义不满啦，等等。

我做梦都不会想到，我会犯下如此严重的错误，才上三年级不足十岁的我被吓傻了。须知，我不仅出身好，又一直是班上的学习尖子，经常受到表扬，然而现在却成了“反面教材”！从这天起，老师不再表扬我，伙伴们也开始疏远我，原来爱说爱笑、爱蹦爱跳的我变得沉默寡言了。直到进入中学，我的心境才渐渐好起来。

（发表于2000年9月3日《安康日报》、6月9日《陕西邮电报》）

买书的经历

即将进入“不惑”，也算活了大半辈子的人，却仍然两手空空，甚至连千把元的电视也不敢问津，唯一值得炫耀的“资产”只有书架上一册册如燕子衔泥般积攒起来的书了。如今每当翻读起那些书，便会忆起当时买书的一些经历。

那是在20世纪80年代，我光棍一条，一人吃饱全家不饿。尽管当时工资很低，但俭省一点，每月总还略有节余。然而那时的书市却远远没有后来繁荣，想买到一册好书也是颇不容易的，而对工作在交通、信息都十分闭塞的偏远小镇的我来说更是如此。于是开会或出公差就成了我最向往的乐事，既省了车费，又可到书店尽情潇洒。一次在安康办完事，独自一人在新华书店里搜寻着目标。突然，一套浅蓝色的《安娜·卡列尼娜》吸引了我的目光，我毫不犹豫地掏钱买下。接着，又做了《红与黑》《果戈里中短篇小说选》等外国名家名著的俘虏。最后，当我拿起巴金的“爱情三部曲”时，身上已经只有八元钱了。算了算，除回家的车票外，如果把“三部曲”买了，就只剩下两角钱了。买书的欲望占了上风，终于牙关一咬买了下来。

那时在当代作家中我最喜欢贾平凹的作品，只要打听到有他的书出版，总要千方百计搞到手，先后买到了《月迹》《心迹》《山地笔记》《小月前本》等。一次为买到《平凹游记选》，我专程驱车跑到安康买到了那本心仪已久的书。尽管所花的车费比书价高出几倍，但闻着那芬芳的书香，心里那个舒坦劲真是难以形容。

为了买书，我的确受了不少累，吃了不少苦，还要节衣缩食，但买书藏书的乐趣是局外人无法体验到的。尤其在那夜阑人静的时候，打开橘黄色的台灯，抛开现实生活的困扰，翻开墨香扑鼻的书页，沉醉其中，那是多么美好的享受啊。

（发表于1999年11月20日《安康日报》）

大深山一夜

晚上十点左右，值班室的电话响了，我预感到一定又出了什么事。这个清明节假期，我和一个女孩子在单位里值班，由于这段时间气候异常干燥，又逢祭祖高峰，几乎每天都有火灾发生，我们精神高度紧张不说，还得亲自到现场打火，就今天白天还在政府对面的山梁上打了一场火呢，算是把式背到家了。所幸过了今晚，明天早上大家就都来上班了。

我顺手拿起放在床头上的电话听筒，里面传来的是领导的声音，问："你是不是已经睡了？"我说："刚睡下，发生什么事了吗？"领导说："火灾，又是火灾呀，并且是你挂联的蒋家坪村。"我心里咯噔一下，急切地问道："你知道具体情况吗？"领导说："还不十分清楚，火灾地点发生在与三阳镇交界的大梁上，三阳的干部已经在那里救火了。"我说："那火灾肯定是三阳那边引起的吧？"领导说："据人家说，是我们这边的人引发的，是从我们这边烧到人家那边的呢。"我又问："那我们咋办，是不是马上去？"领导说："这一晚上了，几十里路，车不好开，为安全起见，先让村上组织人抢救，我们明天早上再赶去。"

接完领导的电话，我就跟村上干部联系，并要求他们立马动身到火灾现场组织村民扑救，并及时弄清火灾原因。

放下电话，我再也睡不着了。三阳镇里的干部固然离现场挺近，他们能在第一时间赶到现场是情理之中的事，而我们虽然离得远，但也不能躺在床上等天亮呀，再说现在所得到的信息都是人家传过来的，人家肯定站在于人家有利的立场上说话，如果我们不及时赶到现场把火灾原因弄清，即使不是我们这边的责任，又怎么能说得清？想到这儿，我决定马上奔赴现场，但我一个人肯定是不行的，于是就给林业站长打电话，说了我的想法。结果他跟我想到一块儿了，只是考虑我是镇上“元老级”的人物，在这样的深夜里跑那么远去救火，觉得有些不好意思开口，所以才没主动跟我联系。既然是这样，我就说，那我在镇上等你吧。

大约十一点半的时候，我们出发了。坐着站长租来的车，顺着安平二级公路上百家湾，过大贵集镇，又翻一座梁，再下一面坡，七弯八拐，大约一个多小时吧，我们到了三阳林业站，站里有两个干部等候着我们。他们说，到现场需绕道十多里，先歇着吧，这阵子你们去了也只能是干瞪眼，不如等天亮了再上山。

直线距离并没那么远，因为站在公路上就能清晰地看到大火燃烧的地方，一排红色的亮光，映红了半边天空。三阳站的工作人员说，那地方叫老鹰崖。

村上的干部——支部书记罗显平和村文书冯朝荣是从另一个方向赶去的，他们要过黄洋河，上刘家梁，虽然比我们近得多，但翻山越岭全靠步行。我打电话问他们走哪儿了，他们说马上拢了，并喊了当地几个村民一道往现场赶。我说：“我们也快到了呢。”说完我又跟站长说：“我们得马上去现场，你跟三阳的伙计们说下，请他们辛苦一下，给带下路吧。”

喝了一会儿茶水之后，三阳站的干部在前边打头阵，我们跟在后面，开车走了上十里后，又步行，在树林子里往前钻，大概在凌晨两点左右，我们终于到了火灾的现场。这时，村上的干部已经带领村民们把我镇境内的火势控制住了。村支书罗显平指着现场说，梁的这边是我们的，那边是三阳镇的。我们境内只烧了不到四五亩的面积。我们来时刚好一点风都没刮，火势也不猛，只用了半个多小时就打灭了。

我们顺着一条毛毛路往前走，反反复复观察着现场。从现场看，火灾不应当是从我们这边引起的，因为如果是从我们这边引起，不可能到现在了才燃烧不到十亩，而三阳那边已烧出至少一百多亩了，且风向是往我们这边吹的；三阳地界几里路的火道，却无一人赴救，可见先前电话听到的信息并不可靠。

我们现在能做的只有一个字了：防。即守候在梁边的一条小路上，因为那边还在燃烧，且无人扑救，如果过了这条小路，大火很快就会重新进入我们境内。我和村文书冯朝荣守在这头，站长跟村支书罗显平等人守在那头，大火一旦烧到路边，就用松树枝将其打灭。

后半夜，凉飕飕的，口有些渴，肚子有些饿，还有些腰酸腿疼的，时不时就在碗口粗的松树上靠一会儿，或在铺了一层松针的地面躺一会儿。眼睛不停地打架，又不敢睡着了，老冯就讲一些男女方面的段子，焕发一些没来由的想象。渐渐地，从林子的间隙看出去，东方已经泛起了白色的亮光，三阳那边终于来了一伙人，有十来个的样子，开始在他们的地界上扑火。我们也加入了他们的队伍，天亮的时候，靠我们这个方向的一排火道已经扑灭了。

在我们返回的途中，三阳镇的干部几乎倾巢出动，急急地往火灾现场赶去。我想，如果我们昨晚不赶到现场，到天亮恐怕也要烧出上百亩的面积，镇里的其他干部也许会跟他们一样。

为自己感动

星期天下午，一个跟我非常要好的朋友邀了几个伙计一起喝酒。酒过三巡之后，一个我并不认识的哥们突然问我："你是不是姓魏，二十多年以前是不是在××乡工作过？"

我说："是呀，请问你是……"

哥们说："我就是××乡的人。"说着就向我举起了酒杯，说要敬我一杯酒。

我说："为什么呢？总得有个理由吧？"

哥们说："当然有呀，我的结婚手续是你给办的呢。"

我说："我当了十多年的乡镇文书，为很多人办过结婚登记手续，但这是职责所在，有必要敬我酒吗？"

那哥们回答道："当然有必要。换一种说法，你也算是我的证婚人呢，几十年后能在这儿遇见，也算是缘分，所以敬你杯酒不可以吗？"想想这理由还算说得过去，就端起酒杯把酒喝了。可接下来，那哥们把酒满上之后，又说："我还要敬你一杯。"

我说："刚才不是喝过了吗，为什么还要敬一杯呢？"

哥们说："我刚才只说了我结婚手续是你办的，可当时还有个小插曲还没说呢。"

我问："什么插曲呀，该不会是我当时为难你了吧。我年轻的时候脾气有些不好，但好像没有故意为难过谁呀。"

哥们说："这倒不是。我当时就怕有麻烦，就跟媳妇商量给你买了瓶酒和一条烟，还有点水果糖，也就几十块钱的东西。”我心里一惊：怎么会有这样的事？我好像从没收过别人的礼呀。来办结婚手续的，给我找几根烟我倒是抽的，抓一把糖果，我也不会拒绝，可我似乎从没收过人家整条烟呢。难道……

我心里正疑惑着呢，那哥们接着说道：“可被你拒绝了。你把结婚证填好后，坚持让我把东西拿走，我觉得很没面子，也坚持要你把东西留下。可最后，你还是亲手提着东西硬是拉着我一起到商店里把东西退了。”听到这儿，我终于松了一口气。这时，哥们再次举起酒杯说：“这杯酒不为别的，就为你这人正直，所以请你一定喝了这杯酒。”

我终于端起酒杯一饮而尽。

其实我什么也没做，不收人家的东西只是一个正直人的本分呀，可就这点本分，几十年了，人家竟然记得那么清楚。看来，并非只是大德大善才会让人难以忘怀，只要守住做人的底线，做一个正直的人，也会让人一直铭记在心。想到这儿，心里忽然觉得热乎乎的，竟然有些为自己感动了。

（发表于2012年11月18日《淮海晚报》）

给美女道歉

几天前，一个阳光明媚的日子，我邀了几个同事，三个女的一个男的，开着小车到乡下踏春。我们先来到一个叫平安宫的地方，那是一座庙宇，也是当地有名的景点。这天恰逢庙会，热闹非凡，我们便一同赶到那里，给庙里的神仙上了香，在“功德箱”里捐了款。然后，又开着车，顺着蜿蜒的乡村水泥路向更远的山里走去。但见车窗外面，树林子泛着新绿，油菜花开得灿烂，不时有那么一棵两棵开着或白或粉或红色花朵的果树从眼前掠过，给车上的我们带来一阵又一阵的惊喜。于是我自言自语道：“我想拍一组‘人面桃花相映红’的照片，只可惜没有特别理想的模特。”听了这话，男同事说：“车上坐着这么多美女，你还说没有合适的模特。”我说：“她们是很优秀，但作为模特真的不是很理想呢。”

又向前走了三五里的路程，一片桃树林子悠然呈现眼前，粉红色的桃花把那一面山坡渲染得犹如仙境一般。在这样美丽的地方，如果不拍下几张照片，那是何等的遗憾！于是把车停了，请车上的三位女同事下车拍照。可没想到的是，她们竟然集体罢工，没一个下车配合我的工作！后来一个性子直点的说：“别喊了，我们长相不行，你去找你理想中的美女拍照吧。”原来是这样！没想到先前无意中的几句话，竟让她们耿耿于怀。再一想，刚才说的虽是实话，但当着人家的面说出来还真不合适。看来不向她们道歉，她们是不会配合我了。于是我就诚恳地对她们说：“几位美女，刚才是你们把我的话理解错了呢，我哪有嫌你们长得不好看了呀？只是说作为模特，不是最理想的罢了。”听了这话，三个人一齐说道：“你就那意思，说我们长得不好，就不下车，你还是找别人照吧。”见她们都那样，我只好进一步说道：“别生气了行吗？刚才是我错了，对不起，在我心里你们真的非常非常优秀，再说这片桃花开得这么鲜艳，不照几张留个纪念未免有些遗憾吧。”我一边说一边走近车门，做出准备亲手搀扶她们的样子。

真是功夫不负有心人！经我再三道歉，她们终于一个个从车里钻了出来。然后我们来到桃花深处，按我的要求，她们摆出各种各样的姿势，做出各种各样的表情，拍下一张又一张美丽的照片。后来，我挑选了几张发在网站的论坛上，竟被版主盖上了“优秀”的印章，得到了众多网友的好评。

哭我的母亲

娘，您一生养育了我们弟兄姐妹六个孩子。年轻的时候，你一直是生产队里的一个主要劳力，经历了多少烈日曝晒，经历了多少风霜雨雪。为了不耽误挣工分，您常常用粗布带子把儿子绑在背上，手里还拿着锄头在农田里除草或干其他的农活。那时候，全家一共十口人，您上有二老，下有一串孩子，即使再苦爬苦奔，也混不饱肚子，有了好吃好喝的，您全部留给了老人和孩子，您和父亲虽然干着最苦最重的农活，吃的却常常是剩汤剩饭。日复日，年复年，慢慢地，我们长大了。

娘，二十五年前，当我们的日子慢慢好起来的时候，正当壮年的您却患上了严重的骨质增生。我送您到县里、市里的多家医院检查治疗，可医生们都说，您年纪大了，这病只能吃吃药，把病情缓缓，但剜不了根的。就这样，您与手杖结下了不解之缘，也从此开始了您漫长的痛苦的日子。

娘，十年前，随着您病情的加重，腿关节已严重变型，即使拄着手杖行走，也已非常困难，到后来，您只能长年躺在床上，由我的兄长及弟弟轮流着照顾您。可我知道，您的心里是何等的寂寞和孤独，您又承受了多少无奈和委屈啊！

娘，一年前，您的病情再次加重，已经无法端稳饭碗了。为了更方便于照顾您的衣食起居，我把您送到妹妹家，由我妹妹照管您，喂您吃，喂您喝，隔三岔五地为您擦拭身体。

娘，我工作在外，无法亲自照顾您。每次回去问您，您都说，他们把您照顾得很好，让我放心。娘，我放心，我不能不放心，我无法不放心，我没有条件不放心啊。娘，从您躺倒在床上那一天起，我每次回去的第一件事就是走到您的床前，一声：娘，我回来了。您总是一边高兴地答应着，一边努力从床上爬起来。这时候，我要么给您递上吃的，要么为您点上一支烟递在您的手上。有时候，也为您剪剪指甲，或梳梳如霜的白发。

娘，半个月前，您已病入膏肓。我在您的床前叫您一声娘，你虽然答应着，但声音已是十分微弱了。我问您："娘，您这几天吃的咋样？"您说："我这几天不想吃啥。"我再问您："娘，您这阵想吃啥不？"您说："我不想吃啥。"我再说："娘，我给您点支烟行不？"您说："我也不想抽烟。"我说："娘，您这样不吃不喝的怎么行呀？快过年了呢。"您还是说："我不想吃。"我心里说，娘，您即使要离开我们，也要等我们把年过了呀。此时，我早已心如刀剜……

娘，六天前，也就是我们过完年上班的第一天下午，我又来到您的床前。我叫了一声："娘——"您照样用微弱的声音答应着。我问您："娘，您晓得我是哪个不？"您说："我晓得，是我儿回来了。"我说："娘，我让妹妹给您煮了稀米汤，我喂您喝点行不？"您还是说："我不吃。"我于是大着声假装很生气地对您说："您不吃不行，我非要您吃点。"然后，您便说："那我吃点酸拌汤。"我说："那好，一会儿我端来喂您。"妹妹很快将拌汤做好了，凉了一会儿，我尝尝，不烫口了，便端到您的床前，让妹夫扶着您的身体，我一口口地喂您，您终于把那碗拌汤喝完了。我心里想，娘的病可能真的会慢慢好起来。

娘，四天前，我再一次也是最后一次来到您的床前，我叫您："娘——"您不答应。我再叫您："娘——"您还是不答应。娘，您就这样离开我们了吗？娘，我多想再给您点上一支烟，为您剪剪指甲，再喂您一口酸拌汤啊！娘，我知道您年前就是要离世的呀，可您为了让儿子过一个安宁年，您没有走；娘，我知道，您原本真的是什么也不想吃呀，您之所以吃完了那碗拌汤，是为了让儿子心里得到少许安慰啊！您在即将离世的时候都在替儿子着想啊，娘，您让儿子的心何其痛啊！……

（发表于2012年第2期《旅途》）

祝贺自己

在人生的长河中，即使十分平庸的人，往往也会创造出许许多多的不平凡。然而就现实而言，在职场，不是所有的成绩都会被上司关注；生活中，也不是所有的精彩都会走进人们的视野。当你用智慧和汗水创造出的成果被埋没的时候，有的人牢骚满腹，不停地抱怨“伯乐不常有”；有的人自暴自弃，认为做得再好也没人知道，从而失去创造的动力。而我在这时候，总是会选择一种自认为恰当的方式，自己将自己表扬、祝贺一番。

我喜欢写文章，也偶尔会写出一两篇自鸣得意的文章，但文人是最讲究含蓄的呀，当自己写出精彩文章的时候，总不能母鸡下蛋似的张扬吧？可一直闷在心里，又憋得慌呀，咋办呢？自己祝贺。曾经，我写过一篇理论文章，那是省委宣传部与省报联合举办的一次征文，结果竟获得二等奖，当我看着那串获奖名单时，尤其那名单中有不少是省市领导和高等学府的高级导师，心中不免得意万分。于是回到家里就叫老婆弄菜，理由只一个：今个我高兴，要为自己庆祝。菜弄好了，先喊来几个狐朋，再叫上几个狗友，热热闹闹一番，乐亦无穷也。

人过不惑，往往更关注自己的身体。那一年青年节，机关里组织全体干部开展长跑比赛，年龄大的自愿参加。而我早已不再年轻，但还是决定一试，不求取得名次，只想检验一下自己的体力。结果六千米的全程，还没跑到过三千米，队伍里的人数便淘汰到不到一半，而坚持跑到最后的十几个人中，我是唯一年龄超过四十岁的，并且名次还超过了好几个三十岁左右的年轻人。这结果多给力呀！于是到了晚上，便欣然提笔，写了《参加青年节长跑比赛有感》。所谓“有感”，其实就是通过写文章的方式祝贺、表扬自己呀。

类似的例子还有很多。当然，祝贺自己的方式也不拘一格，或吟一首诗，或写一段文，或点一两首自己喜爱的歌曲，或给自己放一天半天小假，或在酒馆小酌几杯，或到郊外游乐一番……兴之所至，快乐就好。

善于发现别人的优点并不失时机地给予夸奖，应当是一个人优秀的品质。而能够如实地找到自己的长处，来一番表扬与自我表扬，用恰到好处的方式给自己以祝贺以激励，无疑会不断地激发出自己创造的活力，从而增添工作和生活的信心。

（发表于2013年1月28日《安康日报》）

快乐生活

和同事朋友一起聊天，“平淡”“乏味”“没意思”之类字眼总是不绝于耳。工作紧张说“太累”，无所事事叹“无聊”，穷者有穷者的艰辛，富人有富人之烦恼。总之，人生在世缺少快乐。

之所以如此，主要原因恐怕是他们不善于发现和创造快乐。就像生活中处处都蕴藏着美，有的人却一点也看不到一样。而在艺术家的眼里，即使人们司空见惯的山花野草、飞禽走兽、风霜雨雪，也无不显现出美的光环，成为创作的源泉。笔者不是艺术家，并且活了半辈子了，也看不出能在某些方面取得成功的迹象，而是一个典型的无钱无权无才华的“三无”分子。但笔者却深刻地感受到生活无处不充满着快乐。譬如说两年前单位迁址，新单位宿办室住不下原班人马，就在郊外另租了两间破旧的小平房，当别人争先恐后地往崭新的楼房拥挤时，我却自告奋勇地要求住在郊外。因为我发现，那地方虽然偏僻又土气，但与大自然贴得那么近那么紧，打开窗子就能看见山看见水，就能闻到花草的芬芳，这是多么美好的享受！特别是到了夏天，每天早上都有小鸟光临，它们或落在门沿上，或停在窗户上，啄虫子的声音就像孩儿敲门，把我从梦中唤醒，醒了却并不惊动它们，却偷偷地欣赏它们啄吃食物时摇头晃脑、叽叽喳喳的可爱模样。每当这时，我就想，鸟儿们是快乐的，而我的心里更是像盛满了蜜似的快乐。

春天来了，见农人沐着春风锄耕播种，忽然便来了灵感：何不把房后那一片草地开垦成“责任田”呢？于是就在假日里借来农具买来菜种，按照农人的指点平整土地，精耕细作；播下的种子发了芽，开了花，结了果；果儿熟了，豆角绿得流油，辣椒红得似火。我把这些果实适时采摘，送给机关食堂与大家共同分享。当我品尝着自己亲手创造的劳动成果，心里那个感觉呀，真叫其乐无穷！

忽然想起多年前流行的一着歌：“幸福不是毛毛雨，不会自己从天上掉下来。”快乐在于发现，在于创造。快乐不青睐目空一切、孤芳自赏之人；墨守成规、不思进取的人也永远与快乐无缘。

（发表于2000年8月18日《陕西邮电报》）

我的“开心农场”

我在乡下小镇建了几间房，并且留下了一块一百多平米的空地，那是我的“开心农场”，农场里种植了不同节令、不同品种的蔬菜。工作之余，我总喜欢在农场里消磨时光，那里面，是我的作品，是我精神生活的一部分。

农场里有辣椒。一株株辣椒枝繁叶茂，郁郁葱葱，它们不停地开着花，结着果，虽然采摘好几茬了，大大小小、红红绿绿的辣椒依然挂满了枝头。

有豇豆。豇豆是长在架上的。那架是用细竹棍搭成的，每株豇豆得插一根竹棍，然后每四根一组，将顶部绑在一起，豇豆秧子就顺着竹棍往上长，长着长着就开了花，结了果。那果儿细细的，长长的，密麻麻有如早春杨柳枝般美丽。

农场里还种有丝瓜和苦瓜。虽然每样只在农场的拐角处种了三两株，可它们很快就分蘖成无数的细枝，爬满了竹竿，又顺着竹杆顶端争着抢着爬上院墙，肆无忌惮地扩张自己的领土。当然，它们在争抢地盘的同时，也比赛似的结果，尤其那丝瓜，结得密长得快，每天都能摘下好几条，吃不完了就送给别人。

还栽了几十株红薯。那是在初夏时节，收获大蒜后留下一小块空地，正踌躇不知种什么合适的当口，见附近的农人正在地里栽红薯，就向人家要了几十棵秧苗，栽在那片空地里，如今红薯秧子已把地面铺得严严实实，一幅丰收在望的景象。

最有趣的是那满地的冬瓜。那冬瓜并不是我有意种植的，而是去年老婆将瓤子随意扔在了地边，不想今年初夏时节竟然长出了许多小冬瓜苗。那小苗儿生命力特强，发疯一般在地里四处乱窜，爬满了沟边，又上房沿坎，并不断地往农场的中心地段扩张。其实当初我并不在意它是否会给我带来多少成果，可是某一天当我顺着秧苗察看时，竟然发现这些秧苗儿所到之处竟然结下许多瓜果。那瓜果先是毛绒绒绿色小点，很快就长成粉嘟嘟的胖小子了，这真是意外的惊喜呢。

我的农场是不兴使用化肥农药除草剂的，菜秧子上时常会生一些虫子，也会不停地长着杂草。因此我常常会在农场里拔拔草，捉捉虫子，为它们作一些必要的护理。农场里时常会有蜜蜂唱着小曲，花蝴蝶跳着舞蹈，小麻雀帮我捉着虫子，它们使我小小的农场时刻充满着勃勃生机。

农场里的蔬菜瓜果们，像一群调皮可爱的孩子，或在绿叶下乘凉，或在菜架上荡着秋千，穿着五颜六色的衣服，做出各种不同的表情，看着它们，既养眼，又怡情，心里泛蜜般的感觉。

（发表于2013年11月14日《淮河早报》）

我所追求的幸福

20世纪70年代末，高中刚毕业的我回到了我的家乡——一个叫风箱沟的贫困山村，开始了面朝黄土背朝天的生活。那时候，我最大的愿望就是走出这个贫困的山村，找一份工作，每月能领一份固定工资。为了实现这个目标，我在繁重的体力劳动之余，从没放弃过看书学习，积累更多的文化知识。白天在工地上，别人歇伙（休息）的时候，我就躲在地边的树林子里看会儿书，晚上就是再累，我也要点上枞树广子（松明子），写一些我觉得应该写下来的东西。当这样的日子过去两年之后，终于有了一个小小的机会，全县招收十几名半脱产干部，我有幸被人推荐参加了文化考试。出乎我意料的是，在十比一的情况下，我竟然以全县第一名的成绩被录取。那一天，当公社里的一名干部步行近十里山路来到我所在的生产队里告知我这一消息时，我激动的心情，那才真是无法用语言表达。一个月后，当我在财务处领到有生以来第一份工资，也是我有生以来获得的一笔最大的收入——三十五元的工资时，我真真实实地感觉到，我是这个世界上最幸福的人！

参加工作以后，我的人生目标随之有了些改变。我希望过上更体面的生活。那时候，我心里所谓的“体面”，无非就是穿的衣服少一点补丁，得有一块手表，还得拥有一辆自行车。为了实现这些目标，我一方面努力工作，把每一件事干得令自己满意，让领导满意，一方面节衣缩食，千方百计积攒存款。我把每月三十五元工资分成四份，一份给家里，十元；一份留作伙食费，十元左右；一份作为机动资金，十元左右；剩下的五元存入银行。就这样慢慢积攒下来，一年后，我终于买了块八十多块钱的“蝴蝶”牌手表，五年后，我终于拥有了第一辆“红旗”牌自行车。平日里，手腕上戴着亮闪闪的手表，出行时骑的是新崭崭的自行车，那感觉在当时便是天堂一般的生活了。

再后来，结了婚成了家有了孩子。老婆是一名普通职工，很贤惠，儿子也很聪明可爱。唯一遗憾的是没有一间属于自己的房子，老婆在哪，那里就是我们的家。我白天在政府机关上班，晚上回到老婆那里，一家人挤在只有十多个平方的职工宿舍里，难免诸多不便。但在那时候，由于收入太低，我和老婆加起来的工资每月也只有几百元，只能勉强维持正常生活，压根儿就不敢想买房子的事。后来，老婆下岗了，住房，成了我们的头号问题。我心想，只要有了宽敞的房子，那便是最惬意的日子了。

时间过得很快，似乎只是眨了几下眼，便到了新世纪第一个十年的末期了。这时，工资不停地往上涨，逐渐地越过了千元，我便下定决心要弄几间像样的房子。在亲戚朋友的帮助下，我借贷款十余万元，在乡下买了地基，自建了两间砖混结构小楼房，虽然不够靓丽，也不够气派，但也有两百多个平方的面积，住着也算非常舒服了。尽管现在还欠着七八万元的债务，但我现在的工资也终于涨到每月三千多元了，还这点账，也不算个什么。

回想起来，我这人算是最没有远大志向的了，尽管无论在哪个岗位上，我的工作都很出色，可我从没想过升个官，发点财，过那种前呼后拥、灯红酒绿的日子。从走向社会到现在，几十年来，我一直在追求着我自己认为的幸福生活，目标一个一个地实现着，没有大红大紫过，也没有大起大落过，一直是那么地默默无闻、平平淡淡，但我已经很满足了。反过来想，如果我的人生目标再宏大一些，我对幸福的期望再高远一些，也许我就不会像现在这样满足、这样自在了，甚至还会苦行僧般地奋斗着，挣扎着，并不断地失望着，那不是我向往的幸福生活。

（发表于2012年2月16日《西部法制报》）

怀想往年写春联

往年的春联是写的，如今绝大多数春联都是在市场里买的。写春联的是越来越少了，但我却经常怀念往年写春联时的情景。

我的老家在一个边远的小山沟里。在我小时候的印象里，写春联是一件很隆重的事情，家里再穷，也要买一两张红纸，请人写几副春联贴上，否则就没个过年的样子。那时候，会写春联的人很少，被人请去写春联便是十分荣耀的事。我所在的生产队里，只有三个人会写，其中一个姓黄的，由于家庭成分不好，字虽写得好，却没人敢请。另外两个是兄弟，弟弟叫柯贤义，字写得很不错，但因为给人家写春联经常出错，在乡下，写春联出错意味着这家人来年运气不好，是很不吉利的事，所以除自己家里的春联外，基本不给别人写。这一来，能写春联的就剩下柯贤礼了，他同时还当着生产队长，也是村里人顶礼膜拜的人物。他写出的春联，虽不流利，也不潇洒，更谈不上什么“体”，但却横是横，竖是竖，端端正正，算是很不错的了。由于就他一个人写，加上白天要在生产队里干活，只有晚上才能写，所以今晚哪家，明晚哪家，事先都是排了队的。那天，临到哪家了，这家人便事先将好吃好喝的准备停当，恭候着他的到来。那晚，全家人便围绕着写春联而忙碌，直到春联写完，没一个错字掉字，皆大欢喜，这时便是好吃好喝的侍候了。

后来走上社会了，见到的大手笔也多了，在我们那个镇里，最有名的如柯玉广、柯尊勇、刘治彬等，那写出来的字或遒劲有力，或隽永俊秀，或行云流水，或凤舞龙飞，真是八仙过海，各显神通。字写得好是一方面，他们当中有的人还能随机编出对文来，务农的，经商的，行医的，根据你的身份，编写出不同内容的春联，绝不重复。那时候的年边上，只要听说哪家有这些大手笔在写春联，无论多远，我都会赶去观赏一番，觉得那是一种妙不可言的享受。

到了正月，无论走亲访友，还是下乡开展工作，欣赏春联又成了我的另一大乐趣。有时候遇到特好的春联了，反反复复看了之后，还要掏出纸笔记下来。记得多了，又时不时地拿出来与他人分享。印象最深的一次是1984年的正月，我到安康出差看到的一副春联，让我至今难以忘怀，上联是：往日几间旧房龙王借走；下联：今日一幢新楼神仙来住；横批：感谢党恩。那正是安康发生特大洪水灾害之后的第一个春节呀，在那种特殊的背景下，写出这样的春联，既发自肺腑，又是何等浪漫！

如今连团年饭都商品化了，对联更是如此，只要一进入年关，到处都有卖对联的摊位，几块、十几块的就买下了，虽然很方便，然而内容大同小异，且千篇一律的字体，毫无欣赏价值。像我上面提到的绝佳对联，即使你再有钱，又岂能买到！

（发表于2012年1月13日《晚霞报》）

三十八年再相聚

2015年8月30日，应约到平利城在余祥安家小聚。余祥安是我初中到高中的同学。

1983年，我被分配到全县最偏远的乡镇之一——原魏汝区中坪乡工作，那里不通电，不通班车，信息更是十二分闭塞，在那样的地方工作，寂寞难熬可想而知。幸运的是，有余祥安在。他在中坪供销社上班，供销社距乡政府只有一里多路，寂寞了也好无聊了也好烦恼了也好高兴了也好，便往他那儿跑，闲谝吃饭喝酒，跟在自己家里一样。

上初高中的时候，同学之间似乎分了两个阵营，即农村的和吃商品粮的，吃商品粮的虽然只有寥寥十几人，但他们总是显得比我们这些农村来的优越，因此，农村的学生真正能与吃商品粮的学生成为朋友的，十分少见。余祥安是个例外，因为在他身上，没有人能看出他的“身份”。这也是我能几十年如一日与他保持关系的主要原因。

到家以后，他说要请几个高中时期的同学来。我首先想到田富先。上学的时候，我跟田富先不在一个班上，几乎没有多少交往，我只知道他学习日巴颉，是个很不安分的果儿。可是毕业后，他在原东河乡当经营管理干部，而我参加工作也在东河乡政府。在一起一混就是三年。三年下来，便成了非常铁的哥们了。这还不算，后来我从原魏汝区调回老县，这时候他又在老县法庭上班，我们又混在了一起，期间，在我生活遭遇挫折的时候，给过我很多帮助。他爱开玩笑爱吹牛也吹口琴甚至纵情歌唱，抽烟喝酒；我也开玩笑吹笛子吹唢呐纵情歌唱，也抽烟喝酒，所以我们在一起的时间，一直非常痛快。

我直接给他打电话。电话通了，我说：老田，我上来了，快来陪我。他问，在哪儿？我说：余祥安家。他说好，马上来。过一会儿，他就骑着车来了。

来的同学当中，有白正言。上高中的时候，没有同性恋这个词，如果有，同学们肯定会认为我跟他同性恋。因为在高中两年多的时间当中，我跟他几乎形影不离，有时候就是上厕所也相约在一起。下午放学后，多数时间都在他家里玩，要么就是他在我所在的宿舍里，晚上更是经常挤在一张床上睡觉。周末是我们寄宿生必须回家的日子，周日下午又要带上一个周的粮菜赶到学校。很多次，当我走出风箱沟口走到马路上，就看到他骑着自行车等着我。那自行车已经十分破旧，连后座都没有，他带我的时候我只能坐在中间的杠上。可就是这样的破车还是他向人家借来的。他虽然也是居民户口，但家境好像并不太好，日子过得还是紧紧巴巴的。即使这样，我还是好多次在他家吃饭，在他家留宿。

那时候，我觉得有辆自行车，哪怕是非常破旧的自行车也是十分了不起的事，会骑自行车的人，照样让人羡慕不已。我于是就萌发了学车的念头。这任务自然就落在他的头上了，一有机会，他就将借来的车子让我骑。一次在上自习的时候学车，让校长看见了，还在第二天上早操的时候不点名地批评了我。但我终于在学校把自行车学会了。要知道，那时候会骑自行车的人远远没有现在会开小车的人多呢。

那天唯一的女同学是杨萍。在学校的时候，杨萍是班上的体育委员，虽然算不上校花，但也是最吸引男生眼球的美女之一。从外表看，高挑挑的个儿，白白净净的皮肤，浓眉大眼的，头发是两把短“刷子”，走起路来风风火火；更重要的是她性格开朗，爱说爱笑，热情大方，钢笔字也写得潇洒自如。她当然也是吃商品粮的，母亲是供销社的会计，算是出身优越的了，可在她身上显不出大小姐的架子，所以，她人缘非常好。在学校，似我这般老土的，对她这样的同学，只能仰而视之，少有深入交往，但她留给我的印象却非常深刻。

还有两个同学。一个是张延安。他给我留下的印象是乒乓球打得好，性格不温不火，给人以谦和、诚恳的感觉。另一个是李颜杰，个子不高，但长得俊，标准的白面书生。他俩跟我都没在一个班待过，所以很少交往。

见面后，先聊天，后打牌。东道主余祥安亲自下厨，下午五点左右，一桌丰盛的菜肴便上了餐桌。从高中毕业，一晃三十八个年头，当初青春年少的我们已变得两鬓苍苍。今天，因为我，这些平常很少见面的老同学在余祥安的操持下相聚一起，可谓三十八年头一回！在这样的氛围中，喝酒自是必须的了。三个门杯下肚，他们每人跟我碰两杯，完了我再回敬他们每人两杯，不知不觉便飘飘欲仙了。

酒喝得有点多，自是不敢驾车了。他们也不让我走，只好再上牌桌，玩到晚上快十二点了，感觉清醒了许多，在我的强硬坚持下，即将凌晨一点的时候开车回到了家中。

那年路过女娲山

那年7月9日，我和同伴二人到县城赶考，因没坐上车，百多里山路全靠步行。当走到女娲山梁上，由于饥渴劳累，每前进一步都要使出全身的力气。身上带着干粮，却没有一滴水，怎么也咽不下去。这时，最大的希望就是能找点水喝，哪怕是烂泥坑的脏水，也会毫不犹豫地喝下去。然而，一连二十多天的干旱，稻田炸满了裂缝，地里的玉米一棒棒枯死。在这荒山野岭，要想找到水喝简直比登天还难。第二天就是考试的日子，我们不得不将沉重的双腿一步步艰难地往前挪动。

终于，当我们又一次抬起头时，不远处一家农舍出现在我们眼前。我们顿时来了精神，小跑着向那家农舍奔去。

我们径直走进屋里，一位约五十多岁的大娘在灶台边忙碌着。我迫不及待地问："大娘，想找点水喝，有吗？"大娘停下手里的活计，对我们说："旱了这么久，哪有水喝哟！"我仍不甘心地对大娘说："大娘，凉水也行。""凉水也没得！"大娘好像有些不耐烦了。

原以为这是大漠中的绿洲，眨眼却成了幻觉。我们彻底地绝望了，瘫软在屋檐坎上。

这时，大娘又踱到我们身边，打量我们许久，然后问："你们做么子的？"我已不想说话了，可同伴还是一字一句地回答了大娘的问话。"那我给你们盛点米汤喝好么？"

"米汤？"我以为听错了。在这样的山梁上水贵如油，米汤则更不用说了。直到大娘将黑瓦盆端了过来，我们才相信这是真的。我们忽地站起身，接过大娘递来的两只碗，咕咕咚咚地喝起来。第一碗没尝出味，第二碗才知米汤可口异常；三碗下肚，顿觉心脾清爽，元气大增；当把一盆米汤喝得一滴不剩，浑身已有了无尽的力量。那个痛快淋漓劲儿，我永远也无法用我的笔将那种感觉传递给亲爱的读者。

光阴荏苒，十多年过去了，如今，每闻“大款”们在餐桌上一掷千金，我便想起那顿米汤，那顿即使万金也买不到的米汤。

（发表于《陕西邮电报》《安康日报》）

我的书信情结

在我储藏贵重物品的箱子里，至今仍保存着半尺厚一沓用档案封皮装订成册的书信，有别人写给我的信，也有我给别人写信留下的底稿。那些信大多是二十多年前的产物，纸张都有些发黄了，但我还是经常翻看它们，并且只要一看到那些信，思绪就不由自主地回到年轻时的岁月。

我的青春岁月是在一个十分偏远的小镇度过的，那里交通不便，信息闭塞，跟亲戚朋友联络感情的唯一方式就是写信，写信收信成了我生活中不可或缺的重要组成部分。有了高兴的事，写信，让朋友分享我的快乐；有了烦恼的事，更要写信，让朋友排解我的忧愁。也许是心理作用，我那时候觉得遇到烦恼了，只要把心里的烦恼写成信装进信封投入邮箱，心情很快就会好起来，似乎投入信箱里面的不是信，而是烦恼。

我把写信看成是一件很神圣的事，从选择纸张、墨水到落笔成文，直至折叠信笺、装入信封、粘贴邮票的每一个环节，我都力求做到尽善尽美。尤其在内容上，不仅每次都要先打好底稿，反复推敲修改，直到完全满意之后再工工整整地誊写在信笺上。那时候的偏远山区，没有什么文化生活，忙完一天的工作，到了晚上夜深人静的时候，点一盏煤油灯，铺开稿纸抒发情怀，那种专心致志，那种物我两忘的境界，是何等美好，至今难以忘怀。

信写得多，收到的自然就多。邮递员一周来一次，每次都会给我带来好几封信。如果某一次邮递员来了却没有我的信，我立马就会失望到极点。接下来便又是一周漫长的等待。收到信后，总是先看信封，从字迹和地址判断谁写的信，然后再找一个安静的地方，小心翼翼地将信封拆开，欣赏信的具体内容。读信的心情同样是复杂的，有时激动得手舞足蹈，有时沮丧得泪水盈眶。重要的信，总是反反复复地读，一遍又一遍，就算倒背如流了，往往还要拿出来欣赏。最后，再将那些信分门别类妥善保管，当积攒到一定数量的时候，再装订成册作为重要资料保存起来。

最难忘的是我发出的第一封求爱信。那是我真正爱上的第一个女孩儿，在心里爱了几年了却一直没有勇气向她表白。后来在一个铁哥们的鼓励下，终于将火山爆发似的情感倾泻在信笺上寄了出去。信发出后，便是一天天漫长的等待。虽然心里明白，就算再快，也得十天后才能收到回信，可我从第二天开始，就经常向邮递员到来的方向张望。度日如年的日子整整过去了十二天，才盼来她的回信。收到信后，我迫不及待地关上房门，打开信封。然而，结果却是她已将芳心许给了别人。那晚，我独自一人来到小镇东边的三女河畔，直到最后一支香烟烧疼了我的手指。

很多年没写信了。很多年没收到过信了。写信收信的时代已经过去，成为历史了。可在我的心里，却真真实实地怀念过去写信收信的时代，其实，那也是非常浪漫的啊。

2014年1月19日夜

三十六年前的毕业留言

前几天整理旧物，翻出一堆青年时代的日记本，其中有一本印着“海鸥”字样的灰色封皮日记本，里面写满了高中毕业时的毕业留言，那些留言把我的思绪拉回到三十六年前我高中毕业的那年——1978年的夏天。

1978年是国家恢复高考的第二年，但对于我们那批以“白卷先生”张铁生、“革命小闯将”黄帅为榜样的毕业生来说，能考上大学或中专的只是凤毛麟角，毕业就意味着同学之间从此各奔东西，学生时代从此结束。那个年代，没有同学聚会、请吃请喝的现象，同学之间的感情是纯粹的。毕业之前，好朋友之间也赠送纪念品，大多为几毛钱的日记本，讲究点的再加上一块小手帕。写毕业留言才是最重要的一种表达惜别之情的方式。

那个年代的高中毕业生，肚子里其实并没有多少墨水，毕业留言也写不出什么水平，加上我们那时候挂在嘴上的流行语大多是“广阔天地炼红心”“时刻听从党召唤”“当好革命接班人”之类，因此，大多数毕业留言都是口号式的豪言壮语。如“望你做一盏革命的明灯，照亮祖国的大好河山；望你像一团烈火，在祖国的大地上燃烧，为党和人民贡献出光和热”“海阔凭鱼跃，天高任鸟飞，望你插上理想的翅膀，在祖国的蓝天上展翅飞翔”“望你在农村这片广阔的天地里百炼成钢，在三大革命运动中锻炼成长”等等，内容大同小异。也有极少数完全表达惜别之情的，这方面用得最多的是王勃的两句诗，即“海内存知己，天涯若比邻”，也有自己胡乱编写的“诗”，如：“高山长在，河水长流，同学友谊，万古长青”或“同学×年整，情义似海深，今日要分手，两眼泪淋淋”等。

为了给同学写好留言，我本人也绞尽脑汁，构思了一段顺口溜："寒风袭松松更青，霜打红梅梅更红，愿你立下青松志，思想要比梅还红。"就这几句今天看来啥都不是的所谓"诗"，在当时却还得到不少同学的夸赞，并转抄下来赠给其他同学。

我们那时候的毕业赠言，如果让现在的年轻人看了，一定会觉得不可思议，甚至觉得好笑。但我想告诉大家的是：我们那个时代的理想以及表达理想的豪言壮语，是没有水分的，是非常真诚的，即便三十多年之后重温那些留言，还照样为之感动。

（发表于2014年7月2日《京九晚报》、2014年7月9日《平顶山晚报》）

参加电视散文大奖赛感言

在网上看到平利县举行首届“美丽乡村”电视散文大奖赛的消息，觉得很新鲜，也很有意思。在我的印象中，平利从没举行过与文学有关的某某大赛。如今关注文学的人寥寥无几，对散文有兴趣的更是凤毛麟角，但如果把文学与电视联了姻，情形可就大不一样了，喜欢看电视的人毕竟还有不少，通过电视散文的形式讴歌、宣传家乡的风土人情、发展变化，感兴趣的人一定很多。基于这些思考，我把去年创作的《巴山小镇稻草街》发了出去。

这篇文章是反映我生活的小镇稻草街近年来经济社会发展变化的，与大赛的主题不谋而合，似乎那时候就预感到有这样一个大赛。这篇文章是“唱赞歌”的，也是被个别文友所不耻的，他们片面地认为这是在拍马屁，说雅点是歌功颂德。其实我也是反对歌功颂德的，但我不是一概反对，只要是真实的功德，就应该予以歌颂。谁不希望我们这个时代有更多的功可歌，有更多的德可颂呢？

作品入围前三十名，是我预料之中的事。进入预赛，能否进入前十，心里就没底了。原因有二，首先，平利近年来毕竟涌现出不少年轻的大手笔，如沈奕军、吴立志、柯贤萍等，他们的文章实力雄厚，我的作品可能不如人家。其次是朗诵问题。我的朗诵者张梅女士，虽然我认为她很优秀，但她毕竟很业余，大场子上得少，何况我们的见识都比较有限，谁知道结果会是什么样子呢？此外当然还考虑是否有暗箱操作的问题。

预赛分两场进行，我抽的签是十七号，应该在第二场。第一场于6月

25日晚在县广播电视台演播大厅举行，在听取了每个人的朗诵之后，我觉得文章的优劣反倒不重要了，因为文章再好，如果朗诵得不好，也就一点戏都没有，如“雪国过客”的《吉河》就是如此。还有些水平一般的文章，由于出色的朗诵，分数反倒上去了。也有个别文章及朗诵都很出色的，却落了后，如平利中学柯贤萍的《初夏的村庄》便是这个下场，也许是因为第一个上场，评委不好把握的缘故吧。

第二场预赛在次日上午举行，我的朗诵者是第四个上场的。看着张梅款款地走上演播台，我的心也立马紧张起来。所幸，她发挥得非常好，虽然弄错了句子，但掩盖得了无痕迹，至少评委是听不出来的。朗诵到一半左右，就有几个熟识我的伙计向我竖起了大拇指，朗诵完毕后，我听到台下的掌声非常热烈。

我的作品最终和三阳小学何鑫的《醉在平利温柔乡》并列第三。当初只想进入决赛就满足了，没想到有这么好的成绩，心里颇为激动，当然也在心里暗暗感谢张梅的出色发挥，也感谢单位领导的支持与鼓励。第一名是吴立志的《夜读天书》，第二名是沈奕军的《茶乡平利》，这两篇文章的作者都是诗人，文字很美，两个美女的朗诵更是声情并茂，余音袅袅，加上楚楚动人的形象，怎能不博得满堂喝彩！

从县里回来的第二天就接到美女主持马亮的电话，说28日晚进行决赛，并要求脱稿，并把文章字数压缩在一千五百字以内。只有一天时间，且张梅又处在最忙碌的时候，为了不给她增加难度，文章我没改，也没要求让她脱稿。也许正因为这点，决赛分数稍稍靠后了点，与汪建春、杨钊成绩并列，获得三等奖。但这已远远超出了当初的期望，算是非常满意的结果了。

2012年6月30日

虚惊

数日前，忽觉下身痒痒，后来竟多处糜烂，痛苦不堪，就近找了家诊所治了几天，却毫无效果。无奈中，只好来到本市最权威的一家医院去诊治。这天刚进大门，就被醒目的“专家门诊”四个大字所吸引。心想疾病无情，老天有眼，有幸碰上专家，这病有救了！急急忙忙挂了号，就直奔专家门诊部。专家是个女的，在听了我的病情陈述后，极郑重地说：“把裤子脱了！”天啊，在一个陌生女性面前脱掉裤子，这是何等难堪，但一想到治病要紧，只好将眼睛一闭，几把将裤子褪下。不一会儿，专家已检查完毕，却见专家的脸色比先前更加难看，且一副十分凝重的模样，而我的心更是提到了嗓子眼。过了很久，专家才慢吞吞地说：“问题严重啊，加上你又延误了治疗时间……”我急问：“能治吗?”“治，肯定能治，但一时半会儿恐怕不行。要治的话，就先交五千元吧。”“五千?”我以为听错了，那可是我两个多月的工资呀！当我还没有从“五千”中反应过来，又听专家说：“你患的可是性病啊，性病，你知道吗?哪有不花万把块钱的，五千还只是一个疗程呢。”犹如五雷轰顶，我竟然得了性病，这怎么可能！如果真是这样，我将如何向善良的妻子交待，而周围的人知道后又将会拿怎样的眼光看我！与其这样苟活着，还不如死了干净。再说，妻子下岗，我一个穷教书的，每月两千多元工资养活全家老小，哪能弄来这么多钱！

懵懵懂懂地从医院出来，毫无目的地在大街上闲逛，只感叹人生无常，半生辛苦奔波，虽然未置多少家产，却也夫妻恩爱，举家和睦，可这一切转眼间……真是人有旦夕祸福啊！这样想着，猛一抬头，却见“卫生防疫站”的牌子呈现眼前，忽然想起这里曾有我一位初中同学，何不进去聊聊呢？见了同学，几句寒暄之后，就把我眼下情景和盘托出。同学说：“这方面我也不懂多少，等我找个人来看看。”不一会儿，来了一位中年男子，那人听了我的简单介绍，又仔细察看了患处，然后说：“可能是疥疮，你去买一瓶疥癣灵抹几天试试。”我几乎不抱什么希望地去买了“疥癣灵”，走回家就脱了裤子涂抹。真是不可思议，涂过几次就将痒止住了，三日过后，糜烂处就已结痂；不到一周，痂壳脱落，病已痊愈！总共花费一元五角钱。

（发表于《安康日报》《淮海晚报》）

欲哭无声（悼国伟）

张华打电话说："我想起你写的一篇文章。"我说："怎么会这样，是哪篇文章呢？""是《再哭老贾》。"张华说。

我真不知道他为什么在此时想起我三年前写的那篇悼念我同事贾忠春的文章。于是再问："我想知道你为什么会在这个时候想起那篇文章呢？"

"因为……因为陈国伟也走了。"张华说，"我直接想哭了。"

听到这消息，我的第一反应就是：又是一个英年早逝的乡镇干部！可也去世得太早了呀，才刚满四十周岁呀！

我虽然很震惊，很悲恸，可我欲哭无声。

我知道国伟老弟早就病得很厉害了，但我没想到，他会这么快就离开我们。

今年开年，他还在上班。因为一直从事着计划生育工作，又住在老政府那边，我们见面的时候比较少。依稀记得见他的那一面是我在"太山农家"请客的时候。那时，他的面容已经十分憔悴，和原来正常的时候判若两人。我心想，人都病成那样了，咋还不请长假休息呢？乡镇的工作是能做得完的吗？再说，工作再多，少了你一个也影响不了大局呀？也许是同事们都在劝说的缘故，后来，他还是请假了，可这才多久呀，他竟然就到了另一个世界。

想起二十年前，他从部队退伍后分来我镇的时候，是何等的生龙活虎！虽然在人们的眼里，他算不上有能力的干部，文化水平也比较低，但他搞起工作来，却从不知道偷奸耍滑，对领导也好，对同事也好，都是同一张面孔看待，都知道他是一个实在人，是一个信得过的伙计，能够做真朋友的伙计。然而，就是这样一个伙计，竟然刚刚跨过四十岁，就驾鹤西去了。

老弟呀，难道你是急着去追随三年前五十二岁去世的老贾吗？是去追随十年前三十六岁去世的你的领导王井山吗？去追随老县曾经的最高领导四十二岁就去世的吴承斌吗？去追随柯美金、苏学保、张远森、金玉成等一大串英年早逝的乡镇同仁吗？

老贾去逝，我写了长文悼念他，而今国伟的离世，我真的觉得无话可说了。还是把《再哭老贾》的结尾用在这儿吧："今日我哭你，可知他日谁哭谁呀！"

2012年4月

又一个同事去了（悼洪林）

今天早上，又一个同事去了，他是老胡，胡洪林。

对于老胡的去世，我真的有些意外。虽然我前天见他的时候，已经知道他将不久于人世，但至少不会走得这么仓促呀。

他是一名退休干部，家与我也离得很近，以前每次见到他在家门口坐着，也看不出生了重病的样子，所以压根儿就没想到他得了不治之症。我前天去他家看他，其实是通知他到镇里参加座谈会的。下周二是老年节，镇上决定在老年节之前把离退休老干部请回来开个座谈会，相互交流交流，并组织他们看看镇上这几年的发展变化，时间就定在昨天。因为我现在已经是这个镇里的“元老”了，从老县离退休的干部，只要还健在的，我全部认识，因此通知他们回来的任务就安排在我的头上了。老胡因为就住在政府大门的前面，我不想打电话，就专门上门通知他，到了家里，看到他坐在椅子上打点滴，才知道他得了重病。看到他已成了这个模样，我虽然还很忙，但我仍然坐了大约十来分钟，说了些安慰他的话。在那十来分钟里，他只说了一句话，虽然很微弱，但我听得很清楚，那句话是“我已经说不成话了。”我的回答是，你不用说话，安心养病。谁知，这一面成了永别。

我跟老胡认识得很早。我参加工作的时候是1980年，在当时的东河乡政府。那时，他就是一名区公所的水利干部，人们都喊他小胡。小胡还那么小，就当了区上的干部，这让我羡慕不已。那时，区上比乡上可是不知道要优越多少倍呢。后来，我有六年时间在魏汝区工作，然后又回到老县本土，我又到了区公所，跟老胡成了正儿八经的同事；再后来，撤区建镇了，我们又都在镇里工作，还是正儿八经的同事。我们是做了十几年同事的呢。十几年来，我们无论一起工作也好，一起玩乐也好，相处得都非常愉快。他在我们的心中，是一个好人，一个工作上很敬业的专业技术干部，同时还是一个非常好的酒友，因此，工作之余，伙计们大多喜欢跟他在一起玩乐。

老胡今年刚满六十岁。在他离岗的四五年当中，一直被外地的一些公司聘请去搞测绘或作技术方面的顾问，直到检查出患了不治之症，这才躺下休息，结果就再也起不来了。我在想，当他活着的时候，当他离休后还一直在外面的工地上劳苦奔波的时候，他一定不知道自己会患下不治之症，否则，他一定会好好休息几年，好好享受享受生活。可是，他不知道，因此，当他意识到自己将要离开人世的时候，心里一定会感到十分遗憾。

我们这代人，属于“中毒”太深的一代人。从我们记事起，全社会都在教导我们，我们是为了革命才来到这世上的，为了革命可以抛头颅洒热血，一句话，我们的生命不属于自己。参加工作后，一直以为工作才是最重要的，只要是工作需要，就可以牺牲自己的一切。大错啊！哥们，只有自己的身体才是最重要的呀，只有自己的父母才是最重要的呀，只有自己的孩子才是最重要的呀，只有自己的老婆老公才是最重要的呀！工作算个啥呀，别说少一个你，就是少一百个一千个你，照样有人搞出来呀。然而，当我们意识到这些的时候已经迟了。那一个个英年早逝的同事，便是我们最好的教科书啊。

2012年10月20日上午11时零9分

再哭老贾（悼忠春）

老贾是我们的同事。他死了，只有五十一岁。

他死之前的好多天，天天都在村上指挥道路硬化工程，早上六点多起床，不到六点就到了施工现场，一直忙到天黑，还经常和工人们一道做一些繁重的体力活。

老贾骨瘦如柴，却是同事中最火色的一个人，身体也似乎非常好，我和他共事二十多年，没见他生过什么病，即使有个头疼脑热的，他也绝对不会当回事，别人就更不会在意了，他在大家的眼里一直是那么风风火火、热心快肠，凡和他打过交道的人都知道他是一个“热闹”人。不论哪种场面，只要他一出场，气氛立马就活跃起来。直到他死的那一天，他说他从来没流过鼻血，怎么“从昨天开始流起鼻血来了呢”？如果是城里的干部，如果是一个把身体看得比较重要的人，如果是一个工作责任心比较淡薄的人，一定会请假休息，一定会到医院去检查治疗，可他没有，他一直像身体正常的乡镇干部一样，不到八点就到了村上，直到晚上七点回到家里，才让老婆到距家只有几十米的医院买药。药买回来了，他却闭上了眼睛。

电话里传来老贾死去的消息，我像其他所有人一样，以为听错了，以为打电话的人把事情搞错了。几个小时之前，我还跟他一起在道路建设施工现场呢，还一起坐在路边的草地上调解公路建设过程中出现的矛盾纠纷呢，他怎么会突然间就死了呢？我不相信他死了。我到了医院，我看到担架上白色布单掩盖着一个人，他们说那就是老贾。那么好动的他，怎么一动也不动了呢？那么喜欢说笑的他，怎么什么也不说了呢？

他是真的死了。

老贾，你是真的死了吗？可你的音容笑貌、举止神情还一直不停地在我的眼前晃动啊！就在三天前，我们还在一起谈论乡镇干部的工资，听说又要涨了。你，一个拥有三十年工龄的老公务员，一个享受正科级待遇、曾经当过领导干部的公务员月工资终于将要越过两千元了。无论如何，这都是一件不小的喜事呀！况且，你在我们六十多个乡镇干部中工资是最高的，你能不感到自豪吗？虽然你参加工作的时候月工资只有二十九元五角钱，虽然此后一涨再涨，可涨到三年前你的工资也才只有八九百元哪。虽然你几年前就建起了两间一百多平方米的楼房，可你还欠着两万多元的贷款呢。现在，工资终于越过了千元，并且有望越过两千元了，归还贷款岂不更容易了？有着如此美好的前景，你怎么能死去呢？

但你是真的死了。昨天，我们已经将你送到了山上，埋在了地底下。你无法享受增长工资的快乐，但你也终于可以不再为偿还贷款的事操心了。难道你是为了寻求解脱吗？

老贾，你的死是你的不幸，是你妻儿的不幸，但也是我们所有乡镇干部的不幸啊！

老贾，你知道吗？近十年来，在我镇一起共事的同事中，英年早逝的就有八个，王井山三十六岁就走了，吴承斌四十二岁去世，柯美金、苏学保、张远森、金玉成……他们都没有活到六十岁呀！他们有的死在从乡下回家的路上，有的经常带病工作积劳成疾病死在工作岗位上；有的死于车祸，有的死于其他意外之灾……怎么死的并不重要，重要的是他们的死都与艰苦的工作环境、毫无规律的生活有着不可分割的关系呀。你是第九个英年早逝者，才五十一岁。这难道不是乡镇干部的悲哀吗？

有时候，我真想对着苍天发问：当人们众口一词地指责乡镇干部的时候，当所有的单位部门都在向乡镇干部发号施令的时候，当有关上级走马灯似的到乡镇检查工作的时候，当每年几十个考核项目考得乡镇干部焦头烂额的时候……有谁真正关注过乡镇干部的生存现状？有谁舍身处地地站在乡镇干部的角度想想他们的难处、他们的苦处以及他们处境的尴尬？

他们是一个特殊的群体。他们拿着公务员最低的工资，却干着最苦最累的工作；他们享受着最低的政治待遇，却承担着最繁重的工作压力，他们处在最恶劣的工作环境当中，却背负着比泰山还重的责任。这一切，都因为他们是基层啊，基层不固，岂有高楼大厦的安稳？他们苦啊，跋山涉水、忍饥挨饿已成家常便饭；他们累呀，加班加点、夜以继日也习以为常。有时候，一连五六个周休不了一个星期天也不足为奇。当然城里的干部职工也有加班的时候，可那是有加班费的呀！而乡镇干部对“加班费”这个名词竟是何等地陌生！他们尴尬啊，他们谁都懂得群众利益高于一切，但他们有时候为了完成任务不得不昧着良心去做老百姓反感的事情，明明白白地招来老百姓的唾骂呀！而生活上常常是饱一顿饥一顿，毫无规律。更重要的是，还不得不经常喝酒。喝酒，对有的人来说是享受，但对乡镇干部而言却是任务。一个有责任感的乡镇干部，一个真心实意想为一个地方的百姓办实事的乡镇干部，不喝酒行吗？不喝酒能争来发展项目？不喝酒能招来客商？不喝酒能要来投资？不喝酒考核能过关吗？因此，他们不得不把自己的健康放在一边，不得不把做人的尊严放在一边，喝！咬起牙喝，一只手捂着疼痛的胃一只手端起杯子喝。他们就是这样透支着体能，透支着健康。他们能长寿吗？

现在，老贾，你死了，你可以不再劳累，不再喝酒，不再尴尬，你也许真的是解脱了。然而老贾，难道这是你作为一名乡镇干部唯一的解脱方式？你是在向活着的人暗示着什么吗？你是在向这个体制警示着什么吗？

老贾，你已经死了。“万事无不尽，徒令存者伤！”今日我哭你，可知他日谁哭谁？呜呼！

写于贾忠春去世的第四天

附：哭老贾

贾主任竟然死了！

已经几个小时过去，我仍然无法相信怎么会突然间将一个好端端风风火火的贾主任死了。

白天还在一起吃饭，还在一起争论工作，还一起在村里忙忙碌碌，才过去几个小时，你怎么就到了另一个世界？

老贾啊老贾，我们都习惯称你老贾，其实你也不老呀，五十一岁的年龄，老吗？还是热火朝天的时候呀，可你却永远不再火热了！呜呼，老贾；哀哉，老贾！

（注：贾忠春生前任陕西平利县老县镇经济发展办公室主任）

人生·百味

操办生日

办公室综合股股长老王的四十八岁生日到来之前，单位副主任李匆突然对他说：“听说你快过四十八岁大寿了，怕是要热闹一下呀?”老王心里一疑：这李匆可是单位里最不喜欢凑热闹的呀，除机关领导以外，伙计们有个大事小事，他可是很少参与的呢，今天怎么主动问起这话了？心里想着，嘴上却说道：“生日嘛，年年要过的，有啥好热闹的呀。”“可不是这话。”李匆接过话，“虽说生日年年过，但三十三、三十六、四十八，都是个坎呀，和别的生日可大不一样呢。你就别扭捏了，做好准备吧，这事就由我来牵头。”见李副主任说得恳切，老王只好依他。

这李匆还真成了热心人，给单位里每个人都打了招呼。生日那天，机关里近百号人全到了，满满地开了十多席。把一切开销除外，还结余一万多元礼金，把个寿星佬心里乐开了花。

这事过去半个月之后，一天快下班的时候，李匆又乐呵呵地来到老王的办公室，老王非常热情地让座倒茶，并满面堆笑地说：“那天还真是谢谢你了，以后老弟有个啥事尽管说，能帮的忙一定尽力而为。”李匆说：“看你说的，都是一个单位里的伙计嘛，客气个啥?”接着话锋一转，对老王道：“说起来还真有点事。是这样，上个月我把原来那套旧房卖了，又在新开发区买了套大点的，打算下个周末搬家，还想请您老给帮忙牵个头，热闹热闹……”

原来你小子为我牵头是另有原因啊！可老王脸上却仍堆着笑，说道：“哦……是这样啊，那好，好……”

（发表于2012年4月16日《快乐老人报》，并被《绝妙小小说》转载）

别说你不行

和我一起共事的同事都知道，我不是一个善于讲话、喜欢讲话的人，讲话一直是我的弱项。记得才参加工作的时候，最怯火的事就是讲话。那时候正是改革开放初期，经常召开群众大会，作为一个驻村干部，是必须讲话的。开群众会，没有专门的会场，也没有固定的时间，大多在晚上，有时连个煤油灯都没有，不可能提前写好稿子拿在会上念。况且就是白天开会，有条件提前写好稿子，也不可能照着写好的稿子朗诵，那是会被人笑话的。所以几乎每次开会讲话，都必须是临场发挥。由于没有讲话经验，就会出现讲了上句接不上下句的尴尬。后来，为了避免这种尴尬，我想出了一个办法：即开始讲话之前就准备一包烟，一旦接不上下句了，就以点烟吸烟来遮掩。记得有一次下村开会，走拢了才发现忘了带烟，于是又步行好几里山路到商店把烟买回来，这才宣布会议开始。

在后来的工作中，每次遇到开会讲话什么的，只要不是我非讲不可的，我总是想尽一切办法推掉。

但我也有过好几次成功的讲话。

一次是国家刚刚实施西部大开发的时候，我当时是镇上的宣传干事，要求我巡回各村开展政策形势教育宣讲。首场宣讲在全镇最大的村风箱沟村进行。那天，在风箱沟村小学的教室里，坐满了村组干部和村民代表，我一口气讲了将近两个小时，感觉取得了非常好的效果。会议结束，与我同行的一个女同事大加赞赏，说："没想到你还有这样一张嘴。"这个同事是个十分优秀的女人，因此，我非常在乎她的赞赏。

还有两次是镇里开展的书面演讲。其中一次我得了第一。得第一的主要原因应该是稿子写得好。我那篇稿子后来又让别人拿到县里参加演讲，结果得了全县第二；后来还被推荐到市里参加演讲。

还想说一次前几年在某村的一次讲话。那次的会议开得比较正规，按照事前商量结果，应该没有我讲话的议程。可在会议中途，主持人却来了个突然袭击，再三要求我讲话，我再三推让无果，只好硬着头皮开讲。因为没作任何准备，只好讲我熟悉的党建知识，因为这方面的具体工作一直做了好几年，要举例子信手拈来，也不至于枯燥乏味，加之原本是“七一”前夕召开的党员干部大会，讲这方面的内容也比较恰当。所以那次一讲完，就有伙计当面把我“鼓吹”了一番。

我写这些事情，不用别人说，我自己都知道有自我表扬的嫌疑，其实本意不是这样。我只是想告诉青年朋友一个道理：成功的关键不是你行与不行，而在于你是否努力去做了。不要认为别人都比你厉害，不要认为你这不行那也不行，即使是你最不行的方面，只要认真地去做，或许也会做得跟别人一样好。

窗外，敲打着雨点

秋雨绵绵。

雨点敲打着我的小窗。我独坐窗前，等候着你的到来。你来了，如一只蝴蝶，轻轻地飘进我寂寞的小屋。你说你明天就要离开这里。其实你不告诉我，我也感觉到你要走了。何况你很早就对我说过总有一天你要离开这里，永远离开。

来，是你的自由，走，也是你的权利。既然你早已做出了无以更改的选择，我还能说什么呢？生活，总有那么多的无奈。面对着你倔犟的目光，我只能把千万个留恋埋藏心底。

窗外，敲打着雨点，雨点敲打着我的心。我点燃一支烟，丝丝缕缕的烟雾犹如我理不清的思绪。相交一载，半世伤怀。耿耿痴情，即刻成东流之水。虽功名利禄如过眼云烟，然真情厚意何价可比！我本重情之人，“情不知所起，一往而深”。空怀一片赤诚，却未敢相合相舍，唯愿能相契相知。相识，自是缘分，然而，如果所有的相识都是为了别离的话，那么今生今世，我宁愿永远静守孤寂。

老实说，你我相识原本就是一场美丽的误会。说美丽，是因为在一起的日子，你给了我那么多的快乐。每一次温馨的交谈，都让我回味不已；你的微笑总让我忘却许许多多的烦恼；你的明眸，总是那么清纯，常让我联想到没被污染的绿地，那是播种希望的土壤，那是接纳知音的小窗，那是滋生一切真善美的地方啊！说是误会，是因为人到中年，万事皆休。尽管生活中的我仍默守着孤独，可谁又有勇气冲破世俗的桎梏，而去把梦中的风景变成美丽的现实呢?

窗外，敲打着雨点。我不知道你什么时候走出了我的小屋。我站起身将窗户打开，一阵寒风夹杂着雨点迎面扑来，我忽然清醒了许多。这风，这雨，说来则来，说去就去，谁也阻止不了。人生斯世，有得有失。得不到的不可勉强；得到的当倍加珍惜。有时候，留一份甜美的记忆在心中，也许更有意义。

（发表于1996年6月18日《人生报》）

到乡下休闲

节假日，或走亲访友，或琴棋书画，或游山玩水……这些都不失为很好的休闲方式。而我每到双休日，总喜欢携妻带子到乡下去享受大自然清新的气息。

我和妻都生在农村长在农村，对乡下漫无边际的田野、层峦叠嶂的山川始终怀有一种难以割舍的情感。工作后，虽仍居住在乡下小镇，却很少有机会走出办公室。因此，下乡去休闲便成了我们节假日最好的娱乐方式。

下乡去休闲，感受不到城市的嘈杂，耳畔也没有城市的喧嚣，空气是那么清新，天空是那么明净，甚至太阳也比城市里的明朗。眼看碧水青山，耳听鸟唱虫鸣；累了，随便在哪棵树的阴凉下一躺，轻松又舒适；渴了，捧几捧山泉水，清凉而爽心；饿了，随便走进一农家小户，主人都会笑脸相迎。家常饭菜家常酒，任你享用。

下乡去，切莫忘了带上孩子。孩子在单位里，在爸爸妈妈的翅膀下长大，然后便走进了学校。他们知道“娃哈哈”，知道“巧克力”，知道“喜羊羊与灰太狼”，会玩“飞信”，会玩“愤怒的小鸟”，但他们没见过春耕播种。看到农人插秧，他会问为什么把青苗栽在水里面；见农人耕地，他会说为什么要把平平的地犁成沟。这时候，你见到的一切都是孩子的活的教科书啊！

到乡下休闲，没有贫富之分，没有地位高低之别，不管你是哪个阶层的人，得到的都是同等的享受。在乡下，你不必畏畏缩缩，不必低声下气，不必担心受人白眼，不必提防遭人算计，你是一个无牵无挂、无忧无虑、挺直了腰杆的快活神仙呢。

到乡下休闲，不花一分钱，却照样长知识，得情趣，陶冶性情，何乐不为?

（发表于1997年9月6日《安康日报》）

古树情思

也许是生在大山里、长在大山里、从小与森林为伴的缘故，我对树木总是怀有一种特殊的情感，特别是对那些饱经世事沧桑的百年古树，更是满怀敬畏之情。

我的故土在平利女娲山下一个叫作风箱沟的小山村里。在我童年的记忆中，那里就有不少百年以上的参天大树，而且我家门前的小沟边就有一棵。那是一棵麻柳树，足有四五丈高，直径至少在两米以上。也不知道有多少岁数，反正我爷爷说他小时候那就是一棵很大很大的树。每到夏天，各种各样的鸟儿在树上叽叽喳喳，十分热闹，而我们这些孩子也都喜欢在树下乘凉、玩耍。遗憾的是，在20世纪60年代末大搞农田水利建设的时候，将那棵树用炸药炸掉了。

距离我家东面大约五里路的一个山梁上有一棵枫树，被人们称为“枫树大王”。那是我家乡知名度最高的一棵树，也是我最难以忘记的一棵树。由于离家较远，我很少到那里去。去了几次，也是专门看那棵树的。那的确是能够称之为“王”的树，没有谁能够估出它究竟有几百年的历史，密麻麻的树枝撑起大块浓荫，几乎有半亩地的面积。即使是将上面的树枝插在别的地方，也完全能够成为一棵参天大树。你想想，那究竟是多么大的一棵树！当然后来，也在人们的视野中消失了。据说，为了放倒那棵树，十几个人整整忙活了半个多月。

在我的家乡，消失了的百年古树还有很多。有的是天灾，但大多数是人祸。人，当然比天灾厉害，人们连“天”都能胜，别说是一棵树了。这些年来，每当我想起那些消失了的大树，都会使我莫名的伤感。那些参天古树，经历几十年甚至上百年的风摇雨沫，日晒夜浸，能够幸存下来，是多么不易！他在我的心中已经不仅仅是一棵树，也不仅仅是一处风景，而更像传说中的一方山神土地，默默地守护着一方水土；也像是一位老人，记载着年轮的更替，世事的变迁。

我常常将那些树与人放在一起来比较。因为树和人都是有生命的，都会有衰老的一天。一个人进入老年以后，就需要我们小心呵护，树也是一样啊。而现在，我们的视野里能够称得上古树的，已经很少见到了。

说到对古树的保护，我不得不提一下我仅仅只匆匆见过一面的一棵树。那是三年前我去白河的路上，汽车飞一般在柏油马路上奔跑，忽然一棵硕大的古树呈现在眼前，令人惊奇的是：它竟巍然耸立在马路的正中央！当时由于坐在车上，这棵树只是在眼前一闪而过，我并没有看清那棵树的具体形象，甚至连它是一棵什么树也不知道，但它却一直印在了我的大脑之中。我为这棵树在如此特殊的环境中能够存活下来而感到十分庆幸，但我更对这棵树的保护者们怀着无比的敬仰之情；如果这棵树有知的话，它也一定会为人类对他的博爱心怀感激。假如人们都能像当年修建这条公路的建设者们那样关爱古树，那真是古树们的幸运，自然也是我们人类的幸运！

（于2007年发表于《安康日报》）

感受幸福

早上起床出门，外面已是一片银色的世界，天上仍飘着雪花。不一会儿，太阳出来了，纷纷扬扬的天空变得五彩缤纷。儿子早已在院坝边堆着雪人，见我在欣赏雪景，便高兴地叫道："爸爸，你看我堆的雪人像不像?"我一边说"像，像，像极了。"一边抱起儿子在他冰凉的脸蛋上亲个不停……

这雪，这景，景中的我和我眼中的儿子，多么美丽，多么迷人。这一刻，我感到我是世界上最幸福的人。

春天来了，小草蓦然间绿了庭院，山花渐渐地漫了遍野，我禁不住走出斗室，邀上三五个伙伴，或野地里奔走狂欢，或坐下来听鸟唱虫鸣，闻花香阵阵，多么惬意又赏心!

紧张地工作一天，心也疲，体也累，可是到了晚上忽然接到远方朋友打来的电话，或道一句珍重，或报一声平安，平平淡淡中却见了真情。便想：远隔千山万水，竟然有人牵挂着我，关心着我，这是多么值得珍惜的幸福!

星期天来了，当绿衣使者送来了报刊，当我从报刊上看到了我的名字——绞尽脑汁写出的文章终于变成了铅字的时候，我又一次感到自己无比的幸福……

生活是幸福的，活着是幸福的，幸福无时不在，幸福就在你我的身边。只要你用心去感受，你便会觉得每时每刻都生活在幸福之中。

（发表于1996年3月29日《安康日报》）

艰难的集报

像我这样爱爬格子的人，大概都有集报的嗜好。因为绞尽脑汁辛辛苦苦弄出一篇文章在报纸上发表了，总想有一张“铅印”保存下来。这并非为了做资本向人炫耀，大多是为了留个纪念而已。可如今多数报刊都没有向作者赠寄“样报”的习惯，寄出一篇稿子，往往数月甚至一年半载后忽然收到报社寄来的汇款单，才知道你的文章发表了。有时候甚至连给哪家报社寄过什么文章都难以回忆起来。对作者来说，谁也不可能将所有的报纸如数订阅。所以要想得到那张报纸，便不是一件容易的事了，往往要费许多周折。

为了集报，我和邮电局的工作人员关系最为密切，因为我常常要请他们给我提供集报的线索。各个大小机关单位的办公室更是我最爱出入的地方。而我一走进办公室，眼光便不由自主地在挂报纸的墙上溜来溜去。然后就装模作样地拿下报夹一张张翻看。一旦发现有我“大名”的报纸，或明明白白索要，或鬼鬼祟祟藏于腋下乘人不备溜之。

为了集报，我还花去了不少冤枉钱。当我在力所能及的范围内实在无法找到的时候，便把最后的希望转向报社编辑。写几句言辞恳切的信，再附上报纸工本费及邮资。这办法能使多数编辑大发慈悲，满足我的要求。但也常常泥牛入海，赔了时间又折金。

集报如我者，还常常被人疑为脑袋出了毛病。因为即使垃圾堆上脏兮兮皱巴巴的报纸我也忍不住捡来翻看。有一次，我收到某家大报寄来的三十元汇款，可我用完了所有的伎俩均未找到那张报纸。半年后我忽然在一农家的墙壁上发现了。我顾不得身边朋友对我的白眼，便找来小刀极尽小心地一点点往下揭，然后又用其他报纸将那揭起的空白补上……

集报虽然如此艰难，但也乐在其中。每当找到一张心爱的报纸，吃饭也香，睡觉也甜，这是旁人无法体验的。当然如果报社能够多受点麻烦，哪怕少给点稿酬，给作者寄一张报纸，那是再好不过了。

（发表于1997年5月9日《陕西日报》）

接受感动

我易受感动——读书时，常被书中悲欢离合的情节感动；听音乐，常被音乐中大起大落的旋律感动；看电影，我总是被里面跌宕起伏的故事感动……

现实生活中，我更是无时无处不被深深地感动。我曾见到一个失去双臂的人用牙咬着笔在大街上写字卖钱的情景。尽管那字写得并不精彩，可我还是毫不犹豫地买下了他写的一幅字；乘车途中，当我见到一农夫倾其囊袋仍找不够车票钱，售票员赶他下车的时候，我便自觉地从身上掏出并不丰满的钱夹；我还见到一个双目失明的老人拄着拐棍摸索着挑水的情景，当我了解到老人被儿子们遗弃后过着寡居生活时，我找到他那不孝的儿子理论，结果反挨了人家一顿臭骂；小时候，曾经有一个姑娘在我饿极的时候给过我一块芝麻糖，我便在心里发誓：长大后一定娶她为妻……这一切，无不缘于感动。也许我在本不该感动的时候感动过，甚至还会被生活中的假象感动过，但真情总比假意多，我无怨无悔。

我永远不会忘记这个故事——

1912年，英国豪华客轮泰坦尼克号在驶往美国的大洋上触冰将沉，乘客史密斯夫人的两个孩子被抱上了快超载的救生艇，她却不能再上了。眼望这生离死别，她绝望地哭道："我是他们的妈妈呀！"这时，已坐上救生艇的一位女士毅然起身，决意用自己的生命替换史密斯夫人。她坦然地走下救生艇，重新回到将沉的泰坦尼克号，只留下最后一句话："孩子不能没有妈妈。"这位女士被永恒的母爱感动。这感动多么悲壮，多么震撼人心！鲁迅也曾被一车夫扶助摔倒女人的事迹感动了许多年，并为此写下脍炙人口的名作《一件小事》。

生活中，不能没有感动。就像我们不能没有冬日的阳光夏日的绿荫一样。多一份感动便会多一份爱心；多一份感动，便会多一缕温馨。无法想象，如果每个人在该感动的时候不能被感动，或者感而不动，那自称自然界最具有灵性的人类将会变得何等冷漠！为了人际之间变得更加美好，愿我们都能主动地接受感动！

（1995年5月发表于《陕西邮电报》《安康日报》《三秦都市报》等报纸）

马烽的对联

人人都会老。人老并不可怕，可怕的是人老了以后而没有一个良好的心态。一个淡泊名利、积极乐观的人，即便进入垂暮之年，也能让人感受到无限的活力。欣赏著名作家马烽晚年所写的对联，便给人这样一种感觉。

马老编写的对联全是大白话，浅显易懂，读起来却余香满口，趣味横生。如1994年春联：“过了七个狗年，老当益壮，不可能；奋斗半个世纪，继续革命，没问题。”这一年正是狗年，马老已经七十二岁。从生理上讲，老当益壮当然是不可能的，但作者旺盛的工作热情却显而易见。1995年马老调回山西老家，这年他在对联中写道：“调进京，调出京，服从分配；未开花，未结果，叶落归根。”横批：“回来就好。”回到老家，马老即办了离休手续，于是在1996年马老又写下这样一副对联：“年老体弱，心有余而力不足；因陋就简，热无多且发萤光。”1997年：“五官磨损，勉强可司职；四肢老化，凑合能运行。”横批是：“这就不赖。”一个豁达、幽默的老者形象跃然纸上。

1998年前后，马烽的老战友李束和孙谦先后辞世，他俩都只活到了七十六岁。不久，老诗人王玉堂也无疾而终。马老谑称七十六岁是山西文艺界的“坎儿”。1999年马老也过了七十六岁，这年他在对联中写道：“闯过七十六周岁，超越孙李，已成定局；迈向九十一高龄，寿比王老，无此可能。”横批：“顺其自然。”最后，让我们再看看今年马老所写的对联：“跨越两世纪，可谓高寿；步入新纪元，从一算起。”横批：“大小由之。”这些春联是作者真实心态的自我表白，其间自信、从容的精神境界无不让人受到感染。

乐观是延年益寿的最佳良药。望所有的老年朋友都能像马老先生那样一切“顺其自然”，快快乐乐、潇潇洒洒地度晚年。

（发表于2000年6月9日《陕西老年报》）

美丽的小鸟

昨晚下了一场雨，早上的空气格外新鲜。乡政府大院里，人们一边品茶一边欣赏着美丽的晨景。

不一会儿，天空中忽闪忽闪飞来了两只小鸟，落在了房檐上。人们的目光不由得被吸引过去。如今大量使用农药，鸟类原本就很稀罕了，虽是在乡下小镇，也很难见到这么漂亮的鸟儿。

这是两只很小的鸟，黑白相间的羽毛，红艳艳的小嘴叽叽喳喳叫个不停，好像在为如此美丽的早晨唱着赞歌，又似情人之间在亲切地说着情话。那模样，那神态，让人顿生怜爱之情。

它们依然欢快地倾诉着。也许它们像人类一样，像才结婚的小夫妻一样，憧憬着美好的未来，商讨着怎样建造好自己的小窝，谋划着如何在小窝里培育自己的孩子……总之，它们完全陶醉在自己的世界里，周围的一切也许被它们忘得干干净净。

忽然，只听“砰”的一声，一只鸟箭一般射向半空，另一只化作几缕美丽的羽毛，纷纷扬扬……

“中了，中了！”

“好枪法！”

“真不愧为神枪手！”

正当人们赞不绝口的当口，那只幸存的鸟儿又飞了回来，在原来的地方跳来跳去，一声声嘶叫着。无疑，它是在寻找自己的伴侣。它的伴侣刚才还好端端地和自己亲切地交谈着，怎么那一声响过后就不见了呢？

终于，它发现了房檐的瓦片上有一个破碎的尸体，那是它的伴侣！它一下就扑了过去，发出歇斯底里的哀鸣。它想不通，那一声响怎么就那么残酷，那是人类干的么？可我们并没有伤害他们呀？他们为什么要这么干呢？

的确，它无法弄明白，它甚至丝毫也不知道人类的枪口又向它自己对准了。

又听“砰”的一声，又见几缕美丽的羽毛，纷纷扬扬……

一切归于宁静。早上的空气仍很新鲜，风景似乎还和原来一样。

（发表于1997年8月2日《安康日报》）

面对尴尬

生活中，常常会遇到一些意想不到的尴尬，即使你处处小心，事事提防，它也会毫不留情地于不经意间在你头上降临。

在公园里，你见到一个熟悉的背影，以为那是你久违的朋友。于是你悄悄走近，一巴掌拍在“朋友”的肩上。“干啥?!”随着一声惊呼，你傻眼了——那不是你的朋友。

外出郊游，忽有一大人物向你迎面走来，极热情地微笑着，并向你伸出了温暖的大手。你受宠若惊，慌忙将手迎了上去。然而，大人物却将手伸给了你后面的人。

吃了朋友们的几回“请”之后，你也决定慷慨一次。在餐馆里，你极为潇洒地点了一大桌美味佳肴。事毕，当你叫来服务员买单时，才发现出门时换了衣裳……

凡此种种，不能不使你尴尬万分，窘迫万状。

面对尴尬，有的人惊慌失措，有的人打肿脸充胖子，甚至还有的人觉得丢了面子，并从此一蹶不振。其实，这都不是明智之举。有个朋友曾给我讲过这样一件事：他说他在结婚典礼上向宾客致谢时讲道：“因为我这是第一次结婚……”刚说出这一句，台下便响起一片笑声，他立即意识到自己失言了。但他很快冷静下来，待笑声过后，马上接着说：“虽说是第一次，但也是最后一次，因为结婚对大多数人来说一生只有一次，所以不可能积累经验，难免有许多招待不周之处……”说完，下面报以热烈的掌声。这番话尽管够不上精彩，但毕竟掩饰了当时的窘态。

许多伟人们在尴尬面前，往往运用渊博的学识和敏捷的才思，只需“幽他一默”，便可出奇制胜。曾有一个外国记者问周总理，中国人为什么把公路叫马路。周总理深谙问者用心，坦然答道：“因为我们走的是马克思主义道路。”此答不能不令人称绝。

可见，在尴尬面前，只要冷静对待，善动脑筋，并非找不到可下的台阶。即使万一陷入绝境，你也不必作为一块心病，没完没了地自责自怨，不妨豁达一些，大度一些，因为谁都难免有尴尬的时候。

（发表于1997年4月22日《人生报》）

面对缺憾

我和朋友A君十年前曾赌咒发誓，他说他在三十岁时非当上县委书记不可，可我则说到那时候非弄个“著名作家”的头衔风光风光。如今我们都早过了“而立”之年，他却还只是一个小小的乡长，而我虽常有文字见诸报端，但终没有一件像样的作品可供炫耀，更不知作家的桂冠戴在头上是何种感受。当我们谈及彼此的感受时，我那乡长朋友却以十分老练的口吻说道：“理想归理想，现实归现实嘛。”

是的，人应该有理想，并为之奋斗，但最终能否实现并不是首要的，只要努力了便问心无愧。

你也许和我一样，生就了一副臃肿而矮小的身材，于是你千方百计想办法弥补。比如你减肥，专挑竖纹的衣裤穿，专买半尺高跟的鞋……你以为这样便挽回了“损失”。可是朋友，你是否知道：拿破仑只有一米五一，卓别林只有一米六，赫鲁晓夫也只有一米六五，但他们哪个不是世界级风云人物？这些举世闻名的大人物都没有高大的身材，何况我等？

别羡慕那些一掷千金的大款。他有钱，但不一定轻松；我穷，但我很安全。别眼馋别人如花似玉的妻子。他妻子漂亮，人前他引以为骄傲，人后却提心吊胆；我妻虽非美女，但很温柔，尤其她对我的那份忠贞，即使我走十万八千里，也一百二十个放心。

完美的人生只是梦中的风景。面对天生的缺陷，后天的遗憾，多一分豁达，多找些理由安慰自己，更好地享受生活吧！

（发表于1995年8月7日《家庭报》）

七夕节的联想

每年七夕来临，我都会产生许多联想——

首先，我会想：我们的祖先渴望爱情自由的愿望何等强烈，他们至死不移的爱情观多么可敬！有人可能会说：牛郎织女的故事只是传说，能当真吗？但请朋友们想想，一个明知是假的故事，能够百年千年地被人传颂，这说明什么？说明古人追求爱情自由的愿望、对爱情忠贞不贰的态度是真的呀！

其次，我会想：中国古人追求真爱、珍惜缘分的精神让人敬佩。牛郎与织女，家庭条件、政治背景都有着天壤之别，是真正的门不当户不对，但他们却爱得那么惊天动地，即使王母娘娘施展法术划定天河，也阻不断两个有情人一年一度的鹊桥相会。如此坚贞的爱情，天下无敌！由此还可看出，他们多么珍惜缘分，他们所追求的爱情是多么纯粹，纯粹到不考虑任何外在因素，爱情就是硬道理！

第三，我会想：中国古人的想象力多么丰富！在那么久远的年代，我们的先人就能杜撰出如此曲折浪漫的爱情故事，可见想象力是何等丰富！这同时还说明，中国自古就是一个追求浪漫爱情的国度啊。

七夕节，还让我想起一些谚语，如“一日夫妻百日恩，百日夫妻似海深”“百世修来同船渡，千世修来共枕眠”等等。当今世界，还有几人知道这些谚语？还有几人真正明白这些谚语的内涵？

人生小感

深沉

人们评价男人，常有深沉与不深沉之说。但却很少有人探究深沉的本质。

大海的壮阔是一种深沉，苍山的伟岸是一种深沉，大漠的旷远也是一种深沉。

深沉是一种修养，一种气质，是智识与品行的综合体现。深沉不是人人都能做得，更不可能随便“玩”来。

深沉并不是深不可测。犹如一潭死水，你不知道里面藏了些什么，因而你便不能盲目地做出深沉的结论。

（发表于1994年11月5日《安康日报》）

含蓄

文学艺术、电影艺术、舞蹈艺术……可以说，一切艺术都讲究含蓄。人生也是艺术，同样离不开含蓄。含蓄的人生才魅力无穷。生活中，如不讲究含蓄，往往会给自己带来意想不到的麻烦。

有一个青年厨师，爱上本单位一个女孩。为了表示爱意，他就在每次打饭菜时当着众人的面给予优惠。女孩觉得伤了自尊，便在又一次打饭时，当着同事的面将饭菜倒了回去。弄得厨师尴尬万分。

有一个男孩，在给姑娘的第一封求爱信中，便火山爆发式地将爱慕之情诉诸笔端。结果，原本很有希望的爱情却胎死腹中。

有一个下级，当听到某领导将“造诣”读成“造旨”时，当着众人的面给指了出来，领导不仅没有表示谢意，反而隔三岔五地给他小鞋穿，原本能够得到提拔重用的他却始终是个最小的职员。

类似这样令人遗憾的例子很多很多。

含蓄也应有度，需要恰如其分地把握。曾经有一个女孩，遇到一位本来心里十分倾慕的男孩子。她知道男孩也很爱她，并多次收到男孩发来的“特别信息”，可她却从来没给男孩一个明确的答复，直到那男孩失望地做出了另外的选择……

这样的教训同样不胜枚举。

含蓄不是含糊其辞支支吾吾。含蓄是一种境界，需要智慧，需要集渊博的学识、高尚的情操、美好的修养于一身。只有在生活中不断追求和探索，才能真正焕发出含蓄之美的光环。

（发表于1994年11月5日《安康日报》）

圈套

前不久，在报上读到一则颇为有趣的故事：某君行走，忽见几捆大额钞票置于道旁，慌忙拾起。然尚未挪步，忽又几人尾随而至，说：“见财有份！”某君见状，速将身上原有的数百元悉数分与来者。当走回寝室清点捡到的钞票数目时，方知除表层一张外，其余均系废纸。

由此，我想起小时候套麻雀的故事：用一根小树杈将筛子撑起半边，再用长麻线拴在杈子上，然后在筛子下面撒几把米糠做诱饵，一个小小的圈套就形成了。

接着，我们便隐蔽起来，一双小手紧紧地攥住麻线一端，等候麻雀往筛子里钻。这是最让人激动的时刻：一双眼睛眨也不眨的盯着筛子，连大气也不敢出。当饿极的麻雀东张西望，鬼鬼祟祟地钻进筛子正待啄食的时候，我们突然将麻线一拉，贪食的麻雀立即就被扣在筛子下面，成了我们的俘虏。

那时我们总笑麻雀太傻，那么轻而易举地上了圈套。如今想来，太傻的岂止是小小的麻雀哩！

（发表于1994年10月8日《安康日报》）

限　制

限制即约束，因而人们总是反对，但又处处受到限制。

火车倘无轨道的限制就会脱轨，飞机没有航线的限制就要失事，江河没有堤岸的限制就会泛滥成灾……

看来，恰当的限制不但有益，而且必不可少。

（发表于1994年11月5日《安康日报》）

旅　途

流水把我冲到你的身边，与你相遇相撞击。

撞出了多少个绿色的希望？

撞出了多少个清幽的梦境？

带着希望也带着撞伤，我继续被水浪冲击着向更远的地方翻滚

一个又一个你，一次又一次地……

啊，遥远的旅途，我还会与多少个你相遇相撞击？

（发表于1987年5月《安康日报》）

曾 经

曾经，你如一只粉红的蝴蝶款款飞来，轻柔缥缈，宛若温馨的梦境。

我于是告别酷暑告别孤寂张开沉重的翅膀飞进那片我早已向往的浓荫……

在一个大雪纷飞的日子，你如一只蝴蝶悠悠飞去，轻柔缥缈，宛若迷蒙的梦境。

追逐梦中的蝴蝶，我沉重的翅膀任雪片堆积。

雪野茫茫，西北风刮得很紧，很紧……

（发表于湖南1990年第6期《蓝溪文学报》）

生日的感动

早上起来，洗漱完毕，烧一壶开水，再冲一杯茶，接着便把电脑打开，先登QQ，看看有没有重要的留言；再打开六点报，浏览收藏的报纸，看看有没有发表自己的文章；接下来，点“收藏夹”，首先打开“OK华语论坛”（老坝口论坛），发帖回帖。这，已经成了我每天的必修课了。

可是今天早上，当我打开“OK华语论坛”，在首页上，“晓船歌今天过生日啦！”的红字标题立即吸引了我，让我感到一阵惊喜，几天来郁闷的心境随之豁然开朗。

发这个帖子的是摇曳的纸玫瑰，她肩负着管理博主俱乐部、方言歇后语、影视碟影、辣评杂谈等多个版块的重任，是论坛里资格最老的人物之一，同时也应该是最忙碌的人物之一。记得她当时统计会员生日的时候，我开玩笑说：你统计这有什么用呢？我就不相信到时候还有哪个能记住我的生日！可是，当我自己都忘记自己生日的时候，却真被人记住了，并且这个人远在江苏，从未谋面，连真实姓名都不知道。不仅记住了，还专门发帖祝贺，怎能不感动！

打开一看，帖子的下面霓虹闪烁、听泉、飞花溅玉、悠然等论坛文友也早已发表了祝我“生日快乐”的回帖。

我的农历生日早已过了。农历生日的头天晚上，在外务工的老婆特意打电话安排，要求我第二天请人帮忙备一桌菜，再找三五相好陪我痛饮几杯；第二天早上，又有朋友在第一时间发来祝福短信或打电话祝贺；到了下午，朋友真的帮忙备了酒菜，邀来一桌好友大喝了一番，喝得我醉眼蒙眬，飘飘欲仙，优哉游哉。

说实话，本人对生日原本并不多么在意。但几十年来，虽碌碌无为，却结交不少人生知己，这是我今生最宝贵的财富。朋友们都能如此这般关心，都能记住我的生日，我怎能不在意，怎能不感动，怎能不万般珍视！

2013年4月20日上午9时

说声“对不起”

“对不起，您拨打的用户正在通话中，请您稍后再拨。”每次打电话遇到占线，你都会听到这亲切的话语。尽管这是输入电脑的固定语句，但那柔和的女音，听来仍让人感到舒服而亲切。

这使我想起十年前的一天，我在一家商店购买东西。顾客很多，女售货员显得十分忙碌。我在柜台前站了快半个小时，已经打过两次招呼，每次售货员都说：“对不起，马上来。”可许多后来的顾客都买到了称心的商品满意地离去，而我却仍被晾在一边。我窝了一肚子火，怒气冲冲地对营业员说：“喂，你想让我等到天黑是不？”这时，她如果出语稍有不恭，我就打算豁出去跟她大吵一架。可她却仍然微笑着做出一副十分抱歉的表情，说：“实在对不起，让您久等了，这就来……”虽说“这就来”，其实我又至少等了五分钟，但我纵使满腔怒火，也无法表露出来。

还有一次，我骑车在某城逛街，忽然一横穿马路的摩登女撞到我的车把上，我险些摔倒，那摩登女也打了个趔趄。我们都停下来，相互瞪着对方。一些好事的人以为有热闹可看，便呼啦一下子拥上来将我俩团团围住。这时我想，虽然事故的主要责任并不在我，但如果我说话稍有不慎势必会引起一场争吵，而一听我这外地口音，“舆论界”肯定会倒向对方。再说为这点小事又不可能去劳“大盖帽”的驾。于是我主动对摩登女说：“真对不起，小姐，让你受惊了，请原谅。”果然奏效，那小姐很大度地对我说：“没关系，我也有责任。”说完后离开了人群。那些赶来看热闹的观众只好一个个失望地散去。

人无完人，谁都有做错事的时候。当你误解了别人，说声对不起，也许再大的隔阂也会消除；当你无意中伤害了朋友，说声对不起，也许就能得到他们的宽恕……

同样的道理，许许多多的唇枪舌剑，许许多多的血肉相搏，只需简单地说声“对不起”，便可以避免发生。

朋友，乐于向人说声“对不起”吧。那不是软弱，更不是卑贱，而是大度，是气质，是美好的修养，是我们苦苦追寻的一种美德。

（发表于1994年8月13日《陕西日报》）

特殊的母子

一直以为只有人类的母爱才是最伟大的。但是自从我遇到那对特殊的母子之后，我才发现我的这个看法并不是完全正确的。

这对特殊的母子——母亲是一位狗妈妈，儿子却是一只猫宝宝。我见到时，这只猫宝宝已经快满三个月了。

但凡农村养过猫的人都知道，猫宝宝生下来需要四个月左右才可以出窝（即离开母亲独立生存）。可这只小猫在来到“猫”世上还不到一个月，一场意外，失去了母亲。

不满一个月的猫宝宝除了吃奶，还没学会吃其他任何东西，主人不论喂什么它闻都不闻一下，一天到晚就那么“喵——喵——”地叫着，声音很微弱，很孤独，也很凄婉。

小猫凄婉的叫声引起了一位母亲的注意。这位母亲便是刚刚失去幼崽的狗妈妈。

人们都知道，狗和猫虽然都是家畜，但他们的性情差别很大，很少见到在一起友好相处。然而，这只狗妈妈在听到小猫的叫声之后，却默默地来到小猫的身边，像呵护自己的孩子一样，怜爱地舔舐着小猫的全身，小猫也不知道害怕，反而乖乖地享受着意外得来的幸福。接下来，意想不到的事情发生了——狗妈妈躺在了小猫的身边，并将一只后腿微微抬起，有意向小猫露出了微微泛红的乳头，而小猫则心有灵犀似的，很快便匍匐在狗妈妈腹部，对着狗妈妈的乳头张开小嘴大口大口地吮吸起来……

从此后，这对特殊的母子形影不离。晚上他们就歇在一个窝里。白天，狗妈妈走到哪儿，猫宝宝就跟到哪儿。饿了，猫宝宝就会很主动地钻到狗妈妈的怀里去吃会儿奶，吃饱了还常常要戏耍一番——或用小爪子给狗妈妈挠痒痒，或用小小的舌头在妈妈身上这儿舔舔那儿舔舔，或在妈妈身上蹦蹦跳跳，或在妈妈身上睡觉……

那情，那景，不论是顽皮淘气的猫宝宝，还是温良憨厚的狗妈妈，给人的感觉都是非常幸福，非常温馨!

这是发生在陕西省平利县老县镇一个普通农家的故事，这家主人的名字叫陈世贵。是我在去年9月的一天下乡检查工作的时候偶然遇到的。

（发表于《安康文学》及《旅途》杂志）

天使的呼唤

——农家女失学情况调查与思考

农村，尤其是贫穷落后的边远山村农民子女失学问题，已成为当今一个十分严峻的社会问题。虽早有智者发出了呐喊，敲响了“救救孩子”的警钟，但问题并没有得到彻底解决，而在大批的失学队伍中，又以女孩子居多。

一

陕南某县1994年应受教育人数58728人，其中女生28088，占47.8%；1994年底实际在校人数分别为：小学24262人，其中女生10966人，占45.2%；中学生6036人，其中女生1871人，占31%；职高449人，其中女生148人，占33%；全县在外地上学的大中专生共268人，其中女生58人，占22%。以上在校学生总数为31815人，占应受教育人数的54%；而在校女生只有13043人，占在校学生的40%，占应受教育女生人数的46%。

以上数字说明：一，全县有15045名女孩子应在校读书而未能在校，其中每百名失学的孩子中，女孩占57名。二，女孩子失学的比例从小学到中学呈急剧增长趋势。女学生在校的比例由小学的45.2%降至中学的31%，而到大中专只剩下22%。

以下是某重点中学的具体情况：初中学生298人，其中女生108人，占36%；高中学生1992级23人，其中女生5人，占21%；1993级29人，其中女生6人，占20.6%。

二

农村女孩失学情况如此严重，原因固然很多，但从总的调查情况看，以下几个方面则是应引起我们特别重视的主要原因。

一是重男轻女思想在很大程度上还存在。中国是个有着几千年封建历史的国度。在封建社会，女人只是男人统治的工具，没有自由，没有地位。尽管历史的年轮已经驶入20世纪90年代，但根深蒂固的封建残余还占有一定的市场。在女性的基本权益没有保障的情况下，女孩子受教育的权利就更得不到保证。许多女孩家长认为，女子终究是女子，书读得再多，也成不了大器，不如学点过日子做家务的技能来得实惠。

二是文化的私有性观念，导致许多家长认为花钱培养女孩上学不合算。知识本来是社会性的。一个国家、一个民族文明程度的重要标志，就是这个国家、民族文化层次的高低。但是落后的农村，许多人则把文化知识看成是个人的私产，认为女孩早晚要嫁人，千辛万苦把她培养成文化人，结果直接受益的却不是自己。所以，许多家长只满足于让女孩识几个字，别人哄不了就行了。

三是急功近利思想，使一些家长认为让女孩子“没完没了”地读书，不如让她们趁早挣几个“现板”合算。时至今日，那些认为“读书无用”“知识不能当钱使”的人，仍不鲜见。特别在农村，持这种认识的人更为普遍。所以，往往女孩长到十四五岁，勉强有了劳动、挣钱的能力，便急不可待地让她们回家挣钱或外出打工。某中学1993级高中生仅去年一次性辍学外出打工的13名学生中，女生就有9名。某乡地毯厂125个女工中，14~17岁的就有69名，占55.2%。特别近年来，妇联、团委、人事部门等大量组织劳务输出，致使许多在校女生见飞出的“孔雀”一个个“旧貌换新颜”，便无法安心继续寒窗苦读，急不可耐地加入“南飞”的队伍。

四是女孩子本身缺乏自尊，没有立志成才的信心。女孩子自生下来，直至每个生长过程，父母们无不耐心传授她们许多做女孩的“规矩”，一切按照姑娘家应遵循的行为规范来要求。传统型的父母也没有能力教导她们树立自尊、自强及男女平等的意识。因此，她们自小就明白了这一条“真理”：女的就是不如男的，再努力也白搭。加之现阶段的确没有把女性的位置摆正，不论招工招干，优先考虑的总是男性。这不能不使一些“聪敏”的女孩感到失望：书读得再多，也不一定能派上用场。

第五，归根结底，还是农民太穷了。十多年前，农村女孩受教育人数比例远远大于当今。那时虽比现在穷得多，但学杂费用都很低，即使上高中，一年也就几十块钱完事，甚至一点钱没有的，国家还发给助学金。现在农村经济虽有了飞速发展，但农村经济收入增长的比例远远没有学杂费的增长比例大，况且许多农民还没有很好地解决温饱问题。他们在无力供养两个以上孩子上学的情况下，为了让男孩有出息，唯一的办法便是让女孩辍学以保证重点培养男孩。

三

从下乡调查到现在，已经有很长一段时间了。可我总是忘不了以下那一幕幕情景——

在河东乡某村，有一个二十四五岁的女人，看样子很能干，人也俊俏。她丈夫是一个事业心极强的人，几年时间将一个只有几千元底子的个体企业发展为拥有五十余万元固定资产、二十余万元流动资金的企业。她爱、她佩服自己的丈夫，可她的丈夫最近却提出了离婚的申请。原因是她不识字，事业上无法支持丈夫，连简单的账目也不会记。“我不想离，他给我再多的钱我也不想离……”说到这儿，泪水已经成了断线的珠子。

在某校一位教师家里，我见到一个十六岁的少女，她正追着孩子玩耍，她是这家的保姆。我问："你咋不念书呢?"听到问话，她脸上的笑容马上被忧郁代替了。她告诉我，她姐弟二人，在校都是学习尖子。去年双双都考上高中和初中，可家里负担不起，虽东挪西借，也只勉强凑够一人的学杂费。为了让弟弟上学，她不得不告别令她十分留恋的校园。她对我说："这辈子算了，看下辈子咋样?"她没哭，但我分明看到那双渴盼的大眼里闪动着莹莹的泪花。

荆平乡某村一女孩，从上初中起就立志考出去。几年拼搏，终于在去年秋天收到了某某院校的录取通知书，可当她得知光报名就得几千元时，一下子傻了眼，窘困的家庭，使她明明白白地知道，自己的大学梦破灭了。

面对大量农村小天使失学的残酷现实，我的心情怎么也平静不下来。在历史即将走向下一个世纪的今天，我们还有无以数计的女孩子连上学的机会都没有，这不能不令人震惊，也不能不是一个摆在各级领导、各界人士面前的一个急需解决的重大课题!

（发表于1995年第8期《民意》杂志）

外婆的草鞋

每年夏天，我都要穿上几双草鞋。而每当我穿上草鞋，就会引起同事们纷纷议论，有说我“标新立异”的，有说我“故作寒酸”的。是的，如今除了庄稼人以外，还有谁会穿草鞋呢。然而，我却对草鞋始终怀有一种难以割舍的情思。

我是穿着外婆编织的草鞋一天天长大的。

我穿草鞋始于上小学的时候。那时家里穷，买不起做鞋的布料，更甭说塑料凉鞋。于是外婆便给我打了第一双草鞋。那双草鞋的模样我至今还记得，因为它是那样的与众不同：首先底子是清一色的龙须草，光溜溜平展展的；其次，所有的“耳子”都是用细布条扎上的，草鞋的后跟又特意用碎布片缠了一道。我知道，这是外婆怕我人小肉皮嫩以免磨破了脚的缘故。穿上走路果然没有一点儿不舒服的感觉。后来穿多了，即使再粗糙的草鞋也磨不坏我的脚，但在给我打草鞋的时候，外婆还是要格外地细心些。

我不但穿着外婆的草鞋长大，而且我从小学一直到高中的学杂费也都是外婆的草鞋换来的。我们属于人多劳少的家庭，工分挣得少，粮钱分得少，生活是最困难的。为了不让我像祖辈那样当“睁眼瞎”，外婆便打草鞋卖钱供我上学。

外婆的草鞋因做工精细、样式美观、经久耐穿而十分抢手。村里的成人没有谁没穿过外婆的草鞋。谁的脚肥大，谁的脚瘦小，外婆都了然于心。因此，不管谁都能在外婆的手上买到称心如意的草鞋。当时一双草鞋只能卖八九分钱，可人们宁愿出一毛钱也要买外婆的草鞋。

在我的记忆中，外婆是全家最忙碌的人。她除了做饭喂猪以外，几乎全部时间都在打草鞋。那个打草鞋的坐板，被外婆磨得红艳艳的，光可照人；草鞋耙子的齿儿换了一茬又一茬；腰上系攀绳的地方补疤补了一层又一层；手上的老茧像涂了厚厚的黄蜡……可以说，如果没有外婆的如此勤劳，没有她那用勤苦换来的一沓沓角币，便没有今天不但具有中等文化而且还能经常在报刊上发表文章的我。

如今，外婆早已离开了我们，我再也无法穿到外婆打的那样舒适的草鞋了。但我对草鞋情有独钟，却是永远也改变不了的。

（发表于1995年8月19日《安康日报》）

我的美食

我的美食，不是山珍，也不是海味；不是宾馆里的高档席面，也不是某一个地方最有名的特色小吃。

我的美食没有响亮的名字，也没有华丽的外表，它们大多默默无闻，土里土气，但却是不含任何添加剂的食品，是没受到丝毫污染的食品，是吃了之后绝对养身子保健康的食品。

我的美食，仅仅只是我眼里的美食，只是我几天不吃就常常想念的美食，而一旦吃起来，就是撑疼了肚子还不想放下碗筷的美食。

我的美食，有的是主食，就是没有下饭菜也能吃得余香满口；有的只是一道下饭菜或下酒菜，有了这个下饭菜或下酒菜，不论吃什么饭，喝什么酒都香甜无比，滋味无穷。

在我的美食中，有的只要你想吃随时都可以吃到，而有的却只能在梦里回味了。如今，生活条件已经好得没话说了，想吃啥都有，啥都买得起，可有些东西你即使再有钱，也买不回来。在我的美食中，有的便是这样的命运。

面鱼儿

面鱼儿，也有叫漏鱼儿的。虽有一字之差，意思是一样的。

说面鱼儿，得先说说搅团。搅团，也是一种特色饭食，只是我对它的吃法不太喜欢，所以未列入“我的美食”当中。

无论是搅团还是面鱼儿，都得事先准备好酸菜汤，就像臊子面一样。

搅团的用料，一般为玉米面或豌豆面，其他杂豆面也可以。做法是将水烧开后，将面粉放入锅里不停地搅拌，直到搅成糨糊一般。其要点是必须搅得非常匀，不能太稠，也不能太稀。吃的时候，先将舀在钵里的搅团像菜一样放在桌子中间，然后每人盛一碗酸菜汤，再将搅团一勺勺舀在酸菜汤里浸泡一下，再捞起来吃。这是搅团。

面鱼儿多一道程序。得准备一把专门用来做面鱼儿的瓢。在农村，一般都是将葫芦瓢用火锥烙些密密麻麻的比小拇指还要细点的眼就行了。做的时候，先盛一盆凉水，再将搅团舀在带眼的瓢里，端在凉水盆的上面，用勺子轻轻地压压，那眼里就不断地漏下小面团，有点像蝌蚪，更像是水里的鱼儿。经过一段时间的冷却后，就可捞在碗里，加上事先炒好的酸菜汤，即可食用。如果再配上一碗“踏”辣子，那是再好不过了，保准你吃饱了还想吃。

酸菜面

外地人作贱安康人：三天不吃酸，走路打窜窜。我虽不是正宗的安康人，却也对酸性食物情有独钟。特别喜欢吃的主食便是酸菜面。上十天不吃大米饭我无所谓，若三五天吃不上酸菜面，便想得不得了。

也许我这个人生就一副薄命，有时朋友请吃或其他方面的应酬，从几百元或上千元的酒桌上下来，回到家里还常常要让老婆再下一碗酸菜面。否则总觉得缺了点什么。

酸菜的制作方式大约有两种：泡或腌。泡菜须随泡随吃，时间长了就会变质；腌菜可以过冬，管得时间长。用来制作酸菜的原料也很多，芥菜、芹菜、白菜、豇豆、萝卜、萝卜缨子等等，都可制作出上好的酸菜来。

酸菜面的种类也多，挂面、扯面、刀削面、手擀面等。对于小家庭来说，能够常常吃到的，大概就是手擀面了。每个人的口味不同，有的喜欢擀得厚的，有的喜欢擀得薄的；有的喜欢切得粗的，有的喜欢切得细的。而我最喜欢的是那种擀得薄薄的、切得宽宽的那种。同时在农村，擀面还是女人技能的一种体现。能干的女人在擀面上是很有讲究的。比如在揉面时最显著的讲究就是要做到“三光”：一是手光，即把面团揉好后，双手是干净的；二是盆光，即揉面的盆子是干净的；三是面光，即揉好的面团是光溜溜的。擀面时也要做到用力匀称，擀得圆，边缘无豁，薄厚一致等。如今，几乎家家都购置了小压面机，想吃面食了，三锤两棒就解决问题，但总觉得没有用手和用擀面棍擀出来的面条有味道。

“踏”辣子

“踏”辣子是陕南方言，“踏”即捣碎，踏辣子就是用锤子将辣子捣碎，捣碎后的辣子也叫踏辣子。

这是一道菜谱上找不出来的下饭菜。在我家的餐桌上，几乎每顿都有这样一道下饭菜，或红艳艳的，或绿茵茵的。

红艳艳的，是用干辣椒“踏”制而成。就是将晒干后的红辣椒加上盐，放在辣子窝里捣成细末，然后再将大蒜瓣放在里面捣碎，使辣椒和蒜泥融为一体，再加水和成糊状即可食用。

事实上，最好吃的是绿茵茵的那种。其实就是用新鲜的青辣椒“踏”制而成。它的制作方式稍显复杂一些。在乡下，一般是将刚从苗秆上采摘下来的青辣椒用铁丝穿成串，放在锅洞的红火灰里烧熟，然后放在辣子窝里“踏”。否则不易捣碎，更重要的是吃起来不够香，且有一股青草味。此后的做法跟前面一样。如今烧柴火的少了，无红火灰可烧，有人便想出了另外的办法，即先将青辣椒放在锅子里爆炒一会儿，再进行“踏”制，虽没有红火灰里烧出来的地道，感觉上却也差不了多少。

玉米粥

玉米粥，在陕南安康，人们都习惯性地叫作“糊冻儿”，“冻儿”两字必连起来读，这样听起来才显得有些亲切的味道。

十年前，我写过一篇《想起玉米粥》的散文，抒发了我对玉米粥的特殊情感，在《陕西日报》发表，有读者看后大不以为然，说我那是“作”出来的文章。我怎么解释，人家都不大相信。人家不理解我，但我能理解人家。我们机关食堂，偶尔也会煮一顿玉米粥，有的人肚子撑疼了还想吃，但也有那么几个尝都不愿尝一口。这很正常。

我的青少年时期，正是缺吃少穿的年代，玉米粥是经常吃到的主食，不过那时的玉米粥总是煮得稀溜溜的，得端着碗喝的那种，或者就掺了很多的薅子野菜，如果能吃上一顿干一点、不掺菜的玉米粥，那几乎就跟过年一般。而且那时候的玉米粥，苞谷糁也比较粗糙，连皮也舍不得去掉，远没有现在加工精良。即使那样，我们照样吃得香甜无比。

如今日子好过了，同样是玉米粥，但比那时讲究得多。首先在对苞谷糁的选择上，就要选那亮晶晶、粗细一致的，这样口感才好；煮的时候要求大火煮，小火焖，焖得时间越长越香；此外，还往往添加少许大米、绿豆之类“佐料”。对于我来说，无论什么样的糊冻儿，即使不要一口菜，我也能吃得饱饱的。

浆粑馍

我已经很多年没吃过那种原汁原味的浆粑馍了。但在我的脑海里却经常映现出小时候在老家扳苞谷的情景，用手磨磨浆粑，摘桐子树叶包浆粑馍，用双手捧着浆粑馍狼吞虎咽的情景。

那时候由于青黄不接，往往苞谷还没有完全成熟，夏粮已经吃得所剩无几了，于是就把那勉强有七八成熟的苞谷扳回家来，然后用小手磨磨成浆粑。那时，只要是像样点的家庭都有小手磨，那是跟洗脸盆大小差不多的两扇，下扇是固定在有四条腿的木架子中间，磨心子有轴，上扇就套在轴上，中间还有对穿的眼，是进原料的地方，且边缘有坚木制成的“掌”，固定在边缘的一个豁口上，末端又有圆圆的眼。另外还有一个“T”字型的磨拐子，与磨连接的地方是个垂直的钩，顶端是一个小圆柱，刚好套在“掌”的圆眼里；“T”字一端就是推磨人使力的地方，即双手抓住“T”字那一横的两边，用力往前一推，随着惯性，上扇就转了180度到了左边；再用力一拉，又是180度到了右边，如此反复，一圈又一圈儿，从磨眼灌下去的苞谷粒就变成稠稠的糊状从磨缝里源源不断地溢了出来，浆粑就这样做成了。

磨浆粑是一件很累的活计，胳膊没有足够的力气，就完成不了。因此，我们小孩子往往只能打下手，就是不停地往磨眼里喂苞谷粒，并适时添加一些清水，以免磨出的浆粑太稠。

浆粑磨好后，装在坛子里搁置一段时间，就会慢慢发酵，变得有点酸，又有点甜，酸甜酸甜的味道，这时才是最好吃的。再到坡上摘些桐子树叶回来，包成三角形，在锅里烙熟了，再炕一炕，便可出锅。这时将桐子树叶剥开，馍的表面已起了一层薄薄的、黄亮亮的壳，树叶的茎脉清晰可见，闻一闻，芬芳四溢，还没入口，涎水早就流了出来。

这是原汁原味的浆粑馍。当然，还有其他的做法，比如加上调料，煎成油饼的；放在蒸笼里蒸成碗糕的等等，不论哪种做法，都好吃得不得了。可是，在那缺吃少穿的年月里，吃浆粑馍是很奢侈的，只是偶尔做一顿两顿而已。多数情况下磨出的浆粑是用来煮粥的，并且常常煮得稀溜溜的，抱着碗喝的那种，这样才更吃得出。也许正是因为那时连吃一顿浆粑馍都很不容易，才使我至今对浆粑馍念念不忘。

糊冻儿面

“糊冻儿面”是我们的习惯叫法，其实它还有一个比较雅的名字叫“鲤鱼钻沙”。

糊冻儿就是玉米粥，糊冻儿面就是在玉米粥里下面条。这饭看起来真有点稀里糊涂的，糊冻儿不是糊冻儿，面条也不是面条，但吃起来却真的很香。糊冻儿面的做法很简单：把水烧开后，先撒上适量的苞谷糁，煮一会儿之后，再把面条下到里面一起煮，最后再调入事先炒好的酸白菜或酸芥菜，再煮一会儿即可舀起来食用。

上述做法只能是糊冻儿面而已，它无法让人联想到“鲤鱼钻沙”。其实，制作“鲤鱼钻沙”的面条必须是用擀面杖擀出来的，也不能擀得太薄，面条要切得稍宽一点，两寸左右长短，这样与稀溜溜的玉米粥煮在一起，无论是煮在锅里还是舀在碗里就都有点儿像鲤鱼钻沙的模样了。

不知道是谁发明了这种饭食。但我猜测，这一定与过去生活困难有关。在我小的时候，大米、白面这类细粮就相当的匮乏，每顿饭都以粗粮为主，一年四季几乎吃不上一顿大米或白面做成的饭食。做米饭时总是掺上大量的苞谷、红苕、南瓜或其他蔬菜，做面食当然也要掺上其他的“佐料”。在这样的生活背景下，我们聪明的先辈们做出糊冻儿面这样的饭食也就不足为怪了。本来是一种稀里糊涂的饭食，一旦起上“鲤鱼钻沙”这样美丽的名字，便富有诗意和浪漫气息了。

酸拌汤

拌汤有酸的，也有甜的。“甜”是相对于酸而言的，只要不是酸味食物，都可以说成“甜”的，这是陕南安康一些地方人们区分食物口味的习惯叫法。

我最喜欢吃的是酸拌汤，特别是豆豆面酸菜拌汤。如果头天晚上喝醉了酒，第二天早上起来萎靡不振的，害了大病一般，这时候，如果能吃上两大碗豆豆面酸菜拌汤，精神立马就能抖擞起来。

酸菜要好。味要地道，颜色也要黄亮亮的，入口脆生生的那种。

拌得要匀。最好是拌成米粒般的小颗粒，尽量不要有大的面团。

稀稠适当。拌汤不似玉米粥，再稠都能吃。拌汤太稠，那就不是拌汤了，如果稀得能照得见人影子，吃起来也不来劲儿。

要佐以辣椒。吃入口中辣丝丝，吃得热气腾腾，吃得脸上冒汗珠，那才过瘾。

素饺子

饺子是大家公认的美食。不说吃，单是看那各种各样的形状——元宝形的、三角形的、月牙形的、钱包形的、小锁形的……就是一种十分美好的享受。

在我的青少年时期，一年四季天天盼望的美食莫过于饺子。然而，无论你怎么想怎么盼，一年也只能吃上两三顿饺子。在我的记忆中，每年的大年初一早上是必须吃饺子的，此外什么时候能吃上饺子那是毫无定数的。那时候，虽然十分穷困，但“过年豆腐”是必不可少的，每年过年家家都要做一两升黄豆豆腐，大年三十的年夜饭不能没有过年豆腐，初一早上包饺子也不能没有豆腐。也因此，那时候我吃得最多的饺子就是豆腐馅的饺子。此外，就是在夏秋季节，偶尔能吃上一两顿将洋芋或将四季豆铡成碎末包成的饺子。在整个青少年时期，我们几乎没有听说过有人会把大鱼大肉用来包饺子，更没有吃过一顿用肉类包成的饺子。所以，在我的意识里，只要提到饺子，无疑全部是那些用豆腐洋芋四季豆等素食包成的素饺子。

后来，随着年龄的增长，人们的生活水平也一天比一天高，饺子再也不是什么十分稀罕的食物，饺子的名堂也多得数都数不完，但我一直偏爱的仍然是那用豆腐、洋芋或四季豆等素食包成的素饺子。

猪血粑

我认为，把猪血粑叫猪血干似乎更确切，因为它非常类似于豆腐干。人们之所以把猪血粑叫猪血粑，可能是它的形状跟陕南农村用粗面蒸成的一种馍相似，俗称粑粑。

在我的老家农村，到了冬腊月里，几乎家家都要烘制豆腐干。很简单的，就是把豆腐块放在花筛里，再把筛子的四角系上绳子，然后高高地挂在火炉上面，烟熏火燎，十天半月之后，水汽烘干了，原来的豆腐块被烘烤得黑不溜秋，硬梆梆的，糍筋筋的，就可以收捡起来，一月两月的，也不会变质。将豆腐干切成片炒回锅肉也好，切成丝炒肉丝也好，都是既好看又好吃的美味。

猪血粑的主料也是豆腐。烘制前，把豆腐捏碎，掺入少量猪血，加入适量的肉末，再佐以葱、蒜、花椒粉等香料，调入精盐，拌匀后，又重新捏成团，跟粑粑差不多的形状即可。烘制方法跟烘豆腐干完全一样。

吃的时候，先用水洗了，再在水里煮些时候，然后切成片，红艳艳的，煞是好看，不作任何加工吃起来已是很香的了。如果再加入调料凉拌了作下酒菜，或用酸辣椒、酸萝卜片、回锅肉片一起爆炒，那便是更难得的美味佳肴了。

腊肉饼

陕南山区的腊肉非常有名，最有名的当然是八仙腊肉了。早在几年前，八仙腊肉就远销北京、上海、西安等大都市。

陕南农村家家户户都是要熏制腊肉的。到了冬天腊月间，他们把喂养了一年的大肥猪宰了之后，将大块大块白条肉用棕叶搓成的绳套穿了，然后装在大木缸里，一层层撒上盐腌了，三五日后，便又取将出来，悬挂在火炉上面固定的铁钉上进行烘烤。在烘烤腊肉的那些日子，火炉里烧的大都是木质坚硬的硬柞柴，如铁桨树、桦栎树等，这类柴火燃烧后火力猛，烘烤出的腊肉颜色正且有光泽。一般半个月左右，白亮的肉皮便已烘成红艳艳的了，水汽也烘干了，就可以挪往别的墙上挂起，啥时想吃肉了随时取一块下来煮着吃就是。

陕南人制作腊肉的历史非常悠久。据记载，早在两千多年前，张鲁称汉宁王，兵败南下走巴中，途经汉中红庙塘时，汉中人用上等腊肉招待过他；又传，清光绪二十六年，慈禧太后携光绪皇帝避难西安，陕南地方官吏曾进贡腊肉御用，慈禧食后，赞不绝口。

腊肉能做出好多种菜，腊肉饼只是其中之一。做法是：将白面加水和得稠稠的，调入精盐、葱花、苜蓿粉、花椒粉等香料，然后把煮熟的腊肉切成薄片放入其中，让面糊糊将肉片匀匀地包裹了，再夹出来在锅里煎成饼即可。

上这道菜一般是在喝酒的时候，吃了既能下酒又能止饿，虽然裹着的都是肥肉，但吃上三五块也不会觉得腻味，就是不经常吃肉的，也能吃上一块两块，不信你试试吧。

后记

以安康为代表的陕南人能吃、爱吃、会吃，是出了名的。几根野菜也要变几个花样出来。不起眼的洋芋，在他们手里就能变成洋芋丝、洋芋片、洋芋酱、洋芋粑粑等好多种美食。而黄豆就更不得了，什么豆腐、豆芽、豆豉、豆酱，什么和渣、菜豆腐、豆腐脑、豆腐乳、豆腐干等，足有十好几种。因此“我的美食”所列举的这些，只是陕南美食之一斑。我不是美食家，也不懂得厨艺，仅凭自已的感觉信手写来，错误或不妥之处在所难免，还望读了它的朋友批评指正。

（发表于《旅途》《平利文学》，部分内容发表于《医食参考》《汉江晨刊》等）

想起玉米粥

想起玉米粥，就想起一段甜蜜的故事。

那一年，我只身来到三女河畔，在一个偏远的小镇工作。有一次，我病倒了，打针吃药不见效。一连几天，水米未进一口，整日躺在床上，僵尸一般。这时有一个女孩子不声不响来到我的身边，见我病成这样，几滴绵绵的泪便洒落在了我的床单上。她说："你要吃点东西才行呢。"我说："我想吃的东西单位里没有。"她说："你想吃啥，我给你弄去。"我说："玉米粥。"于是她就到附近的村上一家家找，终于弄了一些回来。给我煮了一碗吃了，我说还要。结果三碗下肚，病也就好了。

想起玉米粥，就想起一段凄楚的故事。

上小学的时候，一次放学回家，饥饿至极的我见路旁一片红如玛瑙的马桑椹，便大口大口吞食，谁知竟中毒了。勉强踉跄回家，还没进门就倒在地上。这可吓坏了刚刚收工回家的父母，他们赶忙挖了些洋火姜根，制成汤往我肚里灌。很快，我就把肚子里的东西全吐了出来。夜半时分，我醒了，母亲正依在床边，就着油灯一勺勺喂我亮晶晶的玉米粥。那时我虽小，但我知道，只有过节或来了贵客，才能吃上一顿没掺杂菜的玉米粥啊。

想起玉米粥，就想起一段令我遗憾的故事。

三年前正月里的一天，县长下乡检查工作。午饭前我问："吃啥饭？"县长说："玉米粥。"我说："县长您别开玩笑，今天是元宵节呀。"县长说："不是玩笑，是真的。"见他说得真诚，我只好领他到农户家去，可是走了十多家，都说没有玉米粉。最后来到村长家，村长说：没问题。谁知吃饭时，端上来的仍是鸡鱼大肉，哪里有玉米粥的影子。返回的路上，我感到非常歉疚，县长却安慰我说："没吃上玉米粥固然遗憾，但这正好说明老百姓的生活水平确实提高了嘛。只要人们的生活真正一天天好起来，吃不上玉米粥又算得了什么呢？"

如今，我的确一年难得吃上一顿玉米粥，但我常想。常常想起的当然不仅仅是玉米粥，那是一段岁月的记忆，一串有酸有甜的故事。

（发表于1994年4月16日《陕西日报》）

笑看人生

年轻的时候，在遭受了失恋的痛苦和朋友的欺骗之后，我的意志曾一度变得十分消沉。我不再相信人世间还有纯洁的友谊，更不相信异性之间还可以找到无私的爱情。我把自己的心房紧紧地封闭起来，不与任何工作关系以外的人接触，整个世界在我的眼前变得一片灰暗。

没过多久，来自各方的指责纷纷向我飞来，特别是在年终的鉴定会上，不少同志公开批评我，说我故作清高，不善于团结同事等等。我有口难辩，对人生更加茫然了。

就在我对一切都完全失去信心的时候，我在笔记本里发现了一张纸条，上面整整齐齐地写着："这世界是一面镜子，每个人都可以在里面看到自己的影子。你对着它笑，跟着它乐，它就是个高兴和善良的伴侣。——［英］萨克雷"。字写得很秀气，像是女孩的笔迹。我认真品味着纸条上的话语，觉得很有道理。从此，试着重新融入纷繁的社会，主动结交朋友，积极参与各项业余活动，渐渐地我又重新焕发了活力，眼前的世界又变得五彩缤纷起来。

后来，在我结婚的时候，我才知道当初写那张纸条的人的确是一位美丽善良的女子，她就是我现在的妻子。毫无疑问，婚后，萨克雷的那句话就成了我们夫妻双方共同的座右铭，它时刻提醒我们：只有笑看人生，生活才会灿烂美好。

（发表于2000年12月8日《陕西邮电报》）

野　花

野花开放的季节，陕南的山乡变得五彩缤纷，万紫千红。山岭间，处处弥漫着野花浓郁的馨香；一簇簇，一片片，溢彩流霞，红的似火，白的如雪，黄的恬淡，绿的幽雅……有的柔媚，有的豪放；有的俨雅矜持，有的玲珑纤巧……神态各异，绮丽多姿，观之眼花缭乱，令你着迷；闻之芬芳扑鼻，使你沉醉。

野花，不需人们浇水施肥，也不用人们精心培育，细心管理；她不择土壤，不惧贫瘠，在山岗，在溪边，在道旁，不论哪里，只要有一把土，就能生根发芽，直至开出艳丽的花朵。

我喜欢野花，还在于她甘于寂寞，甘于默默无闻的品行。因为她“野”，豪门显贵的庭院里便没有她的芳姿，文人墨客的笔下也没见她的倩影，甚至任何热闹一点儿地方都没有她，但她依然自由自在地生，自由自在地长，自由自在地展示自己，装点着大巴山的色彩，丰富着人们美好的生活。

（发表于1991年9月8日《陕西科技报》）

一只有意思的鸡

亲戚送了一只鸡，原本是让我们拿回家杀了吃的，结果当晚它就下了一只蛋。加上我和老婆都没亲手杀过鸡，下不了手呢，就将它一直喂养着。白天放养在我房屋当头那块菜地里自己觅食，间或喂些剩饭剩菜之类，晚上将它抱到房顶上堆放杂物的小屋里，专门弄了只大大的纸箱子，给它安了个家。

那只鸡很乖，从不到处乱窜，每天都在那块菜地的四周转悠，人来了它也不跑，每次逮它的时候，手一伸出来它立马就乖乖地屈下膝卧在那里一动不动。这让我想起谈恋爱的小青年，女朋友常常自主地闭了眼睛，定在那儿，等待心爱的人来拥抱，来亲吻。

那只鸡也很勤奋，几乎每天都要下一只蛋。由于没有给它安顿专门下蛋的地方，每次它就把蛋下到菜地的显眼处，搭眼就能看见的地方。在我的记忆里，母鸡们下了蛋之后都是要向主人汇报成绩的，它用鸡语向人们说："下蛋了，下蛋了，又下蛋了！"而这只鸡例外，它下了蛋之后就像啥事都没发生过一样，悄悄地，啥都不说，我从没见过这么谦虚的鸡。

那只鸡也很聪明。有一天，老婆出差了，我一人在家，早上将鸡从窝里逮出来放养在菜地里，然后就上班去了。可不久却下起了大雨。我心里一直牵挂着那只鸡，于是中午一下班就赶回家，看那只鸡淋成什么样了。结果，找遍菜地的角角落落，却不见它的踪影。也许是它感觉到我在找它，这时它咕咕地叫了几声，我循声望去，原来菜地的一个拐角处有一只破纸箱，它就躲在那个箱子里，并且还下了一只蛋在里面。我真是有些感动了。当大雨来临时，也许正是它即将要下蛋的时候，它当时也许在想：这么大的雨，如果把蛋下在菜地里，被雨水淋坏了怎么办？即使淋不坏，也必然会溅上许多泥浆，那样的话，既影响了蛋的质量，损坏自己的名声，主人在食用的时候也会平添不少麻烦呀。因此，无论如何，也得找个雨水淋不到的地方把蛋下出来。真是功夫不负有心“鸡”呀！它做到了，真的做到了，整个菜地，就那么唯一一只破纸箱呀，竟然被它找到，并充分利用了它！这是一只多么有头脑、多么善解人意的鸡！

远山的警钟

——农村非法同居现象面面观

非法同居者，大多数亦属于早婚的范畴，但又绝然不同于早婚。本文所说的非法同居，泛指未履行婚姻登记手续而以夫妻名义公开同居的现象。

陕南某县有一个四千多人口的小乡，1991年共登记结婚四十六例，其中竟有二十一例曾经非法同居，并且还有二十三例非法同居者未到法定婚龄或没交清罚款而未办登记手续。

一

经过近两个小时的跋涉，我们随计划生育工作组来到某乡最边远的一个村，走进了一个姓刘的人家。站在我们面前的是这样一位女孩子：尖下巴，瓜子脸，在她说话的时候，偶尔还现出两个小小的酒窝，但她很少说话；弯弯的浓眉下面有一双颇为可爱的大眼睛，如果那双眼睛再多一点水灵、多一点神韵的话，那将无疑是一个美丽的少女。但无论怎样，也改变不了她还是一个孩子的事实，因为她本来就是一个只有十四周岁的孩子呀。

但她却是一位母亲！

如果不是我们亲眼看到她给一个小男孩喂奶，谁能相信这是真的？

她姓朱，娘家包括她共四口人，大姐十六岁时嫁到外县，脚下还有个弟弟。父母虽不呆不傻，但却是无头无脑的人，加之所住的地方自然条件太差，一年到头连饭也吃不饱，还常常吃淡的（买不起盐）。在她十二岁的时候，经媒人介绍，嫁给本村本组姓刘的一户人家。小伙子当时的确切年龄是十八岁，父亲早逝，家里只有母子二人。这方面缺少人手，女方却又穷得难以为生，双方大人一商议，刘家稀里糊涂地就把女子领了过去。不存在彩礼，不存在陪嫁，连酒席也没摆一桌。事情的经过就这么简单。

后来，当工作组动员她上节育环时，她的“丈夫”说：“还想再生一个呢!”

二

某乡人民政府办公室。乡文书扫了一眼刚刚走进来的一对中年男女，怀里抱着孩子，他试探地问：“你们是来？……”如果他不是已经经历过不少抱着孩子来结婚的例子的话，他一定会认为他们是来离婚的。果然，那男的说：“我们是来办结婚登记的。”说完交出一叠证明材料，其中有一张是医院给女方出具的结扎手术证明。文书先看了看女方的身份证，身份证上的年龄是二十九岁，签发日期为1989年12月31日，那么现在都已经31岁了。经过详细询问，文书了解到：他们现已有一儿一女，大的满四岁了。

他们是1987年同居的。按当时的年龄算，也早超过了晚婚的年龄。他们也正是认为反正年龄已经超了，《结婚证》迟办早办都一样，先把喜事办了再说。事有凑巧，喜事办完不久，计划生育工作组就上了门，一问，说还没办登记手续。没办手续就是非法同居，按当时政策规定，应交罚款两百元。可他们办完喜事后不仅再无分文，还欠了一屁股债，哪有钱交罚款呢？不交清罚款，有关部门就不给开证明，结婚手续自然也就办不成了。第二年，偏又添了小孩。非法同居生子，一律按超生二胎计算，应交的罚款更多，他们也就更交不起了，办结婚证的事就这样拖了下来。直到去年，在有关部门的帮助下，发展烤烟赚了一笔钱，交清了罚款，这才带着取得的证明来到乡政府，以结束他们非法同居的生活。

经了解，年龄到了先办“事”，再去登记而挨了罚的，这个乡去年一年就有七对夫妇。

三

在陕南山区，目前很多农民虽然有饭吃了，但用钱问题却照样十分紧张，这不，张家的二小子正为拿不出一千元的彩礼而愁眉不展呢。未婚妻秀儿与他家两靠梁儿，从订婚到现在已经五年，年龄也早合了法，可女方父母说：“拿不出礼钱别想碰我女儿一下！”并暗地里给当村文书的侄子说：“没我二老答话，不准给扯任何手续，不然的话……”

这天，已经分开另过的嫂子见二小子又一个人坐在院坝边抽闷烟，故意打趣道：“我说你这兄弟也太没出息了吧，才几天没见到秀儿，就把你愁的！”

“别取笑我好不好，你晓得个么子？”他没好气地回了一句，连头也懒得抬。

“我才清楚呢，熟透的果子吃不到嘴，能不愁吗？”接着又话锋一转，“我倒有个主意，就看你小子有这个胆量不？”

听说有了主意，他把剩下的半节“嗽叭筒”一扔，抬起头问：“嫂子，你有啥好主意，快说！”

嫂子故意卖个“关子”，待二小子等不及了，才在他的耳畔如此这般地说了一番。

当他们高高兴兴到乡上办手续时，张文书拿过体检证明一看，上面写着：双方身体正常，但他们已非法同居，现女方怀孕三个月左右。按规定，不仅要交罚款，还要做流产手术，否则，结婚证是不能办的。但他们既没钱交罚款，又顾惜他们的“结晶”，办不成就不办吧。事情就这样拖了下来，这一拖就是一年。

据私下了解，在偏僻的农村，用这种计策逃避彩礼而造成非法同居的例子非常普遍，只是人们很少往出讲罢了。

四

也许是水土的缘故，也许还有别的什么原因，一个只有六十一户三百一十五人的村，痴呆傻就有七十多人，几乎占去总人口的四分之一。有的全家没一个灵醒人。从长远看，其人口素质也没有进化的迹象。全村三十岁以下非法同居的就有八对，其中五对双方或一方智力不健全。在这个村，我们着重了解了刘寡子一家的情况。

刘寡子额突兀，眼凹陷，五大三粗，典型的腰长腿短。他会说话，但还不如他的哑巴娘，也不如他的聋子爹，更不如已经死了的曾经当过生产队长的爷爷。奶奶还活着，却是瞎子。刘寡子本来还有一弟一妹，却都先后夭折，他成了独生子。他的舅舅怕刘家断了“根”，为给刘寡子找个媳妇，四处奔走，终于在刘寡子二十七岁时在外县给找了个“半语子”。

事情说成后，随便选了个日子，由舅舅张罗着将媳妇接到屋。但这一切对这一对新人来说，全然不知道是怎么回事。晚上在舅舅以及赶来的看热闹的一大伙人的反复诱导下，才把他们哄到一张床上。至于婚姻登记的事，谁也不愿再教育，去劳神费力。

例子还可以举下去，或是双方近亲婚姻登记机关拒绝登记的；或是男方怕未婚妻被拐卖的，等等。不论哪种情况，也不论他们知法与否，结果都一样——先将“生米煮成熟饭”，就不必再担心其“反生”。

毫无疑问，非法同居这一问题，不仅造成婚姻秩序的混乱，而且严重影响我国人口政策的落实。而近年来，对策仍然只停留在法制宣传和经济处罚上。我们不能说这些措施不重要，但却不能起到釜底抽薪的效果。

在改革开放取得举世瞩目成绩的今天，出现这一与中国现代文明极不协调的现象，并不足为怪，但却不可等闲视之。究竟采取什么方法和措施，使这一现象得到有效遏制，让其永远成为历史，确是一个值得我们认真研究的课题。

（发表于1992年11月19日《安康日报》，并获得“社会大特写”三等奖）

醉后的疯狂

千百年来，酒在人们生活中始终占据着极其重要的位置。高兴时，“且共欢此饮，吾骂不可回”；烦恼时，“何以解忧，唯有杜康”；与友人相聚，“为酒一杯情更浓”；就连伟人毛泽东也“把酒酹滔滔，心潮逐浪高”……尤其到了精神文明与物质文明飞速发展，名目繁多的“文化”勃然兴起，酒也堂而皇之地登进“文化”殿堂的今天，人们酿酒、饮酒的热潮更是到了白热化的程度。然而，自古至今，对酒，爱者如命，恶者痛绝。因此而演出了多少啼笑皆非的故事……

遗憾的故事

他酒量大，但“酒德”不好，这一点他自己也知道。因此，任副乡长后的一年多，从没醉过酒。有时上级领导来了，万不得已的情况下，也只是礼节性地陪饮几盅。工作上也有声有色。

可这次他实在没办法。他被提拔为某乡党委书记，“调令”已下来，不日将要离岗。按以往惯例，他必须出“血”，请几桌子，对“弟兄们”工作上的支持表示谢意。

席上，三杯酒下肚后，乡长第一个举杯；“平常不劝你酒，可今天非敬你一杯不可。”

他知道，乡长一带头，伙计们接二连三就上来了，每人一杯，最少也不下二十。但不应付，也不合情理，人们也不会放过他。因此，他以商量的口气说道："为了同志们的盛情，我每次喝半杯，你们喝满杯，大家看行不?"

可乡长不管三七二十一，端起杯子，咣当一声碰响，就咕咚喝下去了。然后才说："感情深，一口闷；感情浅，舔一舔。我先喝为敬，你愿喝多少，看着办!"

比他年长近二十岁的乡长话说至此，他只得将酒端起一口"闷"了。紧接着，书记向他举起了杯子……

当他喝完最后一个人的敬酒时，感觉上已经飘飘然了。

可正在这时，下乡办案的乡警赶了回来。乡警本不沾酒的，但今天所有干部都陪了，也只好硬着头皮上阵。

酒斟好后，乡警端起来与他碰了，然后将杯里的酒喝了小半，顿如一个火球滚进腹内，呛得他眼冒金星，连连咳嗽，剩下的半杯酒无论如何也喝不下了，便趁对方仰脖子喝酒的当口，顺手将酒泼在桌下。

这举动偏偏被他发现了。他认为这是当众羞辱了他，一股无名之火从心中升起：你小子既不尊重人，也别怪我不客气。想到这儿，就一下站起身吼道："能喝则喝，喝不了给我滚出去！少在我面前耍花招!"

这乡警也是初生牛犊不畏虎之人，听了这话，哪里受得，啪地摔了杯子："啥？你有啥权力叫我滚?"

"就要你滚!"说着就一把位住乡警往外推，两人立即就扭打在一起。这时，他已经到了疯狂的程度，不顾一切了。谁拉，他就给谁一巴掌。闹骂声、杯盘破碎声弥漫着狼藉一片的餐厅……

后果不言而喻。"提拔"的事化为泡影，党内给记了个"记大过"的处分。然而更重要的是，当教师的妻子认为他丢了她的人，一气之下和他离了婚。她不愿和"酒疯子"过一辈子。

荒唐的故事

他是某乡请来的临时计划生育工作组成员之一。平常少言寡语，看不出有啥大的毛病，工作起来丁是丁，卯是卯。只是酷爱杯中玩艺儿。他酒量大，但很少醉倒。醉倒了倒床睡去便也没事。可就是半醉不醉的时候，睡不着，坐不住，十有八九要找事端。

这天晚上，刚好又喝到半醉不醉的程度。工作组其他成员都已醉得在床上打呼噜，他却无法入睡，一个人袒胸露怀，来到乡政府前面的马路上。夏风一阵阵吹拂着他光着的身子，他感到少有的舒服。

忽然，他想起河对门一农户还欠两百元罚款，原答应下午送来的，可一直没见人影。想到这儿，他晃晃悠悠地向那家农户走去。

其时才九点多，走拢后只见媳妇一人在院坝乘凉，就问："掌柜的哪儿去了?"

媳妇让坐后，答道："不晓得哪去了。一早走的，说出门借钱，可还不见回来。"说完又进屋给他找烟。

在他接烟的那一刻，目光不由得被年轻媳妇那丰满成熟的韵味儿所吸引。他就着月光仔细打量起来。她只穿了件短衫，露出一双比葱白还细嫩的胳膊，特别胸前那走起路来就悠悠颤动的部位更是让人神往，看着看着，在酒精的刺激下，他那极度兴奋的大脑刹那间萌生了一个极为荒唐的念头。

他以点烟为借口先行进屋，然后极亲热地对媳妇叫道："唉，表妹，进来说个话。"

"表妹"进屋后，他柔中带刚地说道："罚款的事，说好下午送去，可这时候了还没交，你看咋办好呢?"

"表妹"无奈地答道："屋里实在是没钱。还是请你们高抬贵手，再缓一两天吧。"

“那不行！超一天加罚五十，另外再加上跑路费……”略停片刻后，他话锋一转，“不过话说回来，只要你答应我今晚上……罚款的事就免了。”

说完，一双色眯眯的醉眼就“钉”在了“表妹”的脸蛋上。“表妹”是软性子人，知道这人得罪不起，虽不能答应，但也不敢发作，犹豫间，他又趁势软硬兼施，还说，如不答应，加上“态度款”，罚款就要翻番！

在他的反复诱导和威胁下，“表妹”终于答应了他的要求。

可他没料到，第二天天还没亮，“表妹”的丈夫就告到了乡政府，说他强奸了妻子，还顺手偷走了藏在枕头下面的五百元钱……。

他吃了哑巴亏，有“苦”说不出。乖乖地给退了五百元“赃款”，还说了不少好话，才没使他走上法庭。

悲惨的故事

这天是他四十五岁生日。按当地风俗，父母健在，是不兴做生日的。因此，他只让妻子准备了一桌丰盛的菜，临时邀来两个要好的酒友陪他共饮。酒是自己做的苞谷酒，只是今天他把特意留着的头子酒拿了出来。

今天，他打算一醉方休。他咋能不醉呢？二十多年的风雨奔波，终于苦尽甘来，日子开始风光了，建了三间新瓦房，存款还没花一半。吃穿用不愁，唯一的缺憾是结婚太迟，只有一个独生子。可儿子也很争气，才七岁光景，就已经上了二年级，且成绩总在班上前三名。

不管怎样，他都是值得高兴的。而一高兴，就是独自一人，也要咂几盅，何况今天！三个人不划拳，不猜宝，轮流把盏，一盅一盅不慌不忙地喝，不觉从晌午喝到太阳落山。

一直在灶房侍候的妻子见客人已走，便准备收拾碗筷，可他一把拦住，说：“那两个熊……熊喝家尿精，不是我对手！我还喝呢！”说完又咕咚一声灌下去了。这时，一直在里间屋里做作业的儿子刚好出来，见爹的模样，就说："爹，你喝醉了，还要喝！"

"啥，我醉了？早着呐！"说着一把将儿子拉过来，按在旁边的椅子上，"老子今天生日，有种的，陪老子喝！"

叫儿子喝酒，这还是头一回。儿子一是畏惧，一是出于对酒的好奇，便端起盅子，学他的样子脖子一仰，喝了。

他立即竖起大拇指，大笑道："老子英松（雄）儿好汉，有种！再来一盅！"

一连喝了三盅，这时，在老子的夸奖下，七岁的儿子反倒来了兴趣，不需老子劝说，便主动端起盅子一下下喝起来，直到醉倒在椅子上……

第二天早上，他被一阵阵呼天喊地的恸哭声惊醒。他勉强从床上爬起来，趔趄着走出睡房，见儿子直挺挺地躺在地上，已经没一丝气息。

从此，他的精神也变得失常了。

赘　言

故事还多，也决非"平常一段歌"那么轻松。酒，既然在中华大地上能以一种"文化"称雄于世，自然有其存在的价值。但面对愈演愈烈的"酒战"，总认为有降温的必要。读者先生，尤其是酒爱好者，如能从上述故事中得出些微教益，则幸莫大焉！

（发表于1993年2月19日《陕西邮电报》）

在乡下用手机

我的老家在陕南的一个大山沟里，由于偏僻落后，至今也没有将电话线牵进村。家乡人与山外亲戚朋友联系，主要靠写信，若遇上紧急事，就得到十多里以外的小镇上打电话，一来一去，大半天工夫就没有了。而今年春节回到老家，却发现用手机的人多了。虽说如今手机早已不是新鲜玩艺儿，连捡垃圾的老太太都在玩手机，但在我的乡下老家用手机，却是一件十分有趣的事。

近年来，除在外面工作的干部以外，一些在外的打工仔、打工妹春节回家都带有手机。但由于山大沟深，有网络信号的地方很少。因此，用手机打电话也不是一件很容易的事情。有的要上到房屋顶上去打，有的爬到树上打，而更多的则是上到山梁上打。我的家住在半山上，也是全村居住位置最高的。但家门四周仍然一点信号都没有。每次打电话都是爬到房后五百多米高的山顶上，全村就数那地方信号最好，因此在那里打电话的人也最多。最热闹的大年三十夜和正月初一、二的，不少住在山下的乡亲们也不惜爬两三里山坡，来到山顶上向外面的亲人们拜年问好。三更半夜了，还听到山梁上叽哩哇啦一片响声。

也有极少数在自个屋里就能将电话打通的。有个在外打工的小伙，他家住在两山交界的一个垭壑上，地势也比较高，因此打电话比起别人就方便多了，但也不是随便就能打的，必须搭楼梯上到堂屋楼上才能打通。平时也就把手机放在楼上的窗台上，有电话打来一听到铃声就连忙爬上楼去接听。

总之，在乡下老家，凡持有手机的都得动一番脑筋，想一些办法才能使手机派上用场。尽管如此，比起往年到山外小镇上打电话要方便多少倍。因此，买手机的乡亲们也越来越多。

（发表于2003年8月1日《西安晚报》和2003年3月1日《安康日报（周末）》）

珍惜有缘人

我原本并不相信缘分。但我和老婆的相识到相爱却不能不让我承认这是“缘”的安排。

那时，我在镇机关供职，她在一个村小教书。虽然同住一个乡镇，但彼此并不认识。一个偶然的机会，我因事去了一趟她所在的学校，恰巧那天学校放假，就她一个人在学校值班，于是就认识了。从那以后，她的身影就一直在我的脑海里晃动，再也不能消失。

后来，我就试探着给她写了一封信，希望能做一个朋友。信中特别向她说明：我的家境十分贫寒，上有父母，下有弟妹，还欠了不少债务。我之所以这样写，是因为我以前多次恋爱失败的原因就是我的家庭状况不好。

信发出后，便是焦急的等待。然而一个多星期过去，仍然毫无音讯。正当我丧失信心的时候，我收到了她的朋友捎来的信。她的朋友说：她出车祸了，伤得很重，现在住在地区医院里，信是车祸的头一天写的。

听到这个消息，我来不及详细阅读她的信，便立即搭车赶往地区医院。这天恰巧是她动手术的日子，我就守候在手术室门前，一直等到医生将她推进病房。此后，每个周末，我都专程到医院陪她聊天，聊着聊着，两颗心便紧紧地粘在了一起。

现在想起来，如果当初不是偶然去她学校碰上她，并和她相识，如果不是她发生车祸住院为我提供了一个“大献殷勤”的机会，我们怎么会那么顺利地走到一起？

既然有缘，就应当倍加珍惜。婚后，我们彼此尊重，相互体贴，谁也离不开谁。日子尽管过得清贫，却充满着幸福和温馨。

（发表于2014年4月20日《淮海晚报》）

祝你平安

在某校进修临毕业时，同学之间纷纷互赠“留言”，其中不乏“祝你走运”“仕途通达”“财运亨通”之类。可是，有一个与我相处最好的同学却只简简单单地写了四个字：“祝你平安”。

“祝你平安”，平常至极，平淡至极，几乎没有一点感情色彩。但他写得很认真。他拿着我的纪念册想了很久很久之后，才郑重地将这四个字写在纸上。写完后，他对我读了一遍，又冲我笑了笑，笑得很认真，很深沉。

告别的头天晚上，我们在江边散步，聊了很久。他对我说，他从小到大，每次出门到远一点的地方，他的母亲总是反复叮咛，希望他平平安安地回家。随着他的讲述，我陷入沉思之中。是的，人生无处不荆棘丛生，道路总是充满坎坷，谁不希望能够平平安安地干事业过日子呢？我有个同事，前几年看电视剧《渴望》时，每听到《好人一生平安》的主题歌时，便泪水盈眶。生活中，她的确太不幸了。生孩子时，没有一个亲人守在身边，在九死一生的挣扎中，她一遍遍呼唤着丈夫的名字。然而在产床上，她没有盼来丈夫的安慰，却听到了丈夫开车将人轧死的噩耗。她终于还是挺过来了。可不到半年，又一场灾祸突然降临在她的头上——一辆严重违规的汽车将骑自行车赶路的她撞下十余米的悬崖……

从苦难中过来的人，才知道什么叫幸福；只有历经坎坷，才懂得平安的价值。

平安无价。我理解同学写赠言的一番苦心，我更珍惜他作为朋友给予我的这份最美好的祝愿。

（发表于1994年12月3日《安康日报》）

作为男人

作为男人，你固然应当在事业上有所建树，你也有权利在经济上成为大款，但你更应该懂得生活。

你当了大官，可以对下属横鼻子瞪眼睛；你发了大财，可以将钞票玩得哗啦哗啦响，但你不一定能讨来女人的欢心。她们爱你直至嫁给你，需要快乐需要享受，你必须保障供给。

作为男人，你绝不可吝啬语言，即使对一个极平凡的女人，你说上一箩筐的溢美之词，她们也不会嫌你啰嗦。她本来相貌平平，但仍希望你说她非常非常漂亮；尽管她身材早已呈现横向发展趋势，但你还得说："嘿，我最喜欢丰满的女人！"她干了傻事酿成大错，你也不妨大笑道："太棒了，下次保证你不会再错了！"

作为男人，既要有演说家的口才，更要学会守口如瓶。你爱上她了，千万别向她提及你曾经爱过的女人。当你偶尔与别的女人一起跳了舞或看了电影，回家后千万要说成"加班"。与妻上街，忽有绝色佳丽吸引了你的视线，待缓过神来，你应该"真诚"地对她说：其实她长得并不咋样。朋友，作为男人，在你爱的、爱你的女人面前，这不是欺骗，这叫机智。

作为男人，如不善于欣赏女人，那真是天大的遗憾。并且在欣赏的过程中要善于运用夸张的修辞手法。比如你发现她芝麻大点长处，不妨说成碗口大，碗口大的不妨说成房子大。

作为男人，和心爱的女人一起，你切不可只顾自己读书看报，而应该认真地读读你的女人。读着读着，也许就读出了情味，这时，你应该大胆地拥她入怀……

作为男人，你不能不学会幽默，以便随时给她提供笑料；你不能不读很多很多的书，以便在床头枕畔给她讲离奇古怪的故事；你不能不学点音乐，不能不会点舞蹈，不能不懂点体育……总之，作为男人，你啥都得学，啥都得会，要学要会的东西你一辈子也学不完。啥都学了，啥都会了，你才能成为一个快乐的男人，真正的男人，被女人们拥戴的男人！

（发表于1994年10月10日《家庭报》）

信口开河

错别字

写错别字人人难免，上至一国之君，下至草民百姓，皆有可能。自古只闻“发奋识遍天下字”，还未听说“没有天下字不识”的。我们常常有意无意地嘲笑“白字先生”，而自己也时常遭遇错别字的尴尬。既然人人都有“白字先生”的可能，互相笑一笑，打打趣，于笑于乐中纠正了错误，也未必不是一件好事。

我小时候就读的村办小学曾将一名出身不好的“臭老九”揪回生产队里劳动改造，临时请了一名没上过几天学的贫农子弟充当我们的老师。他在给我们上第一节课的时候，就将“李老师”写成“季老师”，把“睡大觉”读成“垂大觉（jué）”，把“忠心耿耿”读成“中心耳火耳火”，引得我们哄堂大笑，因为那时我们已是三年级学生了。笑过之后便又正告老师，老师也随即改正。但那时我们是不知道给老师留面子的，走出校门，就“耳火耳火”地乱喊一气，弄得这位老师一个周还没教满就换了别人。现在想起来，那位老师虽属名副其实的白字先生，但他在学生“正告”之后立即改正，且面露歉意之情，这一点还是可贵的。和时下某些固执己见的官员比起来，这位白字先生反而更令人尊敬。

我由于“十载寒窗”都是在“文革”中度过的，自知识字甚少，因此在读写文章时，每当别人将错别字指出来，便感激不尽。以己推人，在发现别人错别字的时候，也就直截了当地给予更正。然而，随着年龄的增长，在吃了许多“堑”之后，也终于长了一“智”，渐渐发现有一种人在使用错别字时，是不能随便指出来的，这种人当然我不说你也知道，就是那些自认为比较大的人物，或者说比自己大些的人物。我在年轻的时候，有一次，一领导在读文件时将“××县长防办”（长防林建设办公室的简称）读成“××县长（zhǎng）、防办”，我随口指出来，可领导不仅没有我希望的那样改正过来，反而以更强的语气重新按他原来的读音读了一遍。会后就有比我年长的同事对我说：“人家是领导，作为下级怎能当众伤领导的脸面呢？如果是心胸狭窄的领导，说不定仅这点小事就够你受的了呢。”听了同事的教导，我不得不唯唯诺诺连连称是。

还有些时候，你必须有意识地把字音朝错的读，因为你周围的其他人都那样读，假使你斗胆“别具一格”，就会立即招来异样的目光。比如“大堤”的“堤”，“酝酿”的“酿”，除考试或教学生外，都应读成“提”和“让”，以免被人认为“好出风头”。

其实，错别字就像人身上的瑕疵一样，对真心向上者来说，只要虚心一点，善于纠正，就会越来越少；反之亦然。

（发表于1999年12月25日《安康日报》）

说稿费

中国作家靠稿费过日子的没有几个，我等末流作家更不可能靠稿费过日子。但大凡作者发表了文章，都希望得到应有的稿费。因为稿费既是文章价值的体现，也是对作者艰辛劳动的一点儿补偿，是应该得的。

我第一次发表的文章是一首百字散文诗，题目叫《旅途》，发表在本市的一家报纸副刊上，时间是20世纪80年代中期，后来收到五毛钱的稿费汇款单。那是一张多么珍贵的印着绿色字迹写着我名字地址的纸片呀，它让我激动得好几个晚上翻来覆去睡不着觉，一次次从兜里掏出来欣赏一番后再小心翼翼地放进兜里。那张汇款单整整在我身上揣了两个多月，也让我快乐了两个多月。

后来发表的文章多了，虽然没有第一次那么激动，但每次收到稿费汇款单，无一例外地要高兴好几天。因为那时也没有电脑网络，许多报纸发表了文章都不给作者寄样报，只有收到汇款单了，才知道文章发表了，能不高兴吗？当然，那时候只要你的文章发表了，一般在三两个月内都会收到稿费的，压根不用作者操心。

可是，到了新世纪，进入信息化社会以后，情况却发生了意想不到的变化。投出的稿件发没发表，“百度一下”就知道了。可是，如今的不少媒体，他们采用了你的文章，而你想得到应有的那点稿费，却并不那么容易。有的，你得花时间花交通费到报社领取，有的你得三番五次打电话或发电子邮件讨要，有的干脆就耍赖了。

我中间有近十年没写什么文章，并不知道这里边的深浅。近几年重操旧笔，在报刊杂志上发表了些“豆腐块”，才真正体验到现在某些媒体的堕落。且举几个例子：今年初《西部法制报》副刊发表本人千字文《我所追求的幸福》，好几个月过去，没收到一分钱，便打电话询问责任编辑，结果得到回答：“现在副刊发稿没有稿费。”我说：“以前都有怎么现在能没有呢?”回答说：“以前是有，现在没有了。”本想再理论几句，结果电话挂了。奈何!《西部法制报》的前身是《法制周报》，20世纪90年代我发表过文章，那时候不到千字的短文就能给到五十元，算是比较高的了，怎么现在一分都没有了呢？鬼才信。再如今年4月份在《快乐老人报》发表的小小说《操办生日》，一直没收到稿费，就打电话问，回答说可能是工作人员忘了，马上补。可过了一个月没动静，又打电话问，又说马上补。可至今也没邮到一分钱。后来那篇小说被《绝妙小小说》转载，同样不给钱。就打电话，结果，十天后收到五十元，还算不错。还有的报刊，用了你的文章，你压根儿就没办法跟他们联系，作了“案”不留下任何线索，真算得上“高手”。

本市有两家不挣钱的杂志值得说说。一个是《旅途》，一个是《香溪》，虽然稿费得自己去领取，但只要你发表了文章，人家就给你稿费，值得肯定。尤其是《香溪》，属于县办刊物，即使不给稿费，也说得过去，可他们照给，虽然低得可怜，但精神可嘉。与之相反，本市资历最老、最具权威、发行量最大、并且强迫干部职工订阅的一家媒体，却突然间不给作者发稿费了，真让人无话可说。

（补充说明：此文写于2012年11月，又一年，这家报纸又重新恢复了稿费）

读书，一种生活方式的坚守

常常遇到这样的情况，当我半躺在沙发上或端坐在书桌前专心致志捧读着某本书籍时，突然间被同事或朋友们发现了，就会有人说：“真不敢相信，都什么时代了，还有你这样的人!”

朋友的话发自内心也好，出自嘲笑也罢，都让我很难做出理直气壮的回应。仔细想想，朋友的话也不是没有一点道理呀，不信你拿眼睛在周围扫描一下，还能找出几个像我这样的“另类”？当然，也不是说一个都没有了，事实是，几乎快没有了。

但在我的内心，是很想告诉朋友的：若干年来，读书一直是我人生的一项不可或缺的内容呀，它已经成为我的一种生活方式了呀！如今，读书都可以不花钱了，社会发展得这么好，就更应该坚守我的这种生活方式呀。

每当提及读书的话题，我便不由得想起青少年时代无书可读的窘况。上学的时候，正值“文革”，有几个学年甚至连课本都没有。高中的时候，“文革”已进入末期，可以读书了，可是没有书。备战高考的教材，都是老师自己找来的文章，刻在蜡纸上印出来，供我们学习。我读的第一部长篇小说是浩然的《艳阳天》。那时候我已走出校门，进了农门，当了“地球修理工”。可与我同村的一个朋友还继续在中学上学，一次听他说学校建了图书室，他办了个借书证，并说如果我想看书的话，也可以帮我借。我当然喜出望外，当下就提出请他每个周给我借一本回来。朋友倒是答应得很爽快，可后来的结果是一个学期往往也只能给我借一本两本回来，因为图书室压根儿满足不了教师学生的需求。《艳阳天》便是朋友借我的第一部长篇小说，是反映农村阶级斗争的，分上中下三卷，前后看了将近一年时间，不少描写精彩的段落我都抄了下来，甚至能够背诵。

《三国演义》《水浒传》《西游记》等中国古典文学名著，虽然上学的时候早已知道名字，但那时连做梦都不敢奢望能亲自读到，就像当时不敢奢望顿顿有大米饭吃并且能够尽饱吃一样。直到后来参加工作了，从每月三十元的工资中省吃俭用，终于在某一天，花掉我十六元大洋，将四大名著一并买了回来，才终于实现了学生时代的梦想。时隔三十多年的今天，我依然清晰地记得当年捧回那套宝贝时彻夜难眠的情景。

我那时对买书也到了非常痴迷的程度，只要进了城，非得逛书店不可。一次到市里办事，在新华书店看到向往已久的巴金《爱情三部曲》，人民文学出版社出版的，小16开，天蓝色的书皮，一本两块多一点，全套六块五。可一摸口袋，发现身上竟只有七块钱了，如果买了书，回家的车费就差五毛钱，我总不能走路回单位吧，上百里呢。想来想去，只好依依不舍地将书放在书架上。然后到车站买车票。恰在车站里遇到我的一位同乡，就像遇到救星似的，向同乡借了五毛钱，答应回家就还。可一看表，离开车时间又只有半个小时了。从车站到新华书店，一个来回半个多小时应该不够，但我还是毫不犹豫地以百米短跑的速度向书店的方向跑去，引来一街两行的人们像看怪物一般地看着我奔跑。书买回来，脸上的汗水却像雨水般往下流淌……

那时候在我的心里，买书读书真是其乐无穷啊。

随着时代的高速发展，如今什么样的书都唾手可得，然而读书之人却是越来越少了。虽然自己同样处在这个物欲横流的纷繁世界，并且在一天天地变老着，但我很庆幸，我依然坚守着当年读书的那份热情。

当然，读书也是要与时俱进的。如今，我每年除了订几份杂志以外，很少花钱买书。因为什么样的好书网络上都有。纸质书籍好读，但不便携带，因此我的手机里，随时都装着好多部待读之书，任何时候读起来都非常方便。有时候眼睛累了，还可以打开MP3，耳听语音朗诵的小说，照样能收到相同的效果。

现在这社会，多好的读书环境呀。好书不仅多的不计其数，还不用花钱买，并且闭上眼睛都可以享受读书的快乐，我怎么舍得放弃我坚守了几十年的生活方式呢？

（发表于2013年2月10日《淮海晚报》）

别让留守儿童输在起跑线上

上周末回老家，在我大哥家里见到放暑假回来的侄孙女芳佳。我问芳佳："今年考了好多分呀?"芳佳不语。再问，却转身跑了。然后我只好把目光转向她的爷爷奶奶，问道："她是不是考得很差?"她奶奶回答道："岂止是很差，数学两分，语文大零蛋!"

这让我很吃惊。芳佳是去年将近六岁时上的学前班，现在刚好一年。在我的眼里，她长得乖巧，也很聪明，让她做个什么事情也是有板有眼的，无论怎么看，她也不像是个弱智的孩子呀，怎么上学的结果却是这样呢?后来交谈得知，她至今数不到十个数，不会写拼音字母，不认识自己的名字。一句话，什么都不会。她爷爷奶奶气愤地说："别的啥事一教就会，可偏偏在学习上什么都教不会。老师教不会她，后来也只好不管她了。"

我知道，芳佳的爸爸妈妈在她出生后不久就到南方打工了，每年仅春节回来一次，平常一直是爷爷奶奶带着。由于居住环境差，经济压力大，爷爷奶奶要忙于生计，对孩子的生活虽然照顾得百般细心，而在智力开发上，恐怕就无暇顾及了。人家的孩子也许在会说话不久，就开始教数数、教拼音，甚至教孩子背唐诗宋词了，可芳佳的爷爷奶奶恐怕直到送孩子上学前班了还没开始教她这些。因此，当她进入校门的第一天，就比别的孩子差了一大截，在心理上也许就觉得自己比别人矮了半截。这样，势必在孩子幼小的心灵里落下阴影，产生自卑心理，总觉得自己不如人家，从而导致厌学甚至弃学。

后来，我专门走访了芳佳的老师。这位老师说，类似的孩子还有几个，他们跟芳佳一样都是留守儿童，入学时也是什么都不会，但他们虽然学习也很差，却不至于什么都学不进，像芳佳这样什么都学不会的例子确实少见。

看来芳佳以及跟芳佳类似的不少留守儿童，确实输在了起跑线上。这一现象不能不引起家长们的高度重视。我所知道的留守儿童，大多数都是爷爷奶奶或其他至亲好友带着，在生活及安全方面自然都可以放心，但却存在一个比较普遍的问题：不注重孩子的启蒙教育，疏于对孩子进行学习方面的熏陶。之所以如此，固然有这样那样的原因，但无论什么原因，都必须采取措施改变这一状况，因为没有什么比孩子的健康成长、比孩子的美好前程再重要了，千万不可再让留守儿童输在起跑线上了。

（发表于2013年7月18日《淮海晚报》）

孩子想唱歌，好辛苦

今年五四前的一天，我作为评委参加了某中学与团委联合主办的“卡拉OK”歌曲大奖赛。参赛歌手多为在校学生，所唱歌曲除少数爱国主义和革命传统教育方面的题材外，大多为流行歌曲，如《花心》《涛声依旧》《九百九十九朵玫瑰》等。说实话，这些歌的内容都还是比较健康的，但对在校学生来说，显然存在着适合不适合的问题。尤其使我难以平静的是，参赛的歌手中有一个十一岁的小女孩，她演唱的是《新鸳鸯蝴蝶梦》。这首由黄安唱红的歌，看起来似乎很简单，但要唱好的确不那么容易。因此，小女孩一上场，我这个评委就为她捏了一把汗。果然，她唱得很累。她累，我也累。特别是她唱到“爱情两个字好辛苦”那句时，人们禁不住笑成一窝蜂。而我却一点也笑不出来，这时充斥我大脑的却是：孩子想唱歌，好辛苦。

本人也算是一个爱好音乐的人，虽然没有一副好嗓门，但也识得“哆来咪”，也会摆弄几下小乐器。因此，我也很想将我那五岁的儿子培养出一点“音乐细胞”来。每当他拿腔作调、摇头晃脑地摹仿电视里的歌星唱那“情呀爱呀”之类的流行歌曲时，我便想找一些适合孩子们学唱的儿童歌曲教他唱。而结果却总是失望。如今，想找到一首适合孩子们唱的歌，真是难于上青天！

谈到孩子唱歌的问题，一个朋友曾给我讲了一个不是笑话的笑话：有一次朋友聚会，他让五岁的孩子唱一首歌给叔叔阿姨们听。孩子倒也大方，张口便唱道：“妹妹你坐船头啊，哥哥在岸上走……”妈妈听了喝道："唱什么不好，偏唱这个！"孩子歪着脑袋想了想，又唱道："妈妈你坐船头啊，爸爸在岸上走……"惹得朋友们大笑起来。可妈妈又沉着脸吼道："不许唱妈妈！"这一下孩子真作难了，想了许久之后，才又怯生生地唱道"阿姨你坐船头啊，爸爸在岸上走……"朋友们早乐成一团。

这听来的确像是笑话，但笑过之后却让人感到有些苦涩。如今爱情歌曲几乎占领了我们所有的听觉和视觉，满世界的"哥哥、妹妹"，孩子们不唱这些又能唱什么？

不论是生理、心理的需要，还是智力成长的需要，孩子们都不能没有歌。这个道理大概是妇儒皆知的，但却恰恰被我们的音乐家们、我们的广播电视制作人所忽视。为了成千上万的"花朵"健康成长，我们这些做家长的不能不期望：在爱情的"大观园"中割一小方领地让给孩子，使他们想唱歌的时候少一些辛苦。

（发表于1995年6月10日《安康日报》）

由“一元钱诉讼”想到的

一日与同事闲聊，话题转到“假冒伪劣”上，我因为受一篇文章的启示，向大家提了一个问题：如果你们有谁买了一元钱的儿童护肤香皂，使用后不但不护肤而且引起孩子皮肤过敏的话，你们会怎么办？

回答的结果是：五人自认倒霉，理由是谁也不会在乎那一元钱；两人要求商店退款。在场的七人中，没有一人想到要诉诸法律。

接着，我就讲了那篇文章。那是我在《法制日报》上读到的，题目就叫《一元钱诉讼》。内容便是我前面提到的，不同的是那位顾客在发现香皂系伪劣产品之后，既没有自认倒霉，也不是向商店索赔一元钱了事，而是请了律师，向法院提起了诉讼。结果是：商家赔偿香皂款一元，赔偿孩子身体及精神伤害款三百元，共三百零一元。

为一元钱打官司，乍看起来的确太不值得。然而，从深层想想，它的意义决不在于官司本身，说具体点，也就是不在于商店赔偿了多少钱，而是作为一个消费者来说，究竟应该如何保护合法权益的问题。

对于市场上的假冒伪劣，我们无不痛恨得切齿。但我们中的大多数人只仅仅是发发牢骚，或骂一通制假贩假者的卑劣，或抱怨一番官方打假的不力，却很少有人从消费者自身找找原因。

假冒伪劣之所以泛滥，屡打不止，除了制假贩假者的日趋精明，打得还不够狠以外，广大消费者素质偏低、法律意识淡薄，无形中助长了制假者的气焰，为“假”提供了繁衍的市场，不能不是一个十分重要的原因。

面对假的猖獗，光抱怨不行，把希望全部寄托在行政执法上也不行，关键是要树立起全民打假的意识，要从提高自身素质做起，善于利用法律武器，人人投入到打假中来。就像面对过街老鼠一样，光喊打不行，喊一次两次，或许能将老鼠吓跑；而喊得次数多了，只能是变相地为老鼠壮胆。唯一有效的办法是打，靠少数人也不行，只有大家齐动手，四方出击，让它既不能立足，又没有逃遁的途径，看它还能拿出什么招数来！

（于1995年发表于《安康日报》和《消费者导报》）

汉字掉价了

中国人向来对汉字十分崇敬。尤其在民间，百姓们不仅把汉字看得很神圣而且很神秘。笔者小时候，爷爷奶奶就不许我们将有字的纸张随便乱扔，更不准往脚下踩，说那要瞎眼睛的。可见他们对字的崇拜到了何等地步。

然而在当代，古老的汉字却得不到应有的尊重了。他们或任意简化，或生编硬造，或鬼画符，让人无法辨识。就连报刊上的文章，也是错别字满篇。

我也爱写字，且常常将写了字的稿纸寄往报刊，因此小名也就经常出现在报纸杂志上。然而印在报纸杂志上的名字却往往面目全非，除姓氏外，后两个字要么变成“远根”，要么变成“运根”“运银”，让人看后很不舒服。心想，我名虽小，虽不值得尊重，但也不应当随意更改呀！更麻烦的是，每次到邮局领稿费，还得请政府开张证明，因为汇款单上与身份证名不相符。

针对人们生编简化汉字现象，我曾写过几百字的小品《不是幽默》，发表在《安康日报》“周末随笔”上，有朋友看后说，文中所指只是个别现象，不值得大做文章。固然乱写汉字的毕竟是少数，但它所造成的后果不能说不严重。《北京晚报》曾经报道说，首都每天有二十万封平信因书写不规范而无法投递，给个人也给工作造成极大的麻烦。而在经济领域，因不正确使用汉字造成重大经济损失的例子更是不胜枚举。

文字的出现，是人类进入文明社会的根本标志。在信息社会里，写好用好文字更为重要，应引起全社会的高度重视。否则无疑会给我们的生活以及事业造成不应有的损失。

（发表于1994年2月2日《安康日报》，同时在《陕西邮电报》刊发）

亲情最重要，事业来日长

父亲去世后，给我留下了永久的遗憾。不为别的，只为我回家看望他的次数太少了。

我的父亲是一个老实巴交的农民，喜欢喝酒，每年都要亲自酿好几百斤家常酒。受父亲的熏陶，我也渐渐有了喝酒的嗜好。那时候，我在乡镇担任党政办公室主任的职务，一直认为这个职务是乡镇最重要的岗位，为了在这个最重要的岗位上做出成绩，即使是节假日、星期天也照样坚守在工作岗位上。当然也经常想家，可每当这时候，便会“转念”一想：父母虽然年过七十，身体却非常好，从没生过什么病，来日方长呀。如果三天两头地回家看望父母，给工作造成损失了，怎么弥补呀？于是就一次次把回家的念头打消了。虽然离家也只有几十里的路程，却常常好几个月才回一次家。反过来，父亲却有好几次到我的工作单位来看望我的经历。并且每次都是步行，肩上还扛着一壶自酿的家常酒。我的脑海里至今还常常映现出父亲第一次来单位看我的情景：一根竹竿别在肩上，竹竿的一端是二十斤的塑料桶，里面装着清亮亮的甜秆酒；沟壑纵横的脸上挂满了汗珠，一件蓝色的布褂已经汗得透湿，紧紧地贴在后背上……

可是，从来不曾生病的父亲却在十年前的某一天一病不起。父亲的突然离世，就像一颗炸雷把我惊醒：什么来日方长呀？工作事业才是来日方长啊！事业真是最重要的吗？工作上的损失真就不能弥补吗？非也！亲情才是最重要的呢，遗失了亲情才是永远不能弥补的呀！

父亲去世后，为了不再造成新的遗憾，我加倍地孝敬我的母亲。即使工作再忙，也要千方百计挤出时间回家看望老母。有时候，突然的一个念头，或者一个与母亲有关的梦境，也会成为我回家看望母亲的理由。因为这时候在我的心里，没有什么比生我养我的母亲更重要，也没有什么比回家看望母亲更重要了。

近些日子，当人们七嘴八舌地讨论该不该花钱雇人看父母的时候，我一直在想：花钱雇人尽孝心的，大多数也许出于无奈，不能一刀切地去反对去谴责。但也不排除还有一些朋友会像曾经的我一样犯着糊涂，还认为孝敬父母来日方长，还认为工作事业才是最重要的。如果你明白：亲情最重要，事业来日长，你也许就不会花钱雇人尽孝心了，而是暂时放下手头上的“重要”工作，亲自回家去尽为人子女者的应尽之责。

（发表于2013年8月1日《淮海晚报》）

话说男人“好色”

在朋友圈中，我和D君曾被少数“别有用心”之人认为属好色之徒。

当然事出有因。那还是十多年前身强体壮的时候。一次我和D君同骑一辆自行车到乡下玩耍。下午，我们正准备起身返回的时候，忽见一妙龄女子飘一头长发骑着车与我们擦身而过。我和D君不约而同地发出一声感叹：好美！但我们仅看到一个靓丽的背影，不知她长着怎样一张可人的面孔。为一饱眼福，我们迅速跨上车追赶。遗憾的是上坡路，又是一车载两人，追了五六里路也没赶上，只好作罢。还有一次出差，坐了六个小时的长途汽车。到目的地后，我们互谈路途感受，结果又是不约而同：没看到一个女人！后来这两件事被朋友们知道了，都说我俩可笑，“不正经”，因此就落下这“好色”的名声。

说在下好色，尽管不太好听，却也名副其实。色即美色，好色，爱美赏美是也。爱美之心人皆有之，所以好色有什么不光彩的呢？其实，男人好色乃本性使然，就像女人喜欢化妆一样正常。而真正不正常的恰恰是那些对“色”无动于衷的男人。因此，我和D君的行为一点儿也不荒唐，与“不正经”更是搭不上边。试想，一个生理、心理正常的男人，见了美色谁不想多看几眼呢？男人出差谁不想佳人相伴呢？哪个男人不向往与美丽的女人搭伴共事呢？反过来说，女人在某种程度上也是偏爱好色男人的呢。因为好色男人有情调，好色男人会欣赏，好色男人怜香惜玉，知道怎么去爱，怎样去为女人创造快乐舒心的生活情境。

既然好色是男人的本性、天性，又有那么多好处，作为男人何必刻意压抑自己而不大胆地去“好”呢？须知，好色不等于贪色，更不等于见了美色就不择手段地去猎取。好色不是男人的败笔，问题的关键是理智地把握好自己。

（发表于2001年7月26日《人生导报》）

文章的悲哀

一次朋友聚会，酒毕，各自神吹。有政界要员便吹如何善于官场竞技，有商界大款便吹如何善于商海弄潮。我没官没钱，实在没啥可吹，但又不甘落寞，想了想，便也大言不惭地吹道：“我会写文章！”谁知立即就有人接道：“写文章算老几？这年头谁还把文章准了！”一言既出，举座皆惊。而最震惊的莫过于我了。曾经被我看得那么神圣的文章，如今竟被人们“准了”。“准了”者，不足道也！

心里虽不服气，但仔细一想，那朋友的话也似乎不无道理。如今，人们一门心思钱钱钱，哪有闲心顾及其它？即使看书，也只拣能发财能升官的书看，当然也有专挑光屁股封面书看的。且不说我这等末流小辈，即使文坛巨匠鲁迅、茅盾、郭沫若又有几人知晓？以前不是还发生过在酒店里有人问鲁迅是哪个国家的酒的笑话吗？

看来，文章及写文章的，在一些人的心目中确实算不得什么了。就说领导干部以权谋私，公款吃喝、公款旅游，养小蜜、包二奶，等等，报纸杂志上声讨文章可谓汗牛充栋，党和政府三令五申——其实三百令五百申也不止了——红头文件也不知发了多少，可在某些官员的眼中又算得了什么？且吃喝的标准突飞猛进，由一桌几百元、数千元、上万元一路飙升到几十万元！

忽又想起前几年出售非农户口的事来。记得当时就遭到舆论界的严厉批评，公安部发文明令禁止，要求纠正这一错误做法。可在某些地区不但充耳不闻，一错再错，并且时至今日仍然照卖不误，甚至将原来的单价数千元降至几百元便可买到非农户口！你们说，这些人把红头文件、法规党纪都不当回事，还能把我辈之区区小文、区区小文的作者放在眼里?!

自古有“文以载道”之说，如今文章却落得可怜巴巴的地步。这对文章和写文章的来说自然十分不幸，但真正悲哀甚至可怕的，恐怕不只限于文章和“算不得老几”的文章作者了。

（发表于1994年7月15日《陕西邮电报》）

灾后感言

寸草之心

这是我平生第一次亲身感受到的地震。

以前也闹过地震。印象最深的是上高中的时候，应该是1976年的某个深夜，先是一阵非常急促的上课铃声，接着便听到姓闫的校长大声呼喊："地震了，地震了，发生地震了，同学们快起床，同学们快起床……"我们连衣服也没顾得穿，抱在怀里就往室外跑，乱成一团。此后的几个晚上，我们都不敢在宿舍睡觉。

结果，地震并没有发生。

这次，一点动静也没有，但它却真真切切地发生了。当时，住在三楼的仅我一人。感觉椅子在晃动，以为有压路机在下面经过。打开窗子探望，却并没有什么压路机，甚至连汽车也没有。是地震！我忙将两道门打开，站在门口观察，结果，感觉仍然十分明显，便连忙跑下楼，结果同事们也都跑了出来。原来他们的感觉和我完全一样。但此时此刻，我们并不知道在距离我们并不遥远的地方发生了一场巨大的人间灾难。

从昨天下午两点多到现在，人们见面所有的话题都集中在四川汶川、北川，集中在地震上；电视在播送地震，铺天盖地的网络新闻也几乎全部是地震。一个个惨不忍睹的画面，一个个催人泪下的镜头……

电脑的屏幕，显示出腾讯网发起的向灾区捐款的页面。是的，我们的同胞遭受了如此重大的灾难，我们应该有点表示。但我的网上银行帐户却只有不足二十块钱的余额，捐了吧。我知道这太微不足道了，但这也是我的一点心意啊。

2008年5月13日晚

伤心与感动

5月12日下午汶川地震发生以来，电视、网络、报纸等各种渠道传来的消息，总让我的鼻腔一次一次发酸，泪花一次一次在眼眶里打转。短短的两天多时间，我们经历了太多的伤心，也经历了太多的感动。

我们伤心——

我们能不伤心吗？顷刻之间，一万多鲜活的生命，永远从人们的视线里消失了，期间还有那么多含苞待放的花朵呀！他们来到这个世界上的时间还很短，他们还没来得及体会人生的幸福与艰辛，还没来得及认真地看看这个世界是多么的五彩斑斓，他们也许还只是幻想着将来要好好的报答父母的养育之恩，幻想着将来把我们的国家建设得更美好，更富强，可是罪恶的死神刹那间剥夺了他们的一切。

我们能不伤心么？成千上万的父母们，屎一把尿一把地把孩子养大，孩子是他们的爱，是他们的情，是他们的希望，是他们的一切呀！可是顷刻之间，一切的一切，都没有了！那些失去孩子的父母们，他们情何所寄，心何所依？

我们能不伤心么？那么多的孩子，一直在父母的呵护中长大，他们饿了，他们病了，一声爸，一声妈，他们的爸爸妈妈就给他们送来了他们最爱吃的饭菜，就给他们找来看病的医生，可是现在，死神夺去了他们的父母，他们成了孤儿，千遍万遍，再也唤不来爱他们的爸，疼他们的妈……

然而，天灾无义，人间有情。灾难，把华夏儿女的心紧紧地拴在了一起。我们每时每刻处在感动之中——

我们能不感动吗？一个六十六岁的老人，灾难发生后在第一时间便赶往现场，在那么恶劣的条件下指挥救灾，安慰灾民，让劫后余生的灾民看到了希望，增添了战胜灾害的信心。

我们能不感动吗？那些不分昼夜奋战在抗灾一线的官兵们，他们自接到命令的那一刻开始，谁还会顾及自己的安危？那些在现场采访的记者们，哪个不是甘冒生命危险以最快的速度将灾区的信息传送给国人？

我们能不感动吗？那些主动向灾民送去衣物的人们，将饭菜送到灾民手中的人们，那些主动伸出胳膊要求献血的人们，那些纷纷自发向灾区捐款的人们……他们的身体也许并不强壮，但他们愿意将自己的血液与灾区人民融为一体；他们的收入也许低得可怜，他们甚至还可能是下岗职工，在上街买菜的时候也许还会为一分一毛钱争执不休，但是当灾难降临的时候，当我们的兄弟姐妹生命受到严重威胁的时候，他们一个个毫不犹豫地掏出了他们并不丰满的钱包。

在灾难面前，我们不能不悲伤；在中华儿女凝心聚力、万众一心战胜灾害的精神面前，我们不能不感动。灾区的兄弟姐妹们，让我们一道擦干眼泪吧，我们永远和你们在一起，明天的太阳依旧灿烂。

2008年5月14日夜23时50分

好好活着

汶川地震发生以来，我含着泪水写过两篇短文，此后再也写不出什么了，虽然有许许多多的话想说，有许许多多的悲情需要倾诉，但感觉一句话也说不出来。

自认为不是一个脆弱的人，但在这些日子里，我真的无法坚强，看电视也好，浏览网页也好，泪水常常模糊了我的双眼。

我知道，你们和我一样沉浸在悲恸之中。我无法安慰你们。我只想对你们说：“好好活着。”

2008年5月20日早上7点

我们的国家，我们的人民

从5月12日汶川地震发生到现在已整整过去了十三天。在这十多天中，我们经历了从没有过的大悲伤，我们体会了从没有过的大感动。我们的灵魂经受了从没有过的大震撼。

擦干眼泪，冷静思考，竟然对我们的国家与国民有了些新的认识。这些新的认识来源于几个“没想到”——

首先，地震发生的当天，年近七十的温总理就奔向灾区，在条件异常恶劣的环境中与军民一道抗震救灾。1966年邢台地震，邢台离北京那么近，周恩来总理也是第二天才赶到灾区的呀。这至少说明一点，国家领导人关爱民众的理念比往年进步了不少。

其次，一直被认为国民素质不高的中国人，当国难当头的时候，竟然在一夜之间将心凝聚在了一起。“我们都是汶川人！”这声音多么豪迈，多么令人震撼，这才是真正的气吞山河啊！借用某外国人的话说就是“中国人已由一盘散沙变成一块刀枪不入的钢板了！”

其三，一直被认为自私的中国人，在这次灾害面前，竟然如此慷慨！不说那些大款，也不说那些明星，就连以乞讨为生的乞丐都主动要求奉献爱心，还有什么比这样的大爱更能感动人？活了大半生，遭遇过许多捐款，如修飞机厂捐款，建古仙洞电站捐款，公路建设捐款等，但哪一次都没有这次心甘情愿。

说句老实话，我对我们的国家还有很多不满意的地方，但我没有理由不爱我们的国家，没有理由不爱这个国家里的人民。

2008年5月25日

在全县新闻培训班上的发言（摘要）

大家把我这形象一看，就知道我是个“老”通讯员。“前头”早已光明，两鬓早已苍苍，唯独胡须充满着勃勃生机，旺盛得不得了——这不是标准的“老”通讯员吗？不过，在新闻写作上，在下却永远还只是个小学生，在座的成绩比我突出的人多得很，我本没什么资格在这里给大家介绍所谓“经验”，但会议的组织者硬要我在这里献丑，没办法，只好战战兢兢地坐在这里，不知道说些什么合适。想来想去，只好把我近二十年来新闻写作的肤浅体会谈谈吧，有“吹嘘”自己之嫌，请理解、谅解，不妥之处还望批评指正。

我从1981年开始学习新闻写作，到现在已有十五六年的时间。在这十多年中，虽时断时续，但我一直没有停止过新闻写作。在写作体裁上，当然不仅是新闻，散文、言论、小小说、纪实文学等各类体裁的文章也常有涉猎。粗略估算，目前累计在县以上新闻媒体发表各类文章大概快上千篇了，其中新闻作品至少在六百篇以上，有多篇在《安康日报》获奖，并有理论文章在《陕西日报》获得二等奖。

常言道“宝剑锋从磨砺出，梅花香自苦寒来”。写稿近二十年，体会最深的只有两个字——“苦”与“勤”。

先说“苦”。人们习惯把写稿称作“爬格子”，一个“爬”字，道出了写作的辛酸。我曾经在一篇《乐当“坐”家》的散文中写道：“为了经常写出自己满意的文章，我坐天天，坐月月，坐年年，坐得我黄皮寡瘦，坐得我额头渐宽。见我前途（头）日渐光明，有朋友戏道：‘台湾有三毛，你再这样坐下去怕要成为二毛呢！’”对于有才气的人来说，也许眉头一皱，锦绣文章就从笔尖下哗啦哗啦地流出来了，但对我这等凡人来说，那文章真叫是坐出来的，那个苦呀，只有自己知道。有时候，为了思考一个满意的标题，为了一个自以为美妙的构思，常常搞得夜不成眠；有时候，睡着睡着脑袋里突然冒出来一个上佳的句子或自以为美妙的词语，即使是半夜时分也会立马从热被窝里爬起来将其抄录于放在枕头下面的小本子上；饭不思、茶不想、睡不着觉对我来说是家常便饭。

有人会说，写稿那么苦，你干吗还不厌其烦地写呀写的？这你就不理解了，写稿固然苦，但也乐在其中呀。当你熬更守夜、绞尽脑汁写出的文章在报刊上印了出来，在电台里播了出来，自己的劳动成果在社会上发挥了作用，即使夜夜冷月孤灯也温馨无比，顿顿粗茶淡饭心里也甜。特别是当自己的名字有时候和专家教授、名家大腕排列在一起时，其虚荣心也无疑得到极大的满足，可谓其乐融融是也。当然更重要的一点是，通过写稿增加了知识，提高了政策理论水平，可谓一举多得。

说过“苦”，再说“勤”。当然，搞任何事情都需要勤，只是对于写作者来说，“勤”显得更为重要而已。要想写好文章，一有时间你就得读书看报，读了看了还要思考，还要练笔。不勤于读书看报，你便掌握不了国家大政方针；不勤于东奔西走，你便心中没有素材，怎么写得出好的稿件？前年，我写过一篇介乎调查报告与报告文学之间的文章，题目是《天使在呼唤——我要读书》。为了写好这篇稿子，我几乎积累了半年时间，采访了二十多个农村失学的女孩子，最后写成了一篇四千多字的文章。后来又三易其稿，删节为两千四百字，发表在《民意》杂志和《各界导报》上。如果不勤于思考，勤于走访，便不可能写出这篇较有分量的文章。

就谈这些，耽误大家的时间，谢谢！

（此发言应《安康日报》编辑之约，整理后摘要发表《安康日报通讯员园地》）